阿九

3

完

風文創 775

青君 著

目錄

第二十一章

太子府。

啪嚓！上好的古窯細瓷茶盞在青磚地上摔個粉碎，伴隨著一道憤怒的男子聲音響起。

「是誰把這事情呈奏上去的?!」

身著常服的太子李靖涵站在堂中，一手指著跪在地上的幾個官員，眼中幾乎要噴出怒火。「是你？」

那官吏連連搖頭。

太子又指著旁邊的另外一個官員，怒道：「那是你？」

那官員狀如鵪鶉，瑟瑟發抖，磕頭道：「不、不是臣！」

剩下幾人也紛紛磕頭。「望殿下明鑒！」

「好、好！」太子瞪著眼，冷森森地道：「不是你們，難不成是孤？」

所有人立即齊聲道：「殿下息怒！」

太子氣得又摔了一個茶盞，破口大罵道：「真是一群沒眼色的東西！蠢得如豬似狗！」

幾名官員皆是噤若寒蟬，不敢說話。

太子喘著氣，一雙眼睛惡狠狠地掃過他們，道：「之前白松江的事情早就擺平了，該殺的殺了，該辦的也辦了，怎麼今日又冒出來一個岑州知州之女？還把事情捅到了刑部，你們何不一五一十地直接向皇上稟報算了！」

大堂裡寂靜無聲，所有人大氣都不敢出一聲。

就在此時，跪在最後的一個官員磕著頭，道：「殿下息怒，臣等不敢擅自作主，但從太高祖皇帝就有明令，登聞鼓一奏，則主司必須立即受理案情，不即受者，罪加一等，若敢阻攔，一律重判。殿下，這狀子直達御案，臣等便是有千萬個膽子，也不敢瞞著啊！」

啪嚓！又一個茶盞摔了個粉碎，那官員額上頓時鮮血直流。

太子表情陰鷙，冷冷地道：「輪得到你來給孤背大乾律例？」

那官員不敢呼痛，更不敢伸手去擦額上的鮮血，只一味拚命地磕頭道：「殿下息怒！」

太子這下倒是冷靜不少，橫目掃過他們。「如今摺子已經遞上去了，你們平日裡沒什麼本事，現在倒是給孤出個主意。明日有祭祀，若這事又捅到父皇那裡，恐怕大家都吃不了，兜著走！」

安靜了一瞬，燭火跳躍不定，一名官員壯著膽子道：「不如我們先派人去一趟刑部，看能不能把消息壓下來？」

「恐怕不妥。」另一人道：「刑部尚書應攸海是恭王殿下的人，咱們派人去，豈不是正好落人口實？」

「那應攸海是劉閣老的門生，能否請劉閣老幫忙說一句？」

「應攸海此人向來軟硬不吃，與劉閣老的關係也不見多麼親近，如何會聽？」

「那你說……」

底下七嘴八舌地議論起來，結果吵了半天，什麼也沒吵出來；倒是太子的臉色越來越黑，眼看有賽鍋底的趨勢，那些官員都察覺了，漸漸住了口。

大堂裡面安靜無聲，太子沈著聲音冷哼。「吵完了？」

所有人都不敢吱聲。

這時，有一個聲音忽然道：「殿下，臣有一個主意。」

「說。」太子轉頭望過去，正是剛剛被茶杯砸中的官員。

他額角的血跡已經半乾，依舊不敢伸手去擦，磕了一個頭後，低聲道：「殿下，岑州知州杜明輝乃畏罪自殺，此事已是公論，朝廷上下無人不知，無人不曉，並無半分疑點，這個敲登聞鼓的女子自稱是杜明輝之女，她就真的是嗎？」

太子的眉毛一挑，道：「你繼續說。」

「是，殿下。」那官員額頭觸地，道：「這分明是有人故意要找碴，白松江決堤一事在十日前已了，皆是因為岑州一帶的官員欺上瞞下、貪墨無度，將修河道的三百萬兩公款挪為私用，皇上聖明，如今該查辦的查辦，該殺頭的也已經殺頭，這時候才冒出來一個什麼岑州知州之女來喊冤，她早先做什麼去了？以臣淺薄之愚見，此女子必是心懷不軌，受人指使，要攪起渾水啊！」

他話音一落，原本靜靜燃燒的燈燭啪地爆出一個火花，在寂靜的空間裡令人心驚。太子瞥去一眼，只見那琉璃盞上的燭火已經恢復如初，他轉過頭，沈聲道：「你說得有理，既然如此，孤必不能讓父皇受此等小人矇騙了。」

幾名官員忙恭敬道：「是，殿下一片孝心可嘉，皇上必然深感欣慰！」

「行了。」太子擺了擺手，道：「孤心裡有數。」他說完，態度緩和下來，半點不見方才的歇斯底里，和顏悅色地對那名被砸破頭的官員道：「方才孤是一時情急，李侍郎萬莫見怪。」

李侍郎立即就著太子給的臺階下，磕頭恭聲道：「臣惶恐！為殿下分憂，本是臣的分內之事。」

太子的臉色越發好了，親自將他扶起來。「這確實是孤的過錯，來人，去宮裡一趟，將張太醫請到李侍郎府裡，為他看一看傷口。」

連忙有宮人從後面過來，奉命去了。

李侍郎感激涕零地道：「多謝殿下，不過小傷罷了，不敢勞動殿下。」

太子笑著拍了拍他的肩。「你實心實意為孤謀事，孤自然不能虧待了你，別說這傷口要治，孤還要賞你。」他說著，又喚來一名宮人，吩咐道：「稍後將那一座珊瑚寶樹也一併送去李侍郎府上。」

「是。」

太子朗聲笑道：「這一座珊瑚寶樹乃是去年年底北海省進獻的，據說價值連城，萬金難求，如今孤就將它送給你了。」

李侍郎頓覺受寵若驚，跪下來又恭恭敬敬地磕了一個頭。「臣謝過殿下！殿下恩德，臣定當結草銜環以敬報之！」

「好！」太子大笑起來。

屋外夜已深，月明星稀，夜風吹過堂前的珍珠簾櫳，將那些笑聲和奉承的人聲吹淡，遠遠得聽不真切了。

這一夜，那陣登聞鼓聲不知驚動了多少人，讓他們輾轉難眠，反覆謀劃，不知它究竟會在這京城朝局中生出怎樣的波瀾。

第二日一早，謝翎照例去了翰林院，施嫿則是將院子周圍收拾了一番，離開宅子去東市置辦用品。

在京師這種地方，處處都要花銀子。雖說謝翎之前將全部家當都給了施嫿，一共有四百三十二兩，不算少了，尋常人家恐怕一輩子都存不了這麼多銀子。

但是施嫿還是算得很仔細，買了些必需品之後，又去了醫館，倒不是買藥，而是想買藥材種子，準備拿回去找地方種植。

醫館頗大，夥計待人接物很是殷勤周到，但是今日來了客人，卻不看診、不抓藥，而是要買藥材種子，夥計也是第一次遇見，問了掌櫃之後，才包了不少藥種賣給她。

夥計笑著道：「只見有人來看診抓藥，還從未見人買這些藥種子的，姑娘您還是第一個。這些夠不夠？若是不夠，我再去庫房看看有沒有。」

施嫿笑笑，道：「夠了，多謝你。」她說著，將錢付了。

就在此時，身後傳來一個喊叫聲。「杜姑娘，妳等一等！」

那聲音頗為熟悉，施嫿心中一動，轉頭望去，果然看見一個熟悉的身影追了過來，走在前面的那名女子，正是杜如蘭。

邵清榮並沒有看見施嫿，只是跟在杜如蘭身後。「杜姑娘妳——」

杜如蘭猛然停下腳步，轉過頭去，皺著眉道：「你跟著我做什麼？」

邵清榮有些緊張，支吾道：「我不是看方才有人攔住妳嗎？我——」

「不必你多事。」杜如蘭冷著臉道：「方才多謝你，但這是我自己的事情，你不要再跟著我了。」她說完，揹著包袱轉身便走。

邵清榮張了張口，最後什麼也沒有說出來，只能化作一聲嘆息，但是眼睛依舊跟著杜如蘭走，直到女子消失在街角處，再也看不見蹤影。

「邵兄。」

一個聲音傳來，邵清榮覺得有些耳熟，轉頭望去，只見一個少女站在醫館前，向他望過來。邵清榮有些遲疑，盯著那少女看了又看，才驚詫道：「妳是施大夫?!」

施嫿笑了笑，道：「你怎麼在這裡？不是說去南市投親嗎？」

邵清榮驚奇地打量著她，聽了這話，苦笑道：「別提了，我把南市問了個遍，也沒有找到我三叔，一打聽才知道，他們一家子去年年初就搬走了。」

「那你打算去哪裡？」

邵清榮揉了揉鼻子，有些沮喪地道：「原本是想來三叔這裡找個活計做，如今看來，只能回去老家了。」

施嫿點點頭，又問道：「方才那是杜姑娘？」

「是。」邵清榮頗為尷尬地道：「施大夫也看見她了？」

施嫿自然看見了，他們跟著商隊一路來到京城，縱然路上杜如蘭不愛說話，但是經過十幾日的相處，幾人已頗為熟悉。她好奇地問邵清榮道：「我方才見你似乎跟著她？」

說起這個，邵清榮以為施嫿誤會了什麼，連忙擺手，脹紅了臉道：「我、我不是跟著她。唉，施大夫，妳別誤會了，我這是有緣由的。」

施嫿看他一副著急得不知如何辯解的模樣，忍不住笑了起來。

邵清榮嘆了一口氣。「我今日一早出門便碰見了杜姑娘，她被幾個看起來十分不善的人圍著，我上去幫她，後來杜姑娘要走，我有些不放心，便想問問她要去何處，我左右暫時無事，正好可以送送她，免得她一個弱女子，孤身一人，招惹到賊人如何是好？」

施嫿聽了，頷首道：「這倒也是，不過，我看杜姑娘似乎不太願意？」

聞言，邵清榮又嘆了一口氣。「正是，杜姑娘的性格想必施大夫也知道，她不愛旁人插手她的事情。罷了，我若真的違拗她的意思，反倒得不了好。」

「那就隨她去了？」

邵清榮苦笑一聲，搖了搖頭，沒說是，也沒說不是。

施嬧心中忽有所覺，問道：「你說杜姑娘被人圍住，是什麼人？看清楚他們的穿戴和模樣了嗎？」

邵清榮回憶了一下，遲疑道：「個個都很高大，穿的服飾很一致，不像是普通人。」

施嬧心裡一動，追問道：「他們長什麼樣子你可還記得？」

邵清榮仔細地回想，慢慢地道：「長什麼樣子，還真記不太清了，啊，想起來了！」他一捶手心，道：「其中有一個個子不太高的，嘴角有一顆大痣，留著鬍鬚，看上去很不好惹。」邵清榮說著，對施嬧道：「當時因為是在鬧市中，我大喊了一聲，他們便走了，不過我看他們那副模樣，不像是會輕易善罷干休的人。」

確實不會輕易善罷干休。施嬧的心一沈，邵清榮說的這個人，她有印象，太子府就有一個侍衛，嘴角有痣，個子不高，但是辦事很得太子心意，上輩子施嬧見過他好幾次。

太子的人找上了杜如蘭，看來是昨天的登聞鼓已經引起不少人的注意了。

施嬧對邵清榮道：「我們先找到杜姑娘，她恐怕會有麻煩。」

邵清榮「啊」了一聲，有些緊張地問道：「施大夫也認為那些人會再找她？」

施嫿點點頭。「不只找到她，他們極有可能對杜姑娘不利。」

邵清榮一下子就嚴肅起來。「那我現在就得追上她，萬萬不能讓她一個人單獨走了，若著了那些賊人的道，如何是好？」

「我方才見她往護城河那裡去了，那邊一帶大多都是客棧，興許是去投宿的，咱們挨個兒問過去，或許能追上她。」

邵清榮點點頭。「好。」

兩人一同往杜如蘭離開的方向走去，那邊是東市最外圍的一條街，施嫿和邵清榮一連問了三家客棧，都沒有打聽到杜如蘭的行蹤。

邵清榮有些著急。「杜姑娘莫不是已經被那些賊人……」

施嫿忽然把手指放在唇邊，示意他噤聲，緊接著伸手拉了他一把，兩人轉過身去，正對著河邊的槐樹，一群孩童正持著竹竿追打笑鬧，一派童真。

與此同時，一陣腳步聲朝這邊傳過來，步履匆匆，顯然趕路的人十分著急，他們一陣風似地從施嫿兩人身邊經過。

施嫿不動聲色地側了一下頭，眼睛餘光便看見了那群人的穿戴打扮。她的眼睛微微一瞇，方才她確實沒看錯，那些果然都是太子府的人。

直到那些人走遠了，邵清榮才低聲道：「施大夫，就是他們！之前攔住杜姑娘的就是那群人，他們竟然追過來了！」他說著，有些著急地道：「我們得趕過去，萬一他們追上杜姑娘就不妙了！」邵清榮說完就要走。

施嫿卻伸手攔了他一下，問道：「你現在追上去又有何用？他們幾個人，你才幾個人？」

邵清榮啞然，他幾個人？他一個人，算上施嫿也才兩個，而方才那群人，足足有五人之多，若真是對上了，完全不占優勢。

施嫿快速地道：「你別著急，我們比他們先來一步，都未能追上杜姑娘，他們又沒有比我們多長兩條腿，自然也是追不上的。」

邵清榮又問：「那我們要如何做？」

「我們得抄近路趕到他們前面去，若是先他們一步找到杜姑娘，就更好了，而且……」她頓了頓，才繼續道：「我看杜姑娘說不定也是在躲這群人，她為人機敏，想必不會被輕易抓住的。」

或許是她的冷靜傳染了邵清榮，他終於定下神來，點點頭，道：「好，那我們這就過去。」

施嫿搖搖頭。「只要你一個人抄近路過去，一般來說，這些客棧後面都會有一條窄巷子，你順著巷子走，走到盡頭的時候，這條街也就到頭了。你速度快些，注意向店家打聽看看杜姑娘有沒有經過這裡。」

邵清榮道：「那妳呢？」

「我跟在他們後面，若是真的不巧撞見了杜姑娘，也好見機行事。」施嫿說著，又道：「你若是先一步找到了杜姑娘，就帶著她去北市的一家玉宇樓附近，路上記得注意些。」

邵清榮深吸了一口氣，道：「好，施大夫，那我先去了。」

施嫿冷靜地點頭。「去吧，小心行事，切莫魯莽了。」

「施大夫也要注意。」邵清榮說完，便匆匆走了。

施嫿望著他的背影消失在巷子口，她在河邊站了站，目光投往前方的那幾道人影，然後往前走去。

太子府的那幾人雖然走得快，但是他們畢竟不知杜如蘭的去向，因此每路過一家客棧，都要進去打聽，施嫿很快便追上了他們。

為了不被他們發現，施嫿只是遠遠跟著，看著他們詢問沿途的店家，因為看起來穿著不似普通人，那些店家夥計都不敢怠慢，有一說一。起先一直沒有線索，但是眼看著這條街就要走到盡頭了，施嫿忽然看見一個店鋪夥計伸手往前面指了指，嘴裡說著什麼。

她心裡微微一緊，幾步上前，想聽得更真切些，就在此時，太子府侍衛中有一人敏銳地回過頭來，望向了她，他低聲與其餘幾個同伴說了什麼，便有兩人轉身向施嫿走過來，目光好似鷹隼一般鋒利，緊緊盯著她。施嫿的腳便停下了，不再往前，而是靜靜地等著他們過來。

只有十來步的距離，那兩個侍衛轉眼便走至近前，一人打量著她，聲音不太客氣地道：

「妳方才一直跟著我們？」

施𡟯心裡迅速地思索對策，面上裝出幾分怯生生的模樣，她抿了抿唇，低聲道：「抱、抱歉，是我認錯人了。」

那兩人聽了，對視一眼。

另一人看起來脾氣好些，問道：「妳認錯了誰？」

施𡟯心知自己目前最重要的事就是拖延時間，好讓邵清榮追上杜如蘭，將她帶走，遂小聲地向他答道：「我、我從前有個哥哥，荒年時因故失散了，我、我看這位大哥有些面善，所以才……」

聽了這話，那兩人面上將信將疑，原先發問的那個人伸手撞了撞旁邊的同伴，不無調侃地道：「寧晉，想不到你還有個這麼大的妹妹？」

那個脾氣和善的侍衛寧晉頓了一下，才答道：「沒有的事，我在家裡從小到大就是一根獨苗，沒有什麼失散的妹妹。」弄清楚了緣由，寧晉便轉頭對施𡟯道：「妳認錯了，我不是妳的哥哥。」

施𡟯垂下眼，怯怯地道：「我、我知道了。」

「走吧，他們還在等著。」寧晉揚了揚下巴，招呼一聲，兩人便往前面走去。

施𡟯站在原地望著他們的背影。

忽然，寧晉轉過頭來看了一眼，大約是覺得她此刻的模樣看起來有些可憐，竟鬼使神差地叮囑道：「別再胡亂跟著別人走了，到時候被人賣了都不知道。」

施嫿垂下頭，慢慢地點點頭，聽著那幾個太子府侍衛低聲交談幾句，然後快步往前繼續走去，找杜如蘭去了。

施嫿在心裡長長地舒了一口氣，有剛剛拖延的時間，如果順利的話，邵清榮此時應該已經找到杜如蘭了。她方才的跟蹤已經引起了太子府侍衛的注意，如果再跟下去，很有可能禍及自身。

施嫿想幫杜如蘭，但前提是保全好自己，她還有很多事情要做，絕不能一開始就出頭。想到這裡，施嫿拎著竹籃，轉身離開了這條街。她之前與邵清榮約定的地點在北市的玉宇樓附近，不管他最終有沒有找到杜如蘭，施嫿都要去那裡和他碰面。

施嫿將東西放回宅子後，才出發前往北市。玉宇樓是京師頗有名氣的一間酒樓，位置也十分顯眼，所以施嫿並不擔心邵清榮他們找不到這裡。

等施嫿到時，已經正午了。她轉過街角，目光在長街的人群中搜尋，沒有看見邵清榮，她只能放慢腳步，慢慢地穿過街道，意圖讓躲在暗處的邵清榮發現自己。

果不其然，才走過半條街，施嫿便感覺到自己的衣袖被人扯了扯。她低下頭，看見一個四、五歲的男孩，手裡舉著一根糖葫蘆。

男孩稚氣地向她道：「姊姊，有個大哥哥找妳！」

施嫿心裡一動，立即彎下腰去，小聲問道：「他在哪裡？」

男孩立刻道：「姊姊隨我來，我帶妳去！」他說著，便一溜煙地往前跑了幾步，然後又回頭看看施嫿，招了招手。「姊姊來！」

施嫿左右看看，見無人注意自己，這才跟上他。走了一段路，拐進了街角的一條巷子裡，那巷子彎彎曲曲，偏僻得很，很快地，那男孩停了下來，舔著糖葫蘆道：「姊姊，到了。」

邵清榮站在牆邊，旁邊站著杜如蘭，一看見施嫿，他眼睛立即一亮，迎上前來，道：「妳總算來了。」

施嫿點點頭，拿出幾個銅板，遞給那男孩，又輕輕摸了摸他的頭，看著他歡天喜地地跑出了巷子，她才轉向杜如蘭，道：「杜姑娘。」

杜如蘭抿了抿唇，低聲道：「今日的事，多謝妳和邵公子。」她頓了一下，又道：「不過，我的事情，我自己心裡有數，就不麻煩兩位了。」

施嫿望向她的眼睛，道：「杜姑娘是怕連累我們？」

聞言，杜如蘭怔了一下，立即偏了偏頭，刻意避開她的目光。「今日施大夫和邵公子也看到了，我身上有大麻煩，一時半刻也無法與你們說清楚。」她深吸了一口氣，道：「總之，你們知道得越少越好，我杜如蘭並非那等不識好歹之人，日後若是有機會，今日的恩情，我必然會竭盡全力報答兩位。」她說完，緊了緊身上揹著的包袱，垂下眼，道：「就此別過。」

邵清榮忍不住叫了一聲。「杜姑娘！」

杜如蘭的背影頓了頓，但是並沒有回頭，緊接著很快便走出了巷子，纖細的身影隱沒在熙熙攘攘的人群之中，消失不見了。

邵清榮走了幾步，已經看不見她的身影，只能回頭望向施孃。「施大夫。」

施孃之前一直是沈默的，此時搖搖頭，抬頭回視他，道：「杜姑娘是做事果斷之人，她不願意，我們再如何也是枉然，說不定還會越幫越忙。」

邵清榮有些著急。「那就這樣了嗎？我今天看那些人絕非善類，他們必然還會再找上杜姑娘的！」

施孃卻道：「你能幫她一次兩次，還能幫她三次、四次嗎？」

邵清榮一下子被問住了，別說他能不能，就是杜如蘭本人也不願意他們幫忙，他一時唯有啞然。

施孃卻忽地想起了什麼，慢慢地道：「這麼說來，我們或許還能再幫她一回。」

聞言，邵清榮眼睛一亮，追問道：「施大夫，此話怎講？」

施孃沈吟片刻。「我有個辦法，不過恐怕要辛苦你了。」

邵清榮一口答應道：「施大夫但說無妨，我絕無二話！」

施孃聽了，思索再三，將自己的辦法說了出來。

邵清榮自然答應照做，半點猶豫都沒有。

倒是施嫿打量了他幾眼，若有所思，但是並沒多說什麼，只是道：「你先去吧，最好的情況是杜姑娘無事，我們也能放下心。」

邵清榮點點頭。「我知道了，施大夫辛苦了。」

「沒事。」施嫿搖搖頭，意有所指地道：「我也是為了自己籌算，談不上辛苦不辛苦。」

「啊？」邵清榮愣了一下，似乎不太明白。「什麼？」

施嫿不再解釋，只是笑笑。「若遇到了什麼麻煩，可以來尋我。」接著報了住處給他。

「好。」邵清榮點了點頭，道：「施大夫，那我先去了。」

他說著，與施嫿道別，很快也消失在巷口，沒入人群中。施嫿在安靜的巷子裡站了站，深深地吸了一口氣，才離開這條巷子，往自家宅子的方向走去。

北市熱鬧繁華，人群熙攘，車馬如龍，施嫿走在路邊。這時，迎面有一輛馬車駛過來，馬車的裝飾精緻富麗，看上去絕非一般人家能有的，街上的行人紛紛避讓，生怕擋住了路。不知道是哪個達官顯要家的馬車，若是刮了一下，恐怕不是馬車有事，而是自己有事了。施嫿也隨著人流往旁邊避開。

此時，馬車內，兩名女子正在說話，年長些的女子向坐在正中的女子道：「出來玩，怎麼不高興？可是有人惹妳不痛快了？」

聽了這話，陳明雪側了側頭，嘴角幾不可見地彎了一下。「沒有不高興，也沒有人惹我，是姊姊多心了。」

陳明好欲言又止，最後只化作一聲輕微的嘆息，她伸手握住陳明雪的手，低聲道：「雪雪。」

陳明雪抬起頭來看她，眼底滿是詢問。「姊姊？」

陳明好不知該說什麼好，最後只能挑一個不鹹不淡的話題，道：「王爺他，待妳可好？」

陳明雪的視線有些飄忽，但還是慢慢地點了一下頭。「王爺挺好的，我也挺好的，姊姊不必擔心。」

陳明好只能道：「那就好、那就好。」

陳明雪笑了笑。恰在這時，車簾被風輕輕吹起，她的目光移向了車窗外，落在了一名女子身上，那女子似無所覺，逕自往前面走著，陳明雪愣了愣，緊接著立即起身，將車簾掀開來，同時喊了一聲。「停車！」

陳明好不防她突然這般動作，頗有些吃驚。「雪雪，怎麼了？」

陳明雪來不及回答她，等馬車停下，便一把撩開車簾跳了下去，張口欲喊，卻已不見方才那名女子的蹤影，唯餘人群如潮，她到了嘴邊的聲音硬生生地嚥了回去。

或許是看錯了，嬙兒她此時應該在蘇陽城，怎麼會來京城？

「雪、王妃？」
一個聲音喚回了陳明雪的理智，她轉過頭去，卻見自己的姊姊站在車旁，眼中帶著幾分擔憂，不時將目光移向人群，似乎想找方才從這裡走過去、引起她注意的那個人。
陳明雪笑了一下，走向她，解釋道：「我方才似乎看見了一個故人，原是我在蘇陽城認識的一個姊妹，不過，她應該不會來京城才是，是我認錯了。」
陳明妤立即鬆了一口氣，道：「原來如此。」她一說完，陳明雪面上的笑容看起來越發悲傷了。「王妃。」
「時候不早了，先回王府吧！」

今夜無月，連星星也看不見。
出了宣仁門，便是東城，那裡的街市十分繁華，有不少酒肆、客棧。此時天色已經不早了，所以街上看不見幾個人，唯有一排燈籠孤零零地照著。
還未到宵禁時候，宣仁門的大門依舊敞開著，大門斜對面有一間客棧，窗扇半開著，一個女子正站在窗前，悄悄往外看。
叩叩！房門被敲響了，杜如蘭回過神來，警戒地道：「什麼人？」
一個聲音答道：「客官，您要的熱水送來了！」
杜如蘭伸手把窗扇合上，語氣淡淡地道：「來了。」她的手掩在袖子下，緊緊攥著什麼東西，然後走近了屋門，輕輕撥開了門栓，小心地往外看了一眼，客棧的夥計正端著一盆熱水，站在房門外。

杜如蘭握緊了手，將半扇房門推開，向那夥計點點頭，道：「辛苦你了。」

夥計笑了一聲，道：「客官，我替您端進去？」

杜如蘭依舊警戒，拒絕道：「不必了，你放在地上便可，我稍後自己會來取。」

那夥計雖然覺得奇怪，但是也沒說什麼，答應下來。「好，那我就擱著了。」他說著，彎下腰把木盆放下。

就在此時，杜如蘭心裡突然一跳，隱約覺得旁邊有一道影子晃過，她反應極快，一把將半開的門板合上，但是還未來得及上栓，便感覺到一股力量從門外衝過來，啪地一聲，門扉硬生生地將她的手臂撞開，霎時間麻了半截。緊接著，三、四個身材高大的漢子迅速從門外衝了進來，杜如蘭立即後退，警惕地道：「你們是什麼人？」這些人正是今天早上當街攔住她的幾人！

其中一人開口喊。「杜如蘭？」

杜如蘭又退了兩步，短暫的驚慌之後，她勉強找回了幾分鎮靜。「杜如蘭是誰？你們找錯人了。」

那人呵地笑了一聲。「找的就是妳！帶走！」

另外兩人走上前去，他們行動迅速，動作劃一。

杜如蘭終於有些慌了，聲音緊張得變了調。「誰敢過來！」她攥緊了手中的匕首，將刀刃對著那幾名侍衛，道：「這、這裡是皇城，在天子腳下，你們竟然敢如此施為！」

那帶頭的侍衛笑了起來，輕蔑地道：「妳也知道這裡是皇城，水深得很，不是妳這種弱女子能掀起浪的地方！帶回去，上頭發話了，死活不論！」

「是！」正當那兩個人伸手去抓杜如蘭時，忽然，門外躥進來一個人，他大喝一聲，如平地驚雷。「你們想幹什麼?!」

那幾人不防有人黃雀在後，俱是愣怔了片刻，然而就是這片刻，便見那人手裡掄起什麼，劈頭蓋臉地向他們掃過來，一人離得最近，猝不及防，被掃了個正著，登時悶哼一聲，飛了出去。

杜如蘭心裡震驚無比，那聲音她豈會認不出來？正是邵清榮！她來不及細思對方為何會出現在這裡，便見邵清榮背後有一道人影悄悄靠近，她立即驚呼道：「小心！你背後有人！」

邵清榮聽了，立刻轉過身去，低喝一聲，掄起手中的橫杆又是一掃，將那人打翻在地，抬腿就是一記窩心腳踹過去，端的是又快又狠。

剩下的幾個侍衛彷彿才反應過來，一人喝道：「抓住他！」

三人朝邵清榮撲了過去，氣勢洶洶，十分凶狠。

杜如蘭一顆心都提了起來，可她只是一個弱女子，在旁邊根本插不上手，乾著急之餘，她瞥見地上有人慢慢試圖爬起身來，正是之前被邵清榮踹了一腳的那個侍衛。

邵清榮正背對著他，全無所覺，杜如蘭心裡一急，眼睛急切地掃過房間，索性上前一把抓起燭臺，二話不說，衝上去對著那人的後腦勺狠狠砸了兩下，力道極大，那侍衛被她砸得兩眼一翻，乾脆俐落地暈死過去。

杜如蘭這才把燭臺扔掉，見邵清榮仍舊在與那三個侍衛纏鬥，手裡一根橫杆舞得虎虎生風，以一人之力對上三人，竟然絲毫不居下風，甚至有越戰越勇的趨勢。

那三個侍衛越打越是驚心，就在此時，邵清榮聽見身後傳來杜如蘭的聲音。

「別打了，快走！」

他當機立斷，一個箭步退到門外，趁著那三人緊跟著撲出來之際，將手中的橫杆往門中央一卡，那三人撞在橫杆上，擠成了一團。

杜如蘭端起地上的木盆，將一盆熱水朝門裡潑過去，那三名侍衛下意識地抬手去擋，下一刻，便見一個厚重的木盆迎面飛來，砸得他們眼冒金星，等反應過來時，邵清榮已拉著杜如蘭不知跑去哪裡了。

領頭的侍衛滿面陰沈地放下手，三人身上衣衫盡濕，狼狽不堪。

一人道：「頭，他們跑了，怎麼辦？」

領頭的侍衛臉色十分難看地道：「還能怎麼辦？上面交代下來的事情，總是要交差的。」

另一人心有餘悸地道：「我看那人似乎完全不怕死，我明明捅了他一刀，他卻跟沒事人一樣，連吭都不吭一聲。頭，他、他是人嗎？」

領頭侍衛陰沈沈地道：「不是人，難不成是鬼？」見那人不說話了，領頭侍衛繼續道：「去把那個廢物弄起來！他們跑不遠，婁海你回府一趟，讓寧晉多帶幾個弟兄來搜，我們先追上去。」

那個叫婁海的侍衛立即拱手。「是！」

月黑風高，此時已是深夜時分，大部分的店鋪都打烊了，唯有幾座高樓前零星點著些燈籠，散發出昏黃的光芒，街道上沒有行人，寂靜無比。

不多時，從街角走過來兩個人，一男一女，腳步匆匆，不時回頭往後看看，似乎在躲避著什麼人一般。

這兩人正是從客棧中逃脫的杜如蘭和邵清榮，他們趁著夜色，片刻都不敢停留，快步往前跑去，腳步聲在寂靜的街道傳開，伴隨著急促的喘氣聲。

杜如蘭跟著邵清榮一路跑過來，她雖然是個弱質女子，但是此時腳步卻不敢稍有遲緩，咬著牙拚命邁動雙腿，跟在邵清榮身後。

然而就在這時，邵清榮突然腳下一個趔趄，一頭栽倒，雙膝跪地，差點爬不起來，他只覺得眼前金星直冒，像是有無數的黑影晃來晃去。

他有些懵然地道：「怎麼、怎麼回事？」
杜如蘭心裡一緊，立即上前察看，手不當心碰到他的脊背，只覺得觸手溫熱黏膩，她驚叫一聲，低頭藉著昏黃的燈籠光芒察看，只見邵清榮的衣裳早已被浸透了，背上有大片的深色痕跡，那些都是血！她的臉色微微發白，聲音急促地道：「你受傷了！」
邵清榮愣了一下，伸手往背後摸去，摸到了一手血，果然是受傷了；但他只是抿了抿唇，迅速爬起身來，毫不在意地催促道：「快走，別停下，不然那些人又追上來了！」
杜如蘭緊張地道：「可是你的傷口——」
「沒事！」邵清榮打斷了她，快速地道：「我不怕疼，先躲開他們再說！」他說完，一把牽起杜如蘭的手，低聲道：「杜姑娘得罪了。」拽著她就往前面跑去。
杜如蘭咬了咬牙，最後什麼也沒有說，埋頭跟著他，飛快地跑向了街角。
過了大約半盞茶的工夫，有腳步聲從後面追了過來，是那幾個太子府的侍衛。
他們一邊跑，一邊四下張望，卻不見那一男一女的身影，這是一個三岔路口，領頭的那個侍衛停了下來，伸手一揮，身後的兩人也跟著停下來。
其中一人道：「頭？」
領頭的侍衛目光搜尋了會兒，落在了地上，光線雖然很暗，但是仍舊能看得清楚，那裡有斑駁的血跡，還有腳步痕跡，是剛剛留下的。
那兩人肯定在這裡停留過！領頭的侍衛道：「在這裡留個記號，等寧晉他們找過來。」

一人應聲道：「是！」

「繼續追。」

腳步聲漸漸遠去，三人的背影也消失在街角處，循著地上的血跡一路追過去了。

謝宅。此時夜深了，屋子裡依舊點著燈。

施嫿正坐在案桌旁，看著醫案；謝翎坐在旁邊，旁邊備有筆墨，正在抄寫書本，淡淡的墨香在空氣中瀰漫，令人聞了便覺得舒暢不已。

謝翎寫下最後一個字，抬起頭來，卻見施嫿手裡拿著書，遲遲沒有翻動，像是走神兒，眉頭微微蹙起，彷彿在思索著什麼問題。謝翎放下筆，喚她。「阿九？阿九？」

「嗯？」施嫿這才猛地回過神來，抬頭望向他。「怎麼了？」

謝翎搖搖頭，問道：「阿九在想什麼？」

施嫿與他對視片刻，像是在斟酌著某件事情，就在謝翎以為她不會回答的時候，她忽然開口了。

「謝翎，我問你一件事情。」

「妳說。」

施嫿慢慢地道：「當你想要置一個人於死地時，是否可以想盡所有的辦法，借助一切外力，甚至不擇手段，來達到目的？」

謝翎望向她，沈吟片刻才道：「若我真的有了這個念頭，那必然是與此人有著不可解的深仇大恨，此仇不報，此生意難平，因此但凡有一絲機會，我都會緊緊抓住，哪怕是不擇手段。」

施嫿看見他說這話時，眼底的堅定和執著。突然，靜靜燃燒的燭火爆出了一個火花，在寂靜的空氣中響起，緊接著，遠處傳來急促的敲門聲。

敲門的聲音，在這寧靜的深夜裡，顯得尤其驚心。

「有人敲門。」

謝翎立即站起來，伸手端起燭臺。「我去就行了。」

施嫿搖搖頭，道：「我與你同去。」

謝翎不再說什麼，他舉著燭臺走在施嫿身旁，與施嫿兩人往前院走去，施嫿的步伐有些快，謝翎高舉著燭臺，緊緊跟著她，生怕她一腳踩空了。

兩人到了前院，敲門聲倏然停止了，施嫿立即上前，從窄窄的門縫往外看了一眼，然後飛快地打開了門，有兩個人站在門前。

杜如蘭喘著氣，快速地道：「施大夫，邵公子他受傷了！」

施嫿定睛一看，竟然是杜如蘭揹著邵清榮！邵清榮已經昏迷了，臉色蒼白無比，也不知杜如蘭一個弱質女子，是如何將邵清榮那麼大的個子揹在肩上的。

施嫿驚訝之餘，忙讓開道：「先進來再說。」她說著要去扶邵清榮。

杜如蘭卻道：「邵公子的鞋被血浸透了，不可沾地，免得留下腳印，還是我直接揹進去吧！」她說著，咬了咬牙，將邵清榮揹進了宅門。

施嫿立即把宅門合上，低聲道：「不要在這裡停留，先去後院。」

謝翎將燭臺遞給施嫿，對杜如蘭道：「妳恐怕力不能支，還是我來揹吧！」

杜如蘭也不逞強，略微鬆開手，幫忙謝翎將邵清榮扶上了背。她的額上全是汗水，臉頰上甚至有一抹血跡，十分狼狽。

謝翎揹起邵清榮往後院的方向走。

施嫿一邊舉著燭臺照路，一邊問杜如蘭。「怎麼弄成這樣？那些人又找上妳了？」

杜如蘭的聲音裡帶著幾分歉意，道：「是，我今日不該那樣對你們，施大夫，實在對不起，若不是我，邵公子也不會受傷。」

施嫿卻道：「這不關妳的事。」

杜如蘭一愣，像是有些不明白。

施嫿移開視線，不去看她的臉，目光落在遠處黑黝黝的屋簷上，慢慢地道：「他會去找妳，其實是我教他的。」

杜如蘭越發迷惑了。「怎麼……」

施嫿語氣平淡地道：「找妳麻煩的那些人，妳不知道他們的來頭，我卻知道。有人下了命令，叫他們帶妳回去，或者乾脆殺了妳；但是早上有邵清榮幫妳解圍，我們兩人又先他們一步接走了妳，讓他們撲了空，他們必然不會善罷干休，晚上會再來找妳，這是再正常不過的事情。」

杜如蘭驚疑道：「可是妳和邵公子怎麼知道我住在那個客棧？」

施嫿反問她。「妳昨天敲了登聞鼓，是不是？」

杜如蘭不作聲。

施嫿繼續道：「妳敲了登聞鼓伸冤，此案登聞鼓院的官吏一定要受理，遞了摺子到御前，等皇上批下來之後，妳明日便要去刑部。妳性子剛硬，做事果斷，經過今天的兩次麻煩事，必然會想著等明日清早宣仁門一開，就立即進皇城前往刑部，免得節外生枝，所以妳肯定會在距離宣仁門最近的客棧投宿，於是我讓邵兄去打聽了一番，他大概很快就找到妳了。」

杜如蘭有些震驚，她完全沒想到自己的一舉一動、所思所想，都被面前這個比自己還小的女子摸得清清楚楚，啞然片刻，才道：「你們為什麼要……」

「為什麼要幫妳？」施嫿終於轉過頭來，望著她，笑了一下。「大概是邵兄想幫妳吧，我只是替他出個主意而已。」後院到了，施嫿推開門，道：「實話說，我雖然有些捕風捉影地推斷，但是確實沒想到會鬧成如今這樣，畢竟這是天子腳下，他們竟然真的敢……」

謝翎揹著邵清榮進院子，走到東廂的屋子裡，將他小心地放在了榻上。

一接觸到竹蓆，邵清榮清醒了些，勉力睜開眼，口中道：「別停下，跑去、去找施大夫。」他的聲音虛弱至極，顯然是強弩之末了。
杜如蘭猛地轉過臉去，不肯看他。
施嫿安慰道：「邵兄，你們已經安全了。」
邵清榮這才長長地舒了一口氣，閉上雙眼，昏睡過去。
施嫿將燭臺拿近，旁邊謝翎早已十分默契地遞了剪刀過來，施嫿乾脆俐落地將邵清榮傷口位置的衣衫布料剪開，一旁傳來了倒抽氣的聲音。
杜如蘭臉色發白，嘴唇有些顫抖。「怎、怎麼這樣嚴重？」
傷口確實很嚴重，很明顯是被刀自肋下刺入，又往上挑出，若是再深一點，恐怕立刻就一命嗚呼了。
施嫿冷靜地道：「幸虧邵兄生來體質特殊，無法感覺到痛，否則以這樣的傷口，常人恐怕很難走這麼遠的路，早就不能支撐了。」
聞言，杜如蘭緊緊咬了一下唇。
施嫿對謝翎道：「你去打些熱水來。」謝翎離開後，施嫿又向杜如蘭道：「杜姑娘，煩勞妳照看他一下，我去拿藥粉來。」
「好、好！」杜如蘭忙不迭地往榻邊走了幾步，道：「施大夫去吧，我看著邵公子。」
施嫿點點頭，離開東廂，去了自己的屋子，翻找金瘡藥，還有一些棉紗之類的物品，回來時謝翎已經打了熱水來，施嫿迅速地替邵清榮處理傷口，動作十分麻利，快而不亂。

杜如蘭想幫點忙，但是什麼都幫不上，只能站在一旁發愣，目光落在邵清榮身上，有些迷茫。

沒多久，邵清榮的傷口便處理完畢。

施孋將棉紗打結，吐出一口氣，道：「他失血過多，要慢慢養才能恢復，這其間不能走路和大動作，免得傷口裂開了。」

謝翎便道：「我來照看他吧！」

「不，不麻煩你了。」杜如蘭輕輕地搖頭，道：「邵公子他、他是因為我才出了事的，還是我來照看吧！」

謝翎猶豫了一下。「可是……」杜如蘭畢竟是個女子，男女有別，恐怕許多事情都不方便。

杜如蘭卻堅持道：「這種時候，也顧不得這麼多了，況且這本就是我的責任，怎麼好意思麻煩你？」

聞言，謝翎轉頭看向施孋，見施孋輕輕地點了一下頭，他不再多勸，只是道：「若有需要，只管開口叫我一聲便是。」

杜如蘭臉上終於露出一絲細微的笑意，但是很快地，又被重重憂慮所遮掩。

第二十二章

卻說太子府的侍衛在夜色下循跡而來，一人辨別著地上的血跡，忽然道：「頭，那些血跡消失了。」

領頭的侍衛盯著血跡，還有凌亂的腳印，順著路望過去，只見那些痕跡最後消失在一座高大的宅子門口。他抬起頭來，盯著宅子上的匾額，微微瞇起眼，一字一頓地唸道：「平遠將軍府。」

另一個侍衛有些緊張地道：「他們進了將軍府了？」

領頭的侍衛表情有些凝重，半晌沒說話。

最先開口的那個侍衛道：「怎麼辦？頭，我們要去叫門嗎？」

領頭侍衛瞥了他一眼。「你敢跟平遠將軍要人？」

那個侍衛頓時噤口了。

領頭侍衛想了想，沈聲道：「罷了，先回去將這事如實稟報上去。」

「是！」

一行人轉身往回走，不多時便碰見了帶著人從太子府過來的寧晉。

寧晉見領頭侍衛臉色難看，問道：「頭，出什麼事情了？」

「他們進了平遠將軍府了。」領頭侍衛表情嚴肅地道：「先回去請罪吧！」

「是！」

七、八名侍衛回去太子府，一路上無人敢說話，靜默無聲。

等進了府裡，領頭侍衛道：「都在這兒等著，我去稟報殿下。」他說著，邊往後堂的方向走，沒多久就遇到了幾個捧著茶果的宮人，遂問道：「殿下在何處？」

「殿下現在在怡然居。」

侍衛頭領一路來到怡然居，裡面傳來絲竹之聲，間或夾雜著歌姬輕揚悅耳的歌聲。

「明月多情應笑我，笑我如今，辜負春心，獨自閒行獨自吟。」

通報之後，侍衛頭領深吸了一口氣，走進廳堂，只見太子正半倚著桌椅，微微合著雙眼，手指一下一下地在桌上敲擊著，應和著那歌姬優美動聽的歌聲，旁邊還坐著一名中年人，正在慢慢地喝著酒。

琵琶聲響，如珠落入玉盤之中，美妙悅耳，侍衛頭領不敢說話，垂手斂目，靜立在堂下。

耳聽一曲唱罷，太子才睜開雙眼，微微揚了揚手，道：「都下去吧！」

歌姬、樂師們立即躬身行禮，毫無聲息地退了出去。

太子望過來，道：「怎麼了？」

侍衛頭領答道：「啟稟殿下，杜如蘭逃走了。」

太子霍然睜眼，一掃方才的愜意和漫不經心，直起身來，一雙眼睛如刀子一般，緊緊地盯著他，一字一頓地說：「你說什麼？給孤再說一遍。」

侍衛頭領立即跪下來，嚥了一口唾沫，聲音乾澀地道：「杜如蘭逃進了平遠將軍府，屬下辦事不力，請殿下責罰。」他的額頭死死貼著冰冷的地磚，不敢抬頭。上方沈默良久，忽然，一道聲響呼嘯而來，侍衛頭領不敢閃躲，整個人跪伏在那裡，如同木雕泥塑一般，硬生生受了那一下。啪嚓一聲，上好的琉璃盞碎裂開來，酒液四濺，醇香的酒氣在堂中瀰漫。

緊接著，太子的怒吼聲隨之傳來。

「廢物！孤養著你們這群廢物有什麼用！」

太子如同一頭被激怒的獸，猛地站了起來，抄起面前案桌上的酒壺和杯盞，一股腦兒地砸向那侍衛頭領，口中怒罵道：「連一個手無縛雞之力的女子都抓不住，孤的府中不養無用之人！滾！」

侍衛頭領自然不敢滾，若是一滾，太子盛怒之下，恐怕自己的項上人頭也要跟著滾了。他只一味地垂著頭，以額觸地，不敢有絲毫動作，唯恐又觸怒了太子。

太子發了好大一通脾氣，才跌坐在圈椅中，臉色陰沈得彷彿烏雲密布一般。「孤遲早要被你們這些廢物給害死！」

「屬下有罪，甘願受罰。」

「呵！」太子冷笑起來，斜眼看他。「罰你？罰了你，你就能去平遠將軍府幫孤把那個叫杜如蘭的賤人抓出來？」

侍衛頭領不敢作聲了。

倒是一旁坐著的文官慢慢地開口了。「殿下息怒，莫氣壞了自己，不值當。」

太子的聲音帶著怒意，但是好歹平靜了不少。「太傅有所不知，這件事情，孤當時千叮嚀、萬囑咐，要他們辦穩妥，絕不能出岔子，可是萬萬沒想到，如今卻弄成了這番局面！孤就是想破了頭也想不出來，府上好吃好喝地養著這些人，為何統統都是飯桶？關鍵時候，什麼力都使不出來！」

「殿下息怒。」

太傅安撫了太子一句，轉頭問道：「現在人已進去平遠將軍府了嗎？」

侍衛頭領答道：「是。」

太子的臉色依舊陰沈，語氣忿然。「為何平遠將軍會摻和進來？這跟他有什麼干係？」

太傅卻問那侍衛頭領。「你是親眼看見她進了將軍府？」

「這……」侍衛頭領猶豫了一下，道：「這倒沒有。」

太傅言辭犀利地追問道：「那你如何能夠斷定是平遠將軍府的人插手了此事？」

侍衛頭領答道：「那杜如蘭的同夥受了傷，屬下看著血跡是在將軍府前消失了，顯然是入了將軍府。」

「莽夫！」太傅不客氣地道：「你會循著血跡追查，他們就不會掩蓋行跡？」

侍衛頭領一時啞口無言。「可——」

「行了！」太子一擺手，不耐煩地道：「一幫成事不足，敗事有餘的東西！」

侍衛頭領立即又磕了一個頭，不敢再出聲。

太子表情陰鷙，喜怒難辨。

倒是太子太傅道：「殿下可是憂心此事？」

太子道：「孤本想著將那杜如蘭抓來，逼她反咬恭王一口，即便不成，也乾脆一不做、二不休，殺了她，來個死無對證，可偏偏這些飯桶。」他說著就來了脾氣，一把掀翻了桌上的果盤，精緻的茶果、糕點滾落一地，氣道：「籌劃了半天，最後全被攪和了！」

太子太傅慢慢地道：「事已至此，殿下再想無益，不如想想，要如何把這事情給圓回來。」

太子氣憤難平。「怎麼圓？孤那好弟弟就等著抓孤的辮子！刑部尚書是他的人，這事情已經捅了出來，父皇今日批了摺子，讓刑部立即著手審案子，刑部簡直是水潑不進的鐵桶一座，若是叫他們翻出了岑州的事情……」他的臉色漸漸陰沈下來，森然道：「不行，孤不能讓他們那麼做，那杜明輝的女兒知道多少事情。」

太子太傅卻道：「殿下切莫自亂陣腳，以臣之見，此事還遠不到那般田地。」

太子立即轉過頭來，望著他，道：「太傅可有良策？」

「既然皇上已下了命令，讓刑部去審，刑部能不能不審？」

太子臉色難看地道：「他們現在肯定巴不得連夜提審，怎麼可能不審？他們恨不得把舊帳全部翻出來，一把將孤拉下去，孤不能……」

太子太傅又道：「殿下，刑部審了，皇上就會信嗎？」

太子愣了一下，下意識道：「不，還有大理寺，刑部審了之後，要將案子遞交大理寺複審。」

「這就是了。」

太子思索他的話，眼睛漸漸亮了起來。「是了，大理寺審完之後，若有問題，還會打回去，叫刑部再審，讓他們審，拖得越久越好，這樣孤的時間也越多了。」

「不，殿下。」太子太傅卻否決道：「殿下這樣想卻是不對了，殺了杜明輝之女，並無多大的益處。」

太子轉頭看他。「願聞其詳。」

太子太傅提醒道：「殿下不要忘記了，只要刑部握在恭王手中一日，那就是一把利刃，殿下日後行事都要受其掣肘，束手束腳，難道殿下不想奪過這把利刃，收為己用嗎？」

太子眉頭一動。「太傅的意思是……」

太子太傅意味深長地道：「他們要審，就讓他們審，殿下只須牢牢掌握住自己手中的棋子，他們若是鬧大，那就更好了，鬧到三司會審那一日，鹿死誰手，尚未可知呢！」

太子的眼神漸漸變了，之前的焦慮也一掃而光，笑道：「是，太傅說得是，是孤著急了。」他說著，目光往堂下一掃，對跪著侍衛頭領沈聲道：「滾下去，自己領罰吧！」

「是。」

謝宅。

施嫿正在案邊寫著方子。

杜如蘭坐在一旁，看著臥榻上的人，邵清榮躺在上面，依舊昏睡著，因為失血過多，他的面孔呈現出慘澹的蒼白。

屋子裡安靜無比，過了許久，杜如蘭才慢慢地開口道：「我今日確實沒有想到邵公子會來。」她像是自言自語道：「他若不來，焉知我如今是否有命坐在這裡？」

施嫿接了一句。「邵兄為人宅心仁厚，他想幫妳。」

杜如蘭苦笑一聲，道：「幫不了，只會白白連累了你們。」她說著，轉頭看向施嫿，道：「事到如今，邵公子已經被我帶累了，有些事情我若還瞞著你們，只怕連我都要唾棄自己了。」

「杜姑娘別這麼說。」

杜如蘭搖搖頭，深吸了一口氣，將目光移向靜靜燃燒的燭火，徐徐道：「我父親名叫杜明輝，白松江還未決堤之前，他是岑州的知州，後來的事情，施大夫想必也知曉一二。白松江決堤之後，岑州一帶都被水淹沒，皇上震怒，下令嚴查此事，將主事的官員都帶回京城問罪，其實，我父親他也是要被押進京的。」

一旁一直靜默的謝翎開口道：「此事我聽說過。」

杜如蘭繼續道：「在進京的前一日，我父親他、他自盡了，用了一把裁紙刀。」她的嘴唇微微顫抖著，像是又看見了當日那副慘烈的景象，短暫的失神之後，才又道：「他只留下了一封信，不過，那信被我收起來了。他們都說我父親是畏罪自盡的，但是他有什麼罪？」杜如蘭的聲音輕顫。「他為官向來清廉，我們一家老小每年都是靠著他的俸祿過日子，當初修建河堤的公款被挪用了，但是那銀子他未曾拿過一分一毫，頂多、頂多就是一個知情不報的罪名，何至於落得一個身死名裂的下場？」她輕輕抽噎了一下。

短暫的沈默之後，謝翎問道：「白松江決堤的案子如今已經結了，當時究竟是發生了什麼事情？」

杜如蘭拭去了眼淚，冷靜下來，道：「岑州年年水患，去年年中，朝廷撥了三百萬兩銀子下來修河道，但是你們恐怕不知道，那三百萬兩銀子還未運到岑州，就已經被瓜分完畢了。」

謝翎與施嫿對視一眼。「有這種事情？」

杜如蘭冷笑一聲。「不只如此，三百萬兩銀子分是分了，上面吃肉，下面喝湯，皆大歡喜，其餘的都拿去填庫銀虧空了，最後分到白松江修河道的銀子，不足五十萬兩。我父親沒有分銀子，可他是岑州知州，修河道的事情最後還是要落在他身上，但沒有銀子，拿什麼修河道？」她慢慢地道：「最後只能將白松江最重要的一段重修了，其他的河道再徐徐圖之。今年大水一發，我父親便知道大事不妙，當初分銀子的時候，大家都是好商好量，可銀子不是那麼好拿的，到了這種時候，分的銀子就都是買命錢了。」

照她所說，岑州知州當初既沒有拿銀子，想必不會受到什麼影響，只有一個知情不報的罪名，大不了撤官罷職，罪不致死；若他願意上書，將岑州的事情一五一十捅出來，說不定還能撈到一個將功贖罪的機會，可最後他卻選擇了自盡。

施孅若有所思，道：「妳父親可是受了威脅？」

杜如蘭閉了一下眼睛，深深吐出一口氣來。「自從我父親到岑州上任，從一個知縣做到了知州，其中辛苦，不足為外人道，我們一家隨著他在岑州生活了近二十年，上有祖母，下有家小，出了這種事情，我們便成了他的軟肋。」

話說到這裡，已經十分明白了。杜明輝為了保全家人，又不願意回京頂罪，便唯有一死，才能安了某些人的心。

杜如蘭的聲音裡帶著懊悔。「岑州就是一個大泥潭，我從前便勸過父親，若是可以，不如上書奏請調去外地，便是去邊疆那種蠻荒之地，雖說苦了些，但是總比這裡要好。他既不願意與那些人同流合污，一起貪墨，又無法檢舉他們，只一味地沈默，最後事情爆發時，還要把命填上。」她咬著牙，語氣裡是滿滿的恨鐵不成鋼。「我此番安頓好家人，來到京城，就是為了將岑州之事揭開。朝廷查來查去，只殺了幾個無關緊要的芝麻官，有什麼用？我不能讓我的父親揹著罪名白白死了，他是有罪，可並非貪墨之罪，我既然來了這裡，就沒想過能活著離開！」空氣安靜，燭火搖晃了一下，很快又歸為平靜，杜如蘭稍微平復了情緒，繼續道：「你們恐怕不知道，岑州除了白松江決堤之事以外，庫銀已經虧空了許久，直到去年年中那三百萬兩的修河公款到了，才勉強填補了大半，到我父親過世時，也還是虧空的。」

杜如蘭頓了頓，道：「還有一事，岑州一帶年年水患，收成不好，從三年前開始，朝廷便下令賦稅減半，可是直到如今，岑州還是根據往常豐年的賦稅收稅，甚至從前年開始，還加收了一樣茶稅。為了此事，我父親與巡撫衙門爭執了許久，被扣留了十日，回來時已是形銷骨立。」

施嫿心裡倒抽了一口氣。

謝翎沈著地道：「妳父親是岑州知州，按理說，是可以上書的，為何他不將事情稟報朝廷？」

杜如蘭搖搖頭。「我父親上書過，可是奏本根本出不了岑州就被攔下了。」她說到這裡，苦笑了一下。「不瞞你們說，我父親原本是翰林院出身，一介文人，實在不是當官的料子。他是個清官，但是在岑州那種地方毫無用處，處處掣肘，甚至連衙門的一個胥吏說話都比他好使。」她說著，又道：「再者，岑州屬山陽省，便是一個年年受災的地方都如此盤剝了，其他的州府又是如何情況？上下串通，沆瀣一氣，他們在朝中又有人，雖說直到如今，我還不知是誰替他們撐腰作主，但是經過這兩日的事情，我已窺見冰山一角了，果真叫人膽寒，怪道我父親會落到如此地步。」杜如蘭嘆了一口氣，眼中又有盈盈淚意泛起。

施嫿聽罷，冷靜地道：「這事情恐怕非妳一人之力能夠做成。」

「我知道。」杜如蘭點點頭，道：「可如今我父親已經身死，我不能再讓他們那般逍遙法外，拚著一死，我也要叫他們付出代價。」

「不。」施嫿搖了一下頭，認真地道：「我的意思是，妳一介女子，又是罪臣之後，人微言輕，應該要找個能幫妳的人。」

杜如蘭有些茫然地望著她，道：「我要找誰？我父親外放多年，不在京中，人脈全無。」

論起來，杜如蘭在女子中算得上是果敢了，她甚至悶不作聲地跑到京師來敲登聞鼓，企圖以這種方式引起朝廷的注意，只是她的力量太過輕微了，完全無法與她的敵人抗衡。

施嫿問道：「妳可知道今日來尋妳麻煩的人是誰？」

杜如蘭搖搖頭。「我不認識他們，看他們的穿著打扮，應該是某些達官顯要養的護衛。」

施嫿冷靜地道：「那我告訴妳，他們都是太子府的人。」

謝翎倏然轉頭看向她，目光幽深。

杜如蘭也是猛地一驚，抬起頭來。「妳的意思是說……」

施嫿點了一下頭，道：「妳可明白其中的利害？」

杜如蘭迅速地思索著，喃喃道：「這麼說，他們的後臺就是太子？可、可他是儲君啊，為何要這樣做？大乾難道不是他日後的江山，我們難道不是他的子民嗎？」

施嫿慢慢地道：「這就不是妳能考慮的事情了，妳現在只需要想，誰能幫妳？」

杜如蘭的臉色有些發白，她萬萬沒想到幕後之人竟然是如此身分，她不過是一個毫無根基的女子，如何能與之抗衡？誰能幫她？

「恭王。」

出人意料的，這回開口的竟然是謝翎。

謝翎站起身來，望著杜如蘭道：「如今朝廷上下，能與太子一爭的，只有恭王了。」

杜如蘭的嘴唇動了動，她有些無措地道：「可我從未見過恭王，他如何會見我？」更不要說，對方怎麼會為了她的事情，出手與太子相爭？太子可是大乾的儲君。

謝翎沒有回答，而是看向施嫿。

施嫿垂著眼，似乎出神了，過了片刻，她站起身來，對杜如蘭道：「妳先別著急，此事須得徐徐計劃，明日一早，妳還要去刑部，先休息吧！邵兄這裡的情況看著嚴重，我開了方子，明日一早去抓些藥，將養幾日就會大好了。」

杜如蘭點點頭。

施嫿離開了屋子。

謝翎也跟了出來，叫了她一聲。「阿九。」

話。

施嫿在院子裡停下腳步，轉過身來看他，她幾乎有預感，謝翎接下來會問出一些什麼

然而，謝翎只是看著她，道：「早些休息，今天太晚了。」

施嫿有些意外，但是卻又覺得這才是謝翎會說的話。她笑了一下，道：「你不問我嗎？」

謝翎卻反問道：「阿九現在想好要告訴我了嗎？」

施嫿愣了愣。

謝翎繼續道：「等到阿九真正想說的那一天吧！」他微笑起來。「時候不早了，阿九去睡吧！」說完，謝翎便轉身往前走去。

就在這一瞬間，施嫿幾乎想脫口叫住他，將自己的秘密和盤托出，一五一十地告訴他。可是，她按捺住了，死而復生這種事情，豈是尋常人能夠接受的？謝翎會相信她嗎？相信了之後呢？

施嫿心裡隱隱恐慌，難道要告訴他，當初逃荒途中的出手相助，不過是因為想利用他扳倒太子李靖涵？

謝翎知道了，會如何猜想？

施嫿心中的那一絲絲想法漸漸熄滅了，不，還不到時候，至少不是現在。

次日一早，五更時分，天還未全亮，杜如蘭便來向施嫿告別。她今日要去刑部，為免節外生枝，給施嫿帶來麻煩，她想趁著天不亮就去宣仁門處，等著城門開啟。

施嫿只能叮囑她萬事小心，她披著外衣站在門廊下，看著杜如蘭的身影消失在院門口。

沒多久，西廂便傳來了動靜，謝翎打開了門，穿戴整齊，問施嫿道：「杜姑娘走了？」

「剛剛走了。」施嫿道：「你也要去翰林院了吧？」

「時間尚早，不急。」

他果然不著急，有條不紊地漱洗之後，又做好早飯，才慢悠悠地離開。

等謝翎走後，邵清榮也醒了。他體質特殊也有這一點好，尋常人受了這樣重的傷，起碼疼得要臥床躺個五、六日才能下地，邵清榮卻半點事情都沒有，直接下床走動，還是被施嫿看見了，立即勒令他躺回去。

邵清榮有些不好意思地道：「施大夫，我似乎沒有什麼事情，躺著總覺得怪怪的。」

「若是昨日那刀子刺得再深一點，恐怕你現在連說話的機會都沒有了。」

邵清榮還欲辯解，施嫿瞟了他一眼，毫不留情地道：「你是大夫還是我是大夫？」

邵清榮連忙道：「自然您是。」

「躺回去。」

邵清榮不敢再說二話，立即躺回了榻上，盯著房梁發呆，過不了一會兒，又小心地動了動，一副百無聊賴的模樣。

施嫿也不管他，只是道：「我要出門一趟給你抓些藥，你就在這裡躺著，別亂動，免得傷口裂開，到時候我就只能拿針線來，一針一針給你仔細縫上了。」

邵清榮聽了，頓時覺得後背一陣發涼，連忙點頭應下，就差指天發誓了。「我絕不亂動！施大夫，您怎麼說，我就怎麼做！」

施嫿滿意地點點頭，確認一切無事後，才帶著昨夜寫好的方子，離開謝宅。

等出了門，便見到對面的平遠將軍府的府門大開，幾個下人來來去去，提著水桶沖洗著地面。

一人道：「晦氣！一大清早的，怎麼會有血跡在這裡？」

另一個僕人道：「不會是那什麼吧？」

那提著水桶的人瞪他。「閉上你的嘴！那什麼是什麼？咱們將軍威名赫赫，我倒要看看什麼東西敢尋上門來！」他說著，放下水桶，又拿掃帚仔仔細細地清掃地面，直到血跡再也看不見了，才帶著幾人回去。

施嫿停了一下，轉身將大門合上，離開了門口。

轉過兩條街，便到了東市，施嫿找到了醫館。

那醫館才開門，夥計正把門板卸下來，看見她來，還認得她，笑道：「喲，客人，這麼早您就來了？」

施嫿點點頭，也笑了笑。「我來抓些藥。」

那夥計聽了，連忙把門板放下，客氣道：「您請進，請進！」他說著，快手快腳地到了藥櫃旁，隨手收拾櫃檯上的東西，一面笑著問道：「您的方子帶來了嗎？」

「帶來了。」施嫿從袖袋裡拿出一張藥方，遞過去。「就照著這上面的，先抓三副。」

「好！」醫館夥計立刻接過方子，快速地掃了幾眼，而後轉過身去開始抓藥。三副藥不需要多長時間，很快便抓好了，那夥計殷勤地幫忙施嫿把藥包好，笑咪咪地道：「客人，一共是兩百四十文，您拿好了。」

施嫿點點頭，付了藥錢，拿起藥包往外走。

那夥計還熱絡地道：「您慢走！」

然而施嫿才到門口，便看見幾個熟悉的身影站在那裡，她心裡頓時咯噔一下，表情迅速地恢復了從容，垂頭從門口走過去。緊接著，一人的手擋在她面前，一個聲音沈沈響起。

「慢著。」

施嫿怔了怔，隨即抬起頭望過去，對上那三人的目光。

為首攔著施嫿的那個領頭侍衛問道：「妳這抓的什麼藥？」

施嫿心裡跳了一下，表情卻十分冷靜，回答道：「是補氣健脾的藥，幾位大哥有事？」看三人的穿戴，施嫿便知道他們的來歷，無非是太子昨晚抓人失利，不死心，今日想繼續搜查；只是她沒有想到的是，對方竟然會在東市的醫館守著。

領頭的那個侍衛又追問道：「妳這藥給誰抓的？」

施嫿抿了抿唇，不疾不徐地道：「當然是給我自己抓的，能否勞駕幾位讓讓，我要回去了。」

領頭侍衛怎會輕易讓開，他偏了一下頭，對身後一人道：「去問問。」

施嫿心裡一緊。

那侍衛領命，立即進去醫館，將那醫館夥計抓了出來，指著施嫿道：「她方才抓了什麼藥？」

醫館夥計看了看施嫿，又看了看那幾人，顯然知道來者不善，頓時苦著臉，道：「小的只是一個抓藥的夥計，她給了方子，小的就照著抓，哪裡懂什麼藥理？」

領頭侍衛冷冷地道：「不懂就去叫懂的人過來！」

醫館夥計面有難色地張了張口。

領頭侍衛瞪著眼睛看他一眼，手毫不含糊地摸上了腰間的佩刀。

夥計立刻縮起脖子，連聲道：「好、好，小的知道了！幾位大爺稍等片刻，小的這就請坐館大夫來看！」他說完，一溜煙地跑進後堂。

施嫿看著三人虎視眈眈的模樣，心知自己此時絕不能妄動，否則會越發引起他們的疑心。

不多時，那醫館夥計就從後堂走出來了，身後還跟著一個老大夫，步履蹣跚，走近前來。

領頭的侍衛揚了揚下巴，道：「讓他看看，這抓的是什麼藥？」

另一個侍衛便要上來搶施嫿手中的藥包。

施嫿一擺手，退開了些，他撲了一個空，施嫿表情冰冷，沒什麼情緒地道：「別動我的藥，你們既然想知道，讓他看方子就是了。」

那侍衛向自己的同伴看去，領頭的侍衛頷首，他才拿著施嫿的方子，交給那老大夫，道：「你給看看，這些藥是治什麼的？」

老大夫接過方子，半瞇起眼，將方子舉得老遠，看了看，慢慢地唸道：「黃芪二兩、黨參二兩、當歸二兩。」

他念叨著，那幾個侍衛都聽不懂，一人不耐煩地催促道：「到底是治什麼的？」

老大夫將方子遞還給施嫿，答道：「都是些補血益氣的藥材。」

領頭侍衛表情一動。「當真？」

其餘兩人俱是盯緊了施嫿，彷彿只要一聲命令，就要撲上前將她拿住似的。

老大夫生怕他們不信，連忙補充道：「是、是！婦人女子常常氣虛，老朽都會開這些藥，絕不會有錯！」

這麼一說，那兩人又有些猶豫。

反倒是領頭的那個盯著施嫿，抬了一下手，道：「先帶回去問話。」

兩個侍衛上前一步。

施嫿猛地退後，警惕道：「你們想做什麼？」

領頭的侍衛道：「有事想問問妳。」

施嫿快速地掃了他們一眼。「既然是問我，為何又要抓我走？你們是哪個衙門辦事的？」

「妳管不著。」那人低喝一聲。「先帶走！」

「誰敢?!」施嫿倏然提高了聲音，逼問道：「普天之下，除了官府衙門與刑部，誰敢抓我？難道在天子腳下就沒有王法了嗎？」

她這冷不丁一聲高喊，立即引起了街上行人的注意，雖然是清早，但是販夫走卒還是不少，大夥見有爭執，立即抱著看熱鬧的心態圍了過來。

人一多，那三名侍衛也有些急了。

施嫿還在厲聲罵道：「光天化日之下，你們既非官府的人，難道是哪家大人要強搶了我去不成？」

這一聲傳開，有越來越多的人圍了過來，興奮地來湊熱鬧。天子腳下，浩浩京師，竟然還有強搶民女的戲碼？可絕不能錯過了！再一看施嫿的容貌，所有圍觀眾人頓時明白，難怪了！

那三個侍衛自然不能大聲嚷嚷自己是太子府的，進退兩難間，領頭那個臉色一沈，他今日忙了大半日，總得交差，遂咬咬牙，道：「別管她，帶回去再說！」

剩下兩名侍衛聽了，上前欲抓施嬧，就在此時，一個女子聲音傳來，在這當下顯得十分清晰。

「住手！」

所有人都轉頭望去，只見人群之外，不知何時停了一輛馬車，那馬車精緻富麗，一看就非尋常人家能有的，而車旁正站著一名女子，旁邊跟著幾位隨從。

施嬧一看見那女子的模樣，不由得怔住了。

與此同時，太子府的三個侍衛也看清了說話的人，不得不停了下來。

人群漸漸分開，讓出一條道來。

那女子帶著隨從走過來，看了看施嬧，又轉向那幾名侍衛，道：「怎麼回事？」

太子府的三名侍衛你看看我、我看看你，拱手道：「王妃娘娘。」

施嬧心裡微微一跳，轉頭看向那被稱為王妃的女子。數年不見，她眉目間的活潑已經褪去，取而代之的是一種柔和，像是被打磨圓潤的玉石一般，透出一種精緻婉約的意味。

這是已經嫁給了恭王的陳明雪，如今的恭王正妃。

恭王妃淡淡地掃了他們一眼，道：「沒人要告訴本宮，發生了什麼事情嗎？」

片刻的沈默之後，領頭的太子府侍衛拱手道：「回王妃娘娘的話，此女子包庇賊人，我等奉命將她帶回去審問。」

恭王妃道：「奉誰的命？」

「這……」那太子府的侍衛面上露出幾分難色。

恭王妃見他不答，立刻道：「沒有奉命，看來就是你自己在外面私自胡亂抓人了？」緊接著道：「你們如此囂張行事，在皇城大街上隨意抓人，抹黑太子殿下的名聲，就不怕他問罪你們？」

那三人立刻躬身道：「我等不敢。」

恭王妃冷笑一聲。「既然不敢，你們如今又是在做什麼？」

領頭的那個侍衛還有些不甘心。「可是——」

恭王妃打斷他。「這位姑娘本宮認識，是本宮的手帕交，本宮深知她的為人，絕不可能包庇什麼賊人，你們抓錯人了。」

那領頭侍衛萬萬沒想到，自己領著人一大清早在醫館前面守株待兔，結果卻碰到了找碴的人，遂只能應聲道：「是，我等錯了，還請王妃恕罪。」

恭王妃卻道：「你們開罪的不是本宮，不必向本宮賠罪。」

那領頭侍衛咬咬牙，又轉向施嫿，躬身行了一個大禮。「這位姑娘，方才多有得罪，還請姑娘海涵。」

施嫿冷冷地望著他們，道：「不必了，只盼你們下回不要這麼不分青紅皂白就抓人。」

那三人臉上一陣青、一陣白，最後只能悻悻然離開。

等到他們的背影消失在不遠處，熱鬧沒了，人群也都散開了，恭王妃這才看向施嫿，露出了一絲輕微的笑意。「嫿兒，妳竟然真的來了京師，我那天在馬車上果然沒有看錯！」

她說這話時，眼睛微微彎起，看上去亮晶晶的，倒是讓施嫿看見了幾分她從前的活潑氣質，心裡方才的隔閡和生疏感也消散不少，笑著道：「我也沒想到竟然會在今天碰到妳。」

恭王妃道：「妳怎麼會惹上太子府的人？」

聞言，施嫿苦笑一聲。「我也不想，我不過是出門抓個藥，就被他們堵住了，幸好碰上了妳，否則還不知要如何收場。」

恭王妃收斂了神色，認真地道：「方才確實是驚險。」她說著，又猶豫著道：「今日遇見妳，本是大喜的事情，該好好坐下來聊一聊才是，只是我還有事情。妳如今住在何處？等下午時候我回王府，便著人去請妳。」

施嫿聽了，便道：「我如今住在東大街的謝宅，平遠將軍府對面的宅子就是了。」

恭王妃愣了一下，忍不住道：「那宅子不是被御賜給了新科狀元。」她立刻反應過來，驚訝道：「今年的新科狀元是謝翎？」

聽了這話，施嫿無奈地點頭，看來幾乎整個京師的人都知道了，皇上把一座「凶宅」賜給了新科狀元。

恭王妃抿著唇笑了笑，道：「好，我到時候讓人去妳府上拜會。」

施嫿點點頭，兩人別過之後，看著她再次踏上馬車，很快地，馬車便消失在街道盡頭，施嫿這才長長地舒了一口氣，驚覺自己的後背不知何時已經出了一身冷汗，內衫都濕透了。

時隔多年，說是全然不怕，那是不可能的，「太子府」這三個字如同烙印一般，深深地烙在了施嫿的心底。

施嫿帶著抓好的藥包回到院子裡時，朝陽已經升起來了，等藥煎好的時候，已是三刻鐘以後的事情了。

邵清榮一口氣喝完了藥，支支吾吾地道：「施大夫，那個、我想問問，杜姑娘怎麼樣了？她、她去哪裡了？」

施嫿看了他一眼，他頗有些不好意思地挪開視線，揉了揉鼻子，施嫿才答道：「她一早便出門，去刑部了。」

聞言，邵清榮有點緊張地道：「那、那她不會再被那些人找上了吧？她一個弱女子，怎麼能對付得了那些人？」

施嫿答道：「你放心便是，我想如果不出意外，她現在已經在刑部大堂了。」

邵清榮鬆了一口氣。「那就好、那就好！」

施嫿盯著他看了一眼，開口道：「你……」

「施大夫？」邵清榮的目光裡帶著幾分詢問。

施嫿頓了頓，還是把話問完。「杜姑娘之前每次待你都是不假辭色，毫不領情，你為何還要這麼盡心盡力地幫她？」

邵清榮有些不好意思，但還是答道：「她心地是很善良的，只是性格有些拗罷了。」

施嫿見了，還有什麼不明白的，想必邵清榮對杜如蘭頗有好感。她也不說破，只是笑了笑，跟著說了一句。「那倒是，杜姑娘人確實很好。」

邵清榮聽了，立即笑了起來，彷彿施嫿誇的是他一般，笑容頗有幾分傻氣。

到了下午時候，前院有人來敲門。

施嫿不敢貿然開門，而是先從門縫往外看。外面站著一個穿著蔥綠色衫子的女子，作丫鬟打扮，身上的衣裳料子都是上好的，絕非普通人家用得起的；而且，那女子看上去有些面熟，施嫿回憶了片刻，恍然記起，當初在蘇陽城時，陳明雪身邊常常帶著一個丫鬟，名叫綠姝，為人十分機靈，很有眼色。施嫿確認之後，這才將門打開。

綠姝看見她，立即笑了起來，熱絡地打招呼。「施姑娘，好久不見了！我家小姐請您過府一敘。」

她對著施嫿並不稱陳明雪為王妃，而是依舊稱「我家小姐」，倒叫施嫿立即生出幾分親切的感覺，對綠姝微笑著點點頭。「我這就隨妳過去。」

恭王府。

施嫿搭著綠姝的手，下了馬車，前方是一座高門大宅，上面有一塊匾額，寫著「恭王府」三個大字。

綠姝躬了躬身，道：「施姑娘，請。」

施嫿跟在綠姝身後，一路穿過長長的遊廊，到了王府的花園。遠遠地，她聽見了一陣孩童的笑鬧聲，伴隨著聲聲歡呼，顯得十分熱鬧。

一穿過假山小徑，視線倏然寬闊，施嫿看見前方有一棵高大的樹，樹上掛著一架秋千，一名四、五歲的女童坐在那秋千上，一個七、八歲的男童正一下一下地推著她。秋千忽地飛起來，又忽地落下去，女童的歡呼聲也忽高忽低，格格笑著，聽起來快活極了。

女童催促道：「再推高些，我要飛起來！」

男童聽了，果然加大力氣，推得那秋千飛起來，女童的衣衫翩翩，像隻靈巧的燕子。旁邊守著幾個宮人，緊張得不行，臉都有些發白了，雙手張著，似乎生怕那女童從上面掉下來。

綠姝低聲對施嫿道：「施姑娘，這邊。」她說完，便引著施嫿往右邊的小徑走去，一個荷花池出現在前方。

此時正是六月，池面布滿了荷花，清香瀰漫，在那荷花池的旁邊，有一道曲折的木製小橋，一名穿著鵝黃色衣裳的女子正背對著她們，憑欄而立。

那就是恭王妃了。

綠姝讓施嫿稍等，自己上前去輕聲稟報。

恭王妃聽了，立即回身看過來，對著施嫿笑了笑，道：「嫿兒來了。」

施嫿走上前去，正欲行禮，卻被一隻柔白的手攔住。

恭王妃道：「妳我之間，就不必如此了。」

聞言，施嫿看向她，兩人皆是相視一笑，原本因為時間產生的那些隔閡和生疏，似乎都在這一笑之中消失殆盡。

恭王妃拉著施嫿道：「妳什麼時候來京師的？是在謝翎考上狀元之後嗎？」

施嫿搖搖頭。「我來才只有幾日。」

恭王妃又笑著道：「難怪，不見妳來尋我，我記得當初是送了妳信物的。」

施嫿心中歉疚，幾年前分別，她們兩人後來雖然有幾次書信往來，但是時間一久，便漸漸淡忘了。初來京師時，施嫿確實沒有想起要來找陳明雪，即便她知道陳明雪已經成了恭王妃，若不是因為今日湊巧，她們恐怕也不會這麼快就見面。

一別數載，兩人如今又重聚在一起，不勝唏噓，一時竟不知要從何提起話題。

恭王妃仔細打量著施嫿，笑道：「嫿兒還與從前一樣，只是更漂亮了。」

施嫿跟著笑了笑，道：「妳也是。」她說著，猶豫了一下，還是問道：「妳如今過得還好嗎？」

恭王妃怔了怔，然後點點頭。「還好，王府裡無甚大事，也不需要我做什麼，每每聽姊姊和母親她們說起嫁人之後當家的難處，我竟半點都不覺得，反倒比從前尚在閨中時還要鬆快些。」她說著，笑了起來。「不過也有一樣好，再沒有嬤嬤揪著我做繡工了。」

聽了這話，施嫿不由得想起從前的事情。陳明雪跟著她學繡香囊，把手指頭扎出了許多洞，疼得她倒抽氣，費了老大的工夫才勉強做出了一個看得順眼的。

如今回憶起來，不覺恍若昨日。下午的陽光明亮，落在面前女子的面孔上，眼神依舊透澈，容顏昳麗，妝容精緻，她穿著華麗的宮裝，笑容裡卻帶著幾分不可言喻的落寞，她已不再是當初那個活潑天真的少女了。

像是看出了施嫿心中藏著的話，恭王妃微微垂下眼，道：「不說我了，嫿兒如今怎麼樣？還在做大夫嗎？」

施嫿配合著轉開話題，答道：「我三月底的時候離開了蘇陽城，去了一趟老家邱縣，後來又輾轉到了岑州。」

「岑州？」恭王妃抬起頭來看她。「是那個今年發了大水的岑州嗎？」

「是。」施嫿頓了頓，繼續道：「發大水的時候，我正在岑州城內。」

恭王妃立即道：「沒有什麼事情吧？」

施嫿搖了搖頭。「水勢雖然大，來勢洶洶，但是我當時爬到屋頂上，躲了過去，有驚無險，沒出什麼事情。」

「那就好！」恭王妃鬆了一口氣，道：「這件事情我聽王爺提起過，似乎有些嚴重，不過最近好像已經平息了。」她想了想，問道：「那妳日後怎麼打算？是回蘇陽城嗎？還是在京師長住？」
施嫿答道：「恐怕會在京師待上一段時間。」
恭王妃露出了一絲笑意，語氣有些高興地道：「太好了！這樣無事的時候，我也可以找妳說說話！」她說著，猶豫了片刻，又小聲問道：「那……妳說人家了嗎？」問完，施嫿還沒回答，恭王妃的面上便浮現幾分緋色，像是有些不好意思。「我就是隨口問一問罷了。」她說著，自己卻輕笑起來，眉目彎起，彷彿有了幾分舊日的影子。
施嫿笑了，也跟著小聲道：「大概……有吧！」
「啊？」恭王妃有些驚訝地道：「是誰？我認識嗎？」她睜圓了眼睛，滿是好奇。
施嫿忍俊不禁地道：「妳也認識的。」
「是……」恭王妃好奇得不得了，忍不住猜測道：「是謝翎那幾個師兄中的一個？」要真論起來，她和施嫿都同時認識的，也就只有謝翎他們師兄弟四人了。
施嫿想了想，道：「算是吧！」
恭王妃猜道：「是那個叫楊曄的？他的年紀正恰當。」
施嫿搖搖頭。
恭王妃的面上浮現幾分難色，試探道：「不會是他的大師兄吧？他的年紀似乎有些大了。」
施嫿還是搖頭。

恭王妃的嘴唇動了動，像是要吐出一個名字來。

施嫿立即道：「也不是他。」她頓了頓，才繼續道：「是謝翎。」

恭王妃霎時間睜圓了眼，而後立即反應過來，道：「對了，妳姓施，他姓謝，我記得當初就問過妳這個問題，你們似乎並無血緣關係。」

施嫿笑了笑。「是，我是在逃荒途中撿到他。」

恭王妃也笑了，促狹道：「撿到一個狀元郎，倒是好運氣。」

施嫿心道：我當初只以為他是個探花郎罷了，誰知道他最後會中了狀元？

恭王妃想了片刻，打趣道：「這麼說，我從前便覺得他待妳有些奇怪，不像是對姊姊，倒像是對青梅竹馬一般，事事周到無比，每日接送妳去醫館，恨不得時時黏在妳身邊，如今想來，他竟是那時候就起了心思！」

施嫿抿唇一笑。

恭王妃又道：「日後你們若是成了好事，必要請我去吃喜酒，我到時候定送一份大禮與你們！」她說完便格格地笑。

施嫿也笑著答應下來。「好，一定請妳。」

恭王妃又問起謝翎如今的情況，施嫿都一一答了，得知謝翎在翰林院任職，遂調侃道：「我從前便聽說過，翰林院進士出身的人，日後必能當得了大官，朝廷內一、二品大員不在話下。」她說這話時，語氣認真，眼睛很有神。

施嫿望著她，心裡微微感到遺憾，可惜她當初在宣和帝駕崩、太子被廢之後就死了，也不知後來的情況。按理來說，恭王登基稱帝，作為他的正妃，陳明雪應當是皇后了吧？

這樣一個女子，應該會有一個好結局的。

就在此時，恭王妃忽而問道：「妳今日怎麼會被太子府的人攔住？」

施嫿回過神來，略一沈吟，道：「說起來，確實是惹上了一樁麻煩事。」

恭王妃聽了，低聲問道：「怎麼回事？我聽王爺說過，太子府的人行事向來囂張，妳初來京師，怎麼會惹上了他們？」

施嫿臉色稍有猶疑。

恭王妃見了立即會意，屏退了左右，只留下綠姝一個人在旁邊伺候。「妳說吧，現在沒人聽見了。」

施嫿便將岑州發生的事情細細說了出來，又提起杜如蘭的名字，末了才道：「我一開始也不知是這般情況，今日的事情，還要多謝妳，否則不知會如何收場。」

恭王妃面色有些凝重，聽了這話，搖了搖頭，道：「妳我之間，說這些客氣話做什麼？不過我之前聽王爺說，岑州的事情已經了了，卻沒有想到還有這麼多原委在其中，若真是如此，太子的膽子未免也太……」她的聲音戛然而止，沈思片刻，對施嫿道：「那個受傷的人如今還在你們宅子裡？」

施嫿點點頭。「他傷口有些深，我今日早上去抓藥，就是為了給他養傷。」

恭王妃面上臉色遽變。「這也太危險了！妳不是已經被太子府盯上了嗎？」

「他們找不到證據，再說，我們的宅子是皇上御賜的，若非有官府的搜查令，他們便是想私闖民宅，也還需要掂量幾分。」

「說得倒是。」恭王妃想了想，道：「不過還是趕緊將他送走吧，我在城郊有一座別莊，等入了夜，我讓人去你們那裡，把他接走，以防萬一。」

施嫿愣了一下，猶豫道：「這恐怕不妥，妳如今的身分畢竟……」

恭王妃聽罷，只是笑了笑。「無妨，等王爺回來，我便與他說明此事，他不會介意的。」她的笑容淡淡的，似乎真的不在意一般。

施嫿這才慢慢點頭。「那好吧，妳斟酌行事，不要逞強。」

恭王妃笑盈盈地道：「妳還說我，分明是妳逞強了。」

施嫿只好報以笑容。

恭王妃道：「這件事我會如實告知王爺的，那杜如蘭確實是個厲害的女子，若是換做了我，恐怕都不會有這種置之死地而後生的勇氣。」她說著，輕輕嘆了一口氣。

兩人又說了一陣子話，眼看天色不早了，施嫿適時地開口道：「王妃娘娘，今日我便先告辭了。」

恭王妃聽了，想說點什麼，最後只化為一聲無奈的笑。「我讓綠姝送送妳。」

施嫿點點頭，向她告辭，在綠姝的帶領下，往外面走去。

綠姝將施嫿送到了大門口，早有馬車在那裡等著了，臨上車前，她忽然叫了施嫿一聲。

「施姑娘。」

「怎麼？」施嫿轉過頭來看她。

綠姝猶豫了一下，還是道：「施姑娘日後若是得空，可以多多來王府走動，小姐她……我已很久沒有見過她如今日這般笑了。」

施嫿看著她，然後點了一下頭。「好，若是得空，我會上門拜訪的。」

綠姝立刻露出幾分感激的笑來。「那就多謝施姑娘了！」

第二十三章

到了傍晚時候，謝翎從翰林院回來，施嫿望著他懷裡的那一堆書和紙張，有些驚訝地問道：「怎麼這麼多？」

謝翎答道：「這些都是需要修改的國史，在翰林院做不完，只能帶回來了。」

施嫿知道他如今在編國史，聽了也沒說什麼，只是幫忙他將那些書都放到案上。

謝翎早就騰了一間屋子出來，靠窗擺著兩張面對面的案桌，施嫿的醫案和醫書都放在上面，兩人一人占一張桌子，夜裡點燈的時候也點兩個燭臺，屋子裡瞬間變亮許多。

施嫿替他整理書冊，一邊把今日遇到恭王妃的事情告訴他。

「晚上的時候，王府會派人過來？」

施嫿點點頭。「今日太子府的人已經找上我，我也覺得邵兄在這裡不算安全，若是他有好去處，自然是最好。」

謝翎深以為然。「我也覺得不大方便。」

施嫿轉頭看了他一眼。

謝翎報以無辜回視。

就在此時，外面傳來「啪嚓」一聲，像是有什麼東西打碎了。

施嫿立即走出書房，聲音是從東廂傳來的，邵清榮養傷的地方就在東廂。

施嫿與謝翎一道進門，只見邵清榮半躺在榻上，表情有些尷尬，地上有一些碎瓷片，想來是他剛剛把碗給打碎了。

邵清榮看見施嫿兩人，連忙解釋道：「我、我沒想到這碗放在榻下，不小心給弄碎了，施大夫，抱歉。」

施嫿道：「一個碗而已，無妨，不過，我不是交代了你別亂動嗎？」

邵清榮支吾幾聲，道：「我就是想看看杜姑娘回來了沒有。」眼看天色要黑了，他卻不見杜如蘭回來，心裡有些著急，這才想起身看看，沒想到碰到了放在榻下的碗。邵清榮自覺給施嫿添了麻煩，越發不好意思。

「杜姑娘還未回來。」施嫿想了想，道：「不過，刑部問話需要一天時間嗎？」她說著，看向謝翎。

謝翎搖搖頭。「不知。」他頓了一下，又道：「需要請人幫忙去問問。」

施嫿問道：「找誰？」

謝翎答道：「找我的座師。阿九，我現在出門去他府上拜訪，大概晚些時候才會回來。」

施嫿心中一凜，沈默片刻，點點頭。「我明白。」

謝翎深深望了她一眼，轉身離開了屋子，很快地，他的身影消失在夜色中，再也看不見。

他這一去，意味著什麼，施嫿和他都清楚。如今朝局不明，帝心難測，恭王被留在京中，遲遲沒有歸藩的意思，而儲君雖然已定，但是宣和帝並未表示出多少喜愛，因此底下官員的心思也跟著飄忽不定，不敢輕易站隊。

謝翎的座師竇明軒，是恭王的侍講，也是明明白白的恭王一派。

施嫿猛地握住了手，這才發現自己的掌心已經滲出了汗。

太子，李靖涵。

她在心裡慢慢地咀嚼著這幾個字，目光漸漸飄遠了，像是預見到了五年之後的那一場腥風血雨，還有那一場吞噬一切的大火。

到了夜幕四合時，果然有人來敲謝宅的門，自稱是恭王府的人。施嫿的目光掃向門口的那一輛馬車，樸實無華，看上去十分普通，與今日一早恭王府乘坐的那一輛截然不同。

此時有一隻素白的手自深藍色的車簾處伸出來，將車簾輕輕掀起，露出一半熟悉的嬌俏面孔，是綠姝，估計恭王府知道施嫿心有警惕，特意派了她來。

綠姝沒有說話，只是衝施嫿微微點頭。

施嫿也報以頷首，退開些許。「先進來吧！」

三個人立即跟著前後進了謝宅。

施嫿將門合上時，動作頓了一下。

其中一個人見了，疑惑地道：「施姑娘？」

施嫿低頭道：「無事，先去後院。」她領著三人匆匆到了後院。

邵清榮有些驚訝地看著他們，不解地道：「施大夫，怎麼了？」

施嫿快速地說：「有人盯上我了，你最好換一個地方待著。」

邵清榮聽了，立即緊張起來，問道：「那杜姑娘怎麼辦？」

施嫿答道：「她到時候自有去處，你如今與她算是同夥，若留在我這裡，反倒會連累了她。」

聞言，邵清榮連忙答道：「好，我這就走！」

施嫿點點頭，等一人欲伸手去扶邵清榮時，施嫿卻道：「別動，你們先扶持出去，上了馬車之後，告訴綠姝，立即就走。」

兩人都是一愣，其中一人問道：「施姑娘，這是何意？王妃交代了，讓我們帶著他去別莊的。」

「聽我的便是。」施嫿不容置疑地對他道：「你先扶著你的同伴出去，上了馬車便走，告訴綠姝，暗中讓幾個人到宅子的東角門外接應，她聽了之後便會明白了。」

兩人都對視一眼，一人道：「既然如此，咱們照做便是。」

施嫿隨手將屏風上的一件外袍拿起來，匆匆吩咐道：「披上，裝作力不能支的模樣，被他扶著出去。」

另外一人倒也機靈，立即照做，扶著偽裝的人走了。

等人到了馬車上，綠姝覺得不對，狐疑道：「嗯？怎麼只有你們倆？不是讓你們接人去了嗎？」

一人脫下外袍，連忙答道：「施姑娘讓我們出來的，說上了馬車便走，還讓綠姝姑娘暗中派人去宅子的東角門外接應。」

另一人補充道：「施姑娘還說，綠姝姑娘您聽了這話便知道怎麼做了。」

綠姝聽罷，略一思索，神色凝重許多，立即道：「讓車伕趕車，先繞去王府，到時候再說。」

兩人聽了吩咐，連忙答應下來，馬車不再停留，迅速往前方行駛而去。

片刻後，不遠處的街角，有幾道身影從暗處走了出來。

一個聲音道：「果然是這戶人家！頭，他們已經走了。」

「我們要跟上嗎？」

為首的那人蓄著鬍鬚，唇邊有一顆大痣，此時動了一下，道：「讓幾個人跟著馬車，我們去敲門看看。」

幾個聲音應道：「是！」

後院，燭火靜靜地燃燒著，微微顫動，邵清榮被一人攙扶站著，有些擔憂地道：「施大夫，我們不會連累了您吧？」

施嫿站在門邊，聽了這話，搖了搖頭，笑了一下，安慰他道：「放心便是，我能應付的。」

邵清榮不是傻子，光看方才這情形，還有施嫿的所作所為，便知道事情不簡單；但是他是個嘴拙的人，此時也不知道說什麼好，醞釀了半天，正欲開口時，前院忽然傳來了敲門聲，在這寂靜的夜色裡，顯得十分清晰。

叩叩叩。

那不輕不重的敲門聲，竟然讓人憑空生出一種心驚肉跳之感。

邵清榮和留下來的王府下人立即看向施嫿，王府下人道：「施姑娘，恐怕是綠姝姑娘派來的人，我們現在走嗎？」

施嫿搖搖頭，篤定地道：「不是王府的人。」她說著，轉過頭來，低聲吩咐道：「你現在扶著邵兄，去東角門，小心些，看到王府來接應的馬車就立即上車，讓他們避開這一帶，繞個大圈子才去城郊的別莊，聽明白了嗎？」

那人有些驚疑不定，但是面對施嫿銳利的目光，還是連連點頭。「好、好，小的知道了！」

施嫿又轉向邵清榮，道：「邵兄，你跟著他走，到時候自有人給你安排去處，路上多加保重。」她緊緊盯著邵清榮的眼睛，囑咐道：「記住，你現在與杜姑娘是一夥的，千萬不能被他們抓住了，否則，杜姑娘會受到牽連，明白了嗎？」

聽了這話，邵清榮心中登時一緊，神色凝重起來，鄭重地點點頭。「我知道了，施大夫放心吧！」

敲門聲還在繼續，且有越來越急促的趨勢。

施嫿快速道：「快走吧！不論聽到了什麼動靜，都不能回來。」

邵清榮臨走時，望著她道：「施大夫，您也多加保重！」

施嫿點點頭，直到那王府下人扶著他離開了院子，這才動了動，往前院走去。

敲門聲越來越近，也越來越響了，還伴隨著呼喝的聲音，想來是敲門的人不耐煩了。

門板被敲得砰砰響，施嫿深深吸了一口氣，伸手將門打開，望著門外站著的三人，平靜地道：「幾位有何貴幹？」

緊接著，一個人輕輕「咦」了一聲，驚訝道：「是妳？」

施嫿抬頭望去，卻見是那一日，她在街上遇到的太子府侍衛，當時她還稱自己認錯了人，將對方錯認為自己失散多年的哥哥。

領頭那個嘴邊有痣的人敏銳地問道：「寧晉，你認得她？」

那個叫寧晉的連忙回道：「上次我們追那個杜如蘭的時候，遇見過她。」

聽了這話，領頭那個人忽地冷笑起來。「果然！」

寧晉的神色也肅穆起來，看了看施嫿，問道：「頭，她們是一夥的？」

施嫿表情不變，手裡舉著燭臺，燭光輕晃，光影在她姣好的面容上搖曳，她問道：「幾位深夜前來敲門，不知是為了什麼事情？若是無事，就恕小女子失禮了。」

她說完，伸手欲將門合上，然而才關到一半，卻被什麼擋住了，施嫿低頭一看，是一柄刀鞘，刀柄正抵著門板，再次將門一寸一寸推開，大門的門軸發出粗啞難聽的聲音。

領頭那人慢慢地道：「有事問妳，急什麼？」

施嫿抬頭朝他望去，表情冷冷的。「閣下要問什麼？」

那人也不兜圈子了，單刀直入地問道：「杜如蘭和她的同夥就是在你們這裡落腳的吧？」

施嫿不解地反問：「閣下在說什麼？我不認識杜如蘭。」

那人冷笑道：「不認識沒關係，讓我們進去搜一搜，就知道了。」

施嫿聲音冰冷，立即問道：「你們可有官府批下來的搜查令？」

那人不吃她這一套，硬邦邦地說：「官府的沒有，太子府的倒是有，讓開！」他說著就要往門裡走。

豈料施嫿非但不退不讓，反而舉起手中的燭臺往前逼了一步，厲聲道：「你敢！」

那燭臺裡點著火，這麼靠過去，幾乎在同時，所有人都聞到了一股燒焦的氣味，慢慢瀰漫，原來是施嫿手中的燭臺差點把那人的落腮鬍給點著了！

那人立即退後，一抹下巴，毛髮灰燼簌簌落下，伴隨著燒焦的氣味，他的臉色霎時間變得難看，瞪向施嫿，低喝道：「退開！」

施嫿絲毫不懼。「你們身後就是平遠將軍府，將軍府旁邊是工部尚書的宅子，倘若我大喊一聲，想必有不少人會願意出來看熱鬧！」

「妳——」

施嫿打斷他，繼續高聲道：「我們這宅子是今上御賜的，誰敢私自踏進來一步，我明日便去敲登聞鼓，看看太子府的人到了何等囂張地步，竟然敢在無令的情況下，私闖御賜的宅子！」她說著，還冷笑了一聲。「到時候不知是三位的頭硬，還是刑部大堂的刑杖更硬！」

那人的腳步頓時止住了，竟然不敢再前進分毫，他惡狠狠地瞪了施嫿一眼，隨即一揮手，幾乎是咬牙切齒地道：「先走！」

等他們的背影消失在街道盡頭，施嫿才端著燭臺，回身關上了宅門，進院子裡去了。

直到宅子門口的昏黃光芒消失不見，離開的三人中有人道：「頭，就這樣算了嗎？」

領頭的人硬邦邦地道：「這是皇上御賜的府邸，誰敢硬闖？你長了幾個腦袋？到時候那賤人真的去敲登聞鼓，無令擅闖民宅，誰保得了你？」

寧晉問道：「那現在咱們該怎麼辦？」

侍衛頭領道：「先回去稟報殿下，咱們只要知道，那杜如蘭和新科狀元謝翎脫不了干係便成了。」

兩人齊聲應道：「是！」

與此同時，一輛馬車毫無聲息地靠近了謝宅的東角門，接走早已等在此處的兩人，繞著京師轉了半圈後，直奔城郊而去。

謝翎回來的時候，是施嫿到前門接的，他一進門，便覺得不對，問道：「剛剛是不是發生什麼事情？」

施嫿搖搖頭，過了一會兒，又點點頭，道：「太子府的人找來了。」

謝翎的心裡一緊，立即打量施嫿。「怎麼樣？他們可有為難妳？」

「沒有，我將他們嚇退了。」

謝翎這才鬆了一口氣，笑著道：「阿九真厲害，不戰而屈人之兵，有大將風範。」

施嫿看了他一眼，有些哭笑不得。「什麼有的沒的！」

謝翎笑笑，又道：「邵清榮送走了？」

施嫿點點頭。「遇上點小麻煩，不過好歹算是成了。」

謝翎立即反應過來，敏銳地道：「太子府的人之前在暗處守著？」

施嫿有些驚訝，完全沒想到他竟然能夠猜到，緊接著點了點頭。「我將他們瞞過去了，邵兄暫時不會有事。杜姑娘怎麼樣了？」

謝翎答道：「我問過老師了，她還在刑部。」他頓了頓，繼續道：「他和恭王都已經知道這件事了。」

「好快。」施嫿喃喃道。

「是。」謝翎轉頭看她，道：「聽老師的意思，幾乎是在杜姑娘敲登聞鼓之後，他們就立即得知了這件事情，原本他們想當日就不讓杜姑娘回來的，但是杜姑娘那時十分警惕，並不肯輕易相信他們，才有了後來的事情。」

施嫿點點頭。「這樣也好，你……」她猶豫了一下，才繼續問道：「你已見過恭王了嗎？」

「還沒有，老師欲帶我去拜訪恭王，但我放心不下妳，便趕回來了，改日再登門也是一樣。」

施嫿慢慢地吸了一口氣。

謝翎一手端著燭臺，伸手去推院門，就在此時，他聽見身後的施嫿開口道。

「謝翎，我有些事情與你說。」

謝翎的手倏然停住，不自覺地挺直了脊背，然後才繼續將門推開，門軸發出聲響，在寂靜的夜色中響起，他轉過身來，低頭望著施嫿，唇邊浮現出一絲微微的笑意，彷彿有些愉悅，道：「好。」

片刻後，兩人都坐在案桌後，謝翎之前將兩張桌子併在一起，正中央點著燈，燭光搖曳，輕輕跳躍著，彷彿在顫抖。

「我這些年來，時常作夢。」

謝翎望向她，道：「是那些噩夢？」

「有很多夢，不過我能記住的大多數，都是噩夢。」

火光輕微地搖動，施嫿望著它，像是走神兒。「大約是從九歲的那一天起，我的腦子裡多了很多東西，你知道莊周夢蝶嗎？」

謝翎點點頭。

施嫿才繼續道：「我似乎比別人多活了一世，也多了那一世的記憶。」

聞言，謝翎的眼神一動，眼裡閃過幾分明顯的驚愕，但是他並未說什麼，只是問道：「阿九的意思是指，妳在九歲的那一年，就知道了這些？」

「是。」施嫿望向他，道：「雖說我不太信這些怪力亂神，但是記憶總不是假的，我在夢裡，也過完了一生，有始有終，而我也堅信，那些都是曾經真實發生過的。」

謝翎像是有些好奇地發問。「阿九在夢裡是怎麼樣的？如果說妳多活了一生，那一生裡也遇到了我嗎？」

施嫿笑了一下，答道：「沒有，上輩子我沒有遇到你。」

聽了這話，謝翎看起來有些許的失望。

「不過，我倒是聽說了你的名字，小謝探花郎，名動金甌。」

謝翎的眼睛微微亮起，道：「那阿九呢？」

「我嗎？」施嫿陷入了回憶之中。「我在九歲那年跟著村裡的鄉親一起逃荒，不過當時我們逃的方向不是南方，而是往北去，所以想來從那時候我們就錯過了；後來好不容易保住了性命，我卻被叔嬸賣掉了。」

「賣掉了？」謝翎的聲音沈了下來。

「嗯。」施嫿點點頭，繼續道：「起初是賣給了一個有名的戲班子，跟著他們學唱戲，唱了沒幾年，戲班子倒了，我又被班主賣進了瓊園。瓊園你大概還沒有聽說，它是京師最大的歌舞坊，裡面大多數都是些漂亮的女子，如我一般年紀，被送進去之後，管教的娘子很嚴厲，琴棋書畫，樣樣都要學，不只要學，還要精通，好得那些達官貴人、文人雅士們的歡心。」施嫿的目光漸漸停在了燭光上，彷彿陷入了回憶之中。

謝翎這才恍然大悟，原來是因為這些經歷，阿九才會彈古琴，且彈得極好，他心裡不覺生出幾分心疼。

施嫿繼續道：「後來有一回，太子來了瓊園，將我帶入了太子府中，從此我便成了府上的歌姬，為他彈琴唱曲，以供取樂。」

謝翎的眼睛微微一動，袍袖中的手驀然握緊了，目光幽深，問道：「後來呢？」

施嫿垂下眼，道：「後來就這樣過了好幾年，太子越來越不得皇上的心意，我記得是宣和三十六年的時候，皇上病危，下旨廢去太子，駕崩時，將皇位傳給了三皇子，並明令廢太子李靖涵即刻歸藩，且永世不得踏入京師一步。」

謝翎眼神微凝，低聲問道：「那妳也跟著……」

「沒有。」施嫿抬起頭來，望著他。「廢太子好大喜功，性格傲慢，剛愎自用，做了這麼多年的儲君，一朝被打落入塵泥，成王敗寇，還被發配去蠻荒之地，屈於人之下，這等折辱他豈能忍受?他一時沒想開，點火自焚死了。」

謝翎慢慢地舒了一口氣，但是眉頭還未完全展開，忽然又覺得不對，倏然看向施嫿。「那妳呢？」

施嫿答道：「那時我正得太子歡心，被他拉著，一起死在了那一場大火中。」她的聲音不疾不徐，語氣也是淡淡的，沒什麼波瀾。

然而聽在謝翎耳中，不啻於一聲驚雷，炸得他腦子裡轟然作響，幾乎是在瞬間，謝翎的眼睛就紅了。空氣寂靜得彷彿凝滯了一般，靜靜燃燒的燭火忽然發出聲響，爆出了一個火花，謝翎才回過神來，眼底泛起的紅色漸漸褪去。直到現在，他才終於明白，阿九多年來作的那些噩夢都是什麼。

為何她會在夢裡叫著李靖涵的名字，咬牙切齒、恨意如海，為何她會時常在半夜被噩夢驚醒。

被一場大火生生灼燒而死，阿九當初是經歷了何等的痛苦?

謝翎好一會兒才找回了自己的聲音，語氣艱澀地問道：「那時……阿九多大？」

施嫿想了想，道：「我是十七歲入太子府，太子被廢的時候已二十有四了。」

人生若無病痛，少說有七十載好活，而她卻在一生中最好的那段年華裡，被硬生生投入大火中焚燒成灰。

謝翎許久不言，他垂著眼，看不清眼底的神色。

施嫿只能望見他的手緊握成拳，手背上有青筋暴起，像是恨不得把手心掐出血來。

相依為命這麼多年，施嫿還能不知道他心中所想？遂笑著安撫道：「別生氣了，我如今不是好好的嗎？」

謝翎動了動，抬頭望著她，拳頭終於慢慢地鬆開來，緊接著握住施嫿的手，認真而堅定地道：「阿九，今生妳會好好的。」

聞言，施嫿與他對視片刻，看見了少年眼底的執拗與堅韌，緩緩地笑了一下，點頭道：「好。」

凝滯的氣氛霎時間一掃而空，取而代之的是一種盡在不言中的默契。

室內一片靜謐，謝翎轉開話題，顯露出少年人應有的好奇來，問道：「阿九，上輩子的我，是怎麼樣的？」

施嫿想了想，道：「我上輩子並沒有真正見過你，有關你的事，我大多都是從太子李靖涵口中聽到的。」

聽到這個名字，謝翎反射性地皺了一下眉，這才想起，為何當初第一次與太子李靖涵見面的時候，心底便對他生出排斥和不喜，原來一切在冥冥之中確有定數。

衝著他對阿九做的那些事情，別說這輩子，就是下輩子、下下輩子，謝翎也不可能對他生出半分好感。

施嫿繼續道：「你當時中了探花，不知是因為哪件事情，得了太子的青眼，他想了不少辦法籠絡你，還送了你許多古畫和前朝孤本，只是不知為何，你就是不收，全部退了回來，惹得他發了好幾次脾氣，說你這種酸腐書生，不識好歹。」

謝翎心中不以為意，難怪了，原來上輩子也看不對眼。

施嫿看出他心中所想，有點忍俊不禁地道：「後來聽太子說，你加入三皇子恭王的麾下，他便罷手了；只是聽說你後來處處針對太子，令他煩不勝煩，皇上也因此對太子日益冷淡，最後，太子被廢，可以說你從中出了大力。」

聽了這話，謝翎點點頭，過了片刻，又不死心地追問道：「阿九，上輩子我真的沒有遇見過妳嗎？」

施嫿沒想到他還在糾結這個，不由得笑了起來，姣好的眉目在燭光下煥發出令人驚豔的美麗，她仔細回想，才搖搖頭道：「沒有，我是真的沒有見過你。」

聞言，謝翎仍舊有些失望，看上去對於這件事情頗是耿耿於懷，眼中也流露出些許遺憾，彷彿上輩子不能與施嫿相識，是一件莫大的憾事。

謝翎想了想，還是忍不住道：「說不定哪天我在街上碰見過妳，只是妳不認得我罷了。」

雖是如此說，可施嫿上輩子鮮少有出門上街的時候，但是她見謝翎如此較真兒，不忍心拂了他的意，遂點點頭，道：「或許吧！」

謝翎看上去這才有些釋懷，露出幾分笑意。

兩人俱是相視一笑，只覺得彼此之間的距離又近了幾分。

說了這麼久的話，夜已深了，謝翎凝視著施嫿，良久之後，才道：「我明天晚上還會去拜訪老師，到時候恐怕要很晚才會回來，妳一個人在家，要多加小心，不要輕易出門。」

他話裡是什麼意思，施嫿明白。謝翎是竇明軒的學生，他想過去拜訪，其實不需要花很長的時間，除非，竇明軒要帶著他去見另外一個人。

施嫿點點頭，道：「你也萬事小心，凡事多想想，謹慎仔細總是沒錯的。」

謝翎笑了起來。「這件事情阿九從小便教過我，我知道的。」

次日一早，謝翎便離開了，施嫿看著他的背影消失在院門口，她在門廊下站了片刻，才轉身回了屋子。

因為昨日太子府的人找了過來，所以施嫿今天並不準備出門，至少到目前為止，她覺得離太子府越遠越好，她還不想那麼快進入太子的視線。她都能有上輩子的記憶了，誰知道太子看到她的時候，會不會也突然想了起來？

就這樣一天過去了，晚上的時候，謝翎果然很晚才回來，他的面上帶著幾分疲憊，但是好在精神很足，看見施嫿便笑。

施嫿疑惑道：「笑什麼？這麼高興？」

謝翎依舊是笑，望著她。「因為見到了阿九，所以高興。」

施嫿瞋了他一眼。

謝翎又問：「今日沒有什麼人來尋麻煩吧？」

他說的那些人，自然是指太子府。施嫿搖搖頭，道：「沒有，我今日沒有出去。」

謝翎鬆了一口氣。「那就好。」他頓了頓，又道：「我今日隨老師去拜訪了恭王殿下，還見到了恭王妃。」謝翎說到這裡便停了下來，表情有些奇異。

施嫿反應過來，問道：「怎麼了？」

「沒什麼。」謝翎又笑了笑，頗有些神秘的樣子。

施嫿有些疑惑。「恭王妃跟你說了什麼嗎？」

謝翎矜持道：「就敘舊了幾句，因為恭王殿下也在，不好多說。」

他才不會告訴阿九，恭王妃把阿九之前說過的話都告訴了他，還問謝翎關於成親的打算。謝翎當時聽見那些話，簡直像是被砸暈了頭，差點維持不住一向沈穩淡定的形象，好半天才找回聲音，甚至是有些狼狽地回答了恭王妃幾句問話。等出了恭王府，被冰涼的夜風吹了半晌，他才終於回過神來，明白了一件最重要的事情。

阿九說要嫁給他。

還與恭王妃說了。

謝翎面上露出幾分難以自持的喜色，被他的老師竇明軒瞧見了，只以為自己這學生見到恭王十分激動，心裡不免笑了笑，嘆道，果然還是年輕人啊，平日裡再怎麼老成沈穩，這時候也不免露出端倪。

因為此事，陰差陽錯之下，他心底對謝翎那幾分若有若無的防備和審視也減低不少。

回到家裡，看見施嫿時，謝翎便又忍不住笑起來，如今施嫿問起，他也不多說，表現得十分從容，任憑施嫿一頭霧水，沒有想到自己早就被恭王妃無意間把老底抖了個乾淨。

等回到屋子裡，謝翎才想起正事，對施嫿道：「杜如蘭已經被恭王安排離開刑部，送去了邵清榮的那個別莊裡。」

施嫿點點頭，道：「他們案子查得如何了？」

「刑部已經著手在查了，尤其是杜如蘭說的庫銀虧空、私自增加賦稅和茶稅的事情，據說還算順利。」

施嫿思索了片刻，面上卻並未有輕鬆之色。

謝翎看見不由得一愣。「阿九，怎麼了？」

施嫿回過神來，遲疑道：「沒什麼，我只是覺得有些不對。」

謝翎問道：「哪裡不對？」

施嫿沈吟道：「一時半刻也想不起來，或許是時間隔得太久了，不大清晰。」

謝翎知道她所謂的「時間隔得太久」是什麼意思，聽了便說：「無事，想不起來就不要想了。」

「嗯。」施爐點點頭，只能先放下這一件事。

太子府。

雖然已是深夜時分，但是府裡依舊熱鬧。太子府的花園極大，左邊有一個巨大的湖泊，湖泊中種了許多紅蓮，此時正是六月，蓮花盛放，空氣中滿是清香，夜風吹拂而過，令人心曠神怡。

迴廊的盡頭傳來幽幽絲竹之聲，燈火通明處，原來那是一座水榭，因為是夏季，水榭四周的門窗都大開著，牆角放著落地的十五連盞宮燈，暖黃的燭光搖曳，將整個水榭映照得如同白晝一般。

美麗的女子跪坐在玉簟上，面前擺放著一把古琴，她的眉眼低垂，姿態溫順優美，纖纖十指在細細的弦上輕攏慢撚。

水榭裡沒有點香，但是空氣中自有一股清香浮動，叫人忍不住嗅了又嗅。

這是一場酒宴，席上的幾人傳杯換盞，觥籌交錯，言笑晏晏。

一人笑道：「聽說殿下的府裡，有一池紅蓮，可在這水榭之外？」

上首正中倚著的人，正是當今太子殿下李靖涵，他聽了這話，便道：「不錯，那紅蓮正是孤讓人從許州的太湖中帶來的，就種在這雅湖中。」

另有一名官員道：「臣曾聽聞，這太湖紅蓮十分出名，且其奇特之處在於，這種紅蓮只能在太湖中生長，若是一旦離了太湖的水，就會枯萎而死，可是當真？」

太子笑了，道：「這紅蓮一共移植五次，前面幾次都活不成，種下去沒幾日便死了，後來匠人們便想了個法子，派人直接從太湖將紅蓮連泥帶根全部運到京師，這才得以存活。」他說著，面有得色。「如今是紅蓮花開正盛的時候，可惜夜晚看不清楚，否則也好讓各位賞一賞這太湖的紅蓮。」

另有官員立即回應道：「卻是臣等來得不巧了，若是下次有機會，再來殿下府上叨擾，定要仔細賞一賞才是。」

眾人立即齊聲笑了起來，酒席上的氣氛越發熱烈了。

酒過三巡，上首的太子衝旁邊伺候的宮人使了一個眼色。

那宮人立即會意，舉起手來輕輕拍了兩下，外面便傳來琵琶之聲。

所有的人都停下了話頭，一起往水榭門口的方向看去，只見一抹紅色出現在眾人視線之中。那紅色熱烈無比，像是一團火，輕飄飄地移近前來。

那是一個絕美的女子，身著火紅的紗衣，步伐輕盈，恍如一隻蝴蝶，翩翩起舞。

所有人都不約而同地屏住了呼吸，靜靜地看著那一團火紅飄搖。

女子步伐輕巧，翩若驚鴻，婉若游龍，一舉一動，一顰一笑，都透露出驚人的美麗。

一曲罷了，餘音猶在，紅色的輕紗漸漸落地，女子一笑，媚眼如絲，空氣寂靜片刻。

太子看著周圍看呆了的一眾官員，十分滿意，意有所指地笑道：「諸位大人，這也是紅蓮，不知比起太湖的紅蓮又當如何？」

忽然有人高喝一聲。「好！好！」

眾人這才紛紛回過神來，爭先恐後地稱讚道：「此曲只應天上有，人間難得幾回聞啊！」

「雖未得見太湖紅蓮，但是以臣拙見，當屬此紅蓮更勝一籌，哈哈哈哈！」

一時間，讚嘆聲此起彼伏，還有不少人的目光在那堂中女子身上流連不去，隱約露出垂涎之態。

太子笑道：「既然如此，那就請諸位大人好好賞蓮了。」他說著，朝旁邊的宮人又使了一個眼色。

那宮人立即又拍了拍手，門外便有一群身著碧色衣裙的女子魚貫而入，個個都生得美麗無比，看呆了一眾官員。

那個身著紅色紗衣的女子，此時也依偎到太子的身旁，舉起酒壺，殷勤地替他添酒。琉璃盞中盛滿了深紅色的酒液，這是異族進貢的葡萄酒，價值千金，尋常人家或許一輩子都無法見識。

太子拿起琉璃盞，笑著道：「諸位大人，這一杯，孤就先乾為敬了。」

「臣等惶恐！」

所有官員紛紛舉起酒盞，緊跟著一飲而盡。

身旁的美姬立即替他們倒上了新的酒，殷勤小意，周到無比。

太子放下了琉璃盞，看著眾官員飲酒，有些滿意，道：「今日邀諸位前來，所為何事，想必諸位大人已經知道了。」

正事來了！所有人都是精神一振。

一人遲疑道：「殿下說的，可是岑州的事情？」

太子的表情微微一斂，不悅道：「岑州有什麼事情？孤怎麼不知道？」

這話一出，那人便知道自己說錯話了，立即起身跪下道：「是臣失言了，岑州無事。」

太子的神色立即緩了緩，擺了擺手，道：「劉侍郎入座吧！孤說的，是前幾日有刁民敲登聞鼓一事。」

所有人都心知肚明，但此時也裝作才反應過來的模樣，紛紛點頭，表示清楚。

太子見他們這般上道，心裡十分滿意，這才繼續道：「有刁民狀告，說岑州官官相護，大肆貪墨，貪了修河的公款，還私自徵收賦稅，說岑州知州杜明輝並非畏罪自殺，而是受人脅迫，無奈之下枉死的。」

一個官員立即道：「一派胡言！」

另一人也附和道：「確實，白松江修河公款一案早在五月便已結案，貪墨的官員也都查辦了，怎麼突然又冒出這麼一個人來？」

「必然是別有用心！」

眾人皆是十分憤慨，紛紛指責那心懷鬼胎之人。

太子的心情立時大好。「在座的諸位都是明白人，想必不會被這種愚蠢的把戲矇騙。父皇已將此事交給了刑部，如今刑部也開始審了，不知究竟會審出什麼來，但是我等食君之祿，為君分憂，千萬不要讓父皇受了矇騙，冤枉了好官，到時候還請諸位大人擦亮眼睛，仔仔細細地審查才是。」他將「仔仔細細」幾個字說得極慢，卻又極其清晰。

在座的都是官場上的人精，察言觀色久了，哪裡不知道太子話裡的意思，紛紛應承下來。「殿下說得是！」

「這本是臣等分內之事。」

「請殿下放心，臣等一定不負重託！」

太子聽了這一番附和，十分高興，舉起斟滿了酒的琉璃盞，站了起來，高聲道：「好！我大乾有諸位在，想必日後定然是海晏河清的太平盛世！」

所有人也都立即跟著站起，奉承話一大籮筐，竟然沒有一句是重複的，到底都是翰林院出身，滿腹才華，想必都用在了此處。

酒宴一直持續到了夜深時候，眾官員都喝得醉醺醺，東倒西歪，醜態畢露，最後才在宮人的攙扶下，跌跌撞撞地告辭離開了。

轉眼間六月就到了底，刑部的案子仍舊沒有查完，施嫿也沒有再見到杜如蘭。

邵清榮倒是回來過一次，他的傷口已經癒合了，看上去沒有留下什麼毛病，活蹦亂跳的，特意跑回來向施嫿道謝。

不過施嫿當時十分嚴肅地叮囑他，讓他沒事別往外跑，還不知道太子府那邊是如何動靜，那些侍衛都是見過他的，若真拿住了他，恐怕就成了一件麻煩事。邵清榮自然是聽了進去，後來果然沒來了。

不說恭王和刑部那邊如何，謝翎倒是沒什麼變化，他如今雖然算是恭王一黨，但是因為種種緣故，恭王暫時也用不了他，於是謝翎每日在翰林院潛心修國史，雖說是到點來，到點走，但是手頭的工作卻沒有落下半點，倒叫張學士與元閣老等人十分滿意。

這一日，謝翎正在奮筆疾書，王編修忽然過來道：「謝侍讀，掌院叫你過去。」

謝翎停下筆。「多謝，我這就過去。」

到了地方，謝翎敲了敲門，敲門的聲音在安靜的室內響起。

裡面的談話聲斷了，元閣老的聲音傳來。「是慎之嗎？」

「是。」

「進來吧！」

謝翎掀起竹簾進去，只見屋子裡已經有別人，身著翰林院正七品編修的服飾，正是顧梅坡。

他原本恭敬站在案桌前，看見謝翎進來，便轉過頭，對他笑了一下，打招呼道：「謝侍讀。」

謝翎先是對坐在上首的元霍行禮。「見過掌院大人。」然後才對顧梅坡回禮。「顧編修。」

元霍道：「你來得正好，寒澤也是才來，有件事正好與你們一起說。」

謝翎兩人齊聲應道：「是，掌院大人請講。」

元霍摸了摸鬍鬚，望著謝翎問道：「慎之，昨日張學士與我說起，修宣和二十年那一段國史的人手不夠，進度有些慢，是不是？」

謝翎心裡微微一訝，很快反應過來，斟酌著答道：「如今一起修國史的只有學生與朱編修，確實不算快。」

元霍道：「照你看來，若想趕在年底之前修完，大約需要多少人手？」

謝翎答道：「回掌院的話，至少還需要一到兩個人。」

元霍點點頭。「張學士說他也與你提過，這樣看來，果然沒錯。正好，張學士向我推了一個人選，就是寒澤了。」

顧梅坡站在一旁垂著眼，模樣謙恭。

元霍繼續道：「我記得你們兩人原是同榜進士，是不是？」

謝翎立即答道：「正是，掌院說得不錯。」

「那就好。」元霍十分欣慰，道：「既是同榜，關係總該親近些。你們都是我的學生，從今日起，寒澤就跟著你一起修宣和二十年的國史，若有問題，可以仔細商量，知道了嗎？」

聽了這話，謝翎與顧梅坡皆是拱手應道：「是。」

元霍慈祥地笑了笑，道：「行了，你們去吧！」

謝翎兩人便離開了小廳。

等出了大門，站在門廊處，顧梅坡笑著道：「謝侍讀，日後還請多多指教。」

謝翎盯著他看了一眼，點點頭。「大家本是同僚，都是應該的。」他說著，轉身離開了。

原本修宣和二十年的國史這樁差事在翰林院並不吃香，但是萬萬沒想到，皇上那天不知道為什麼龍興大發，來了一趟翰林院，指名要見修國史的人。

謝翎就這麼頂上了，並因為國史修得頗得聖心，還升了侍讀。翰林升官一向很慢，大多數官員都要在翰林院裡熬個兩、三年才能往上升，謝翎這回簡直是天上掉餡餅，砸到了他頭上。

於是所有人羨慕不已，不少人跑去跟張學士打聽，試圖擠進這支隊伍裡，然而張學士卻是個有脾氣的，當初個個避之唯恐不及，如今一看有門道，又都湊上來了？泥人還有三分土性呢，不收！於是，這事情就一直是謝翎和朱編修在做。

如今顧梅坡竟然能讓張學士鬆口放他進來，想必有些路子。得知他要進來共事，謝翎泰然處之，不鹹不淡。

倒是朱編修有些惴惴不安，他是個老好人，性格有些弱，不然當初也不會被張學士抓來做這差事了。他問謝翎道：「是誰要來？」

謝翎答道：「是顧編修。」他站起身，從書架拿下幾疊厚厚的書籍，往桌上一放，堆得老高，若是人坐下來，恐怕連腦袋都要被淹沒了。自從他升了侍讀之後，國史館安排出來一間小小的屋子，專門供他們兩人使用，不必在大廳與那些翰林們擠，倒也是好事。

朱編修看著謝翎一疊一疊地往下放書，有點愣住，提醒道：「那些你之前不是說暫時不需要用到嗎？內容有些雜亂，若是仔細去翻，恐怕要花很大的精力。」

謝翎繼續拿，口中道：「張學士既然安排了人替我們分擔，那不是正好？」他笑了笑，道：「顧編修新來乍到，我也不知道要從何安排起，宣和二十年到二十四年的既然我們已經在修了，我記得二十五年和二十六年是還未動過的，就讓顧編修先看看吧！」

於是一刻鐘後，顧梅坡坐在案桌後，對著面前這一大疊書籍，表情呆愣了一瞬，立即回過神來，道：「這些都是……」

謝翎一一解釋道：「這五本是從工部借來的，宣和二十五年和二十六間，水利和農田乃至官道都有不小的變動，需要仔細核查，將國史上不正確的地方都一一改正過來，等核查完了之後，要交還工部。這十本是戶部的，那幾本都是禮部的，宣和二十六年，禮制也有不少改動的地方……」他洋洋灑灑地介紹完一大段後，才道：「這些都是從六部借來的，等用完之後，還要歸還回去，千萬不能遺失了。」謝翎說到這裡，忽然道：「對了，禮部前兩日派人來催了一回，我給擋回去了，若是他們下回再來，有勞顧編修與他們說一聲，大家再行商量。」

望著面前幾乎占據了半張案桌的書籍，顧梅坡一直從容不迫的臉終於有變綠的趨勢。

謝翎見他不接話，疑惑地喚他。「顧編修？」

好半天，顧梅坡才勉強鎮定下來。「好，我都知道了。」

旁邊的朱編修真情實意地道：「太好了！原本人手實在不夠，我還打算夜裡帶回去繼續修呢，既然有顧編修來幫忙，那最好不過了！」

謝翎也十分真情實意地道：「有勞顧編修了。」

顧梅坡忽然有些懷疑自己加入修國史小隊的決定是否真的正確了。

到了下午，國史館的人都走得差不多了，謝翎站起身來，挑揀了幾本書帶上，對埋頭苦幹的顧梅坡兩人道：「顧編修、朱編修，我家中有事，先走一步了。」他說完，便帶著書離開了。

顧梅坡瞪圓了眼，望望自己面前那一堆書，又望望謝翎，但他人早已走得沒影了。

朱編修嘿嘿笑了一聲，衝顧梅坡倒苦水道：「顧編修不知道，當初我和謝侍讀兩個人是真的辛苦，每日天不亮就來，夜裡上燈時分才走。你別看謝侍讀看起來輕鬆，實則他家中還有一大疊書呢，比你這裡的還多！」他說著，站起身來，笑咪咪地道：「顧編修，你慢慢看，我也先走了。」

「……」顧梅坡已說不出話來了。

第二十四章

離開翰林院後，謝翎並未直接回家，反而去了竇府。

門房已認得他了，看見他來，立刻笑道：「謝大人來了！」

謝翎點點頭，問道：「老師可在府中？」

「在！謝大人請隨小人來。」門房引著他往花廳方向走。

竇明軒果然在，看見謝翎便道：「你來了。」

謝翎點點頭，立即有伺候的下人捧了茶果上來，等人退下之後，謝翎才道：「學生今日看見了一些東西，或許老師能用得上。」他說著，拿出一本薄薄的冊子，放在了案桌上。

竇明軒神色一正，將那冊子拿起來看。那冊子其實就是幾張薄薄的宣紙疊在一起，上面的墨跡猶新，顯然是才抄寫下來不久的。他看了幾行，表情變得肅穆，匆匆看完後，抬頭問道：「這些是從何處得來的？」

「學生如今在翰林院國史館修宣和二十年至二十六年的那一段國史，老師想必知道。」

見竇明軒點點頭，謝翎繼續道：「這些都是工部送來的，關於這六年間，山陽省內所有的水利與官道等建造的相關事宜，事無鉅細，都在其中，而岑州一帶的資料，上面也有記錄。」

竇明軒又低頭看了看那幾頁紙，慢慢地道：「可是這上面都是幾筆草草帶過。」

「是，老師也知道，每年朝廷在興修水利、改造農田與官道上面都有相應的條例，會撥出款項來，至於款項用到了何處，自有工部派去的人勘察；其他省分都是事無鉅細，大到河道建閘，小到一條農田的田埂變化，都會詳細記錄在案，唯有山陽省不同。」

謝翎抄的那幾頁，山陽省根本沒有什麼變化，寫得語焉不詳，甚至只有寥寥數字，與其他省分相比起來，簡直是寒磣得可憐。

竇明軒沈聲道：「他們這是連表面工夫都懶得做了！這種東西交上來，朝廷自有人替他們擦屁股善後，呵！」他將那幾頁紙收起來，轉向謝翎，神色和悅道：「你有心了，如今刑部查案正在關鍵時候，岑州乃至山陽省上下都是鐵桶一座，一直進展甚微，你送來的這個或許是一個突破的口子。」

謝翎謙恭道：「學生也是偶然看見的，若是能於老師有用處的話，那就再好不過了。」

竇明軒的態度越發和藹，又問起謝翎的近況。

兩人寒暄幾句後，謝翎便道：「時候不早，學生先告辭了。」

「好，你先去吧！」竇明軒站起身，親自將謝翎送了出去，看著他的背影消失在轉角處，這才沈聲道：「來人，備車馬，我要去一趟恭王府。」

「是，老爺。」

夜還未深，謝翎坐在案前看書，屋門大開，能聽見外面施嬿的腳步聲傳來，他往門外看去，從這裡，只能看見施嫿的背影，大半隱沒在了夜色中，瞧不真切。

片刻後，謝翎終於將書放下來，起身出去，喚了一聲。「阿九。」

「嗯？」施嫿轉過頭來，將手中的瓢放回木桶中。「怎麼了？」

謝翎原是想等她一起看書，不想她遲遲不來，最後耐不住自己出來了。他看了看施嫿，問道：「妳在做什麼？」

施嫿倒了一瓢冷水入木桶中，道：「洗頭髮。」她說著，試了試水溫，覺得正好。

謝翎望著她及腰的長髮，忽然來了興致，提議道：「阿九，我幫妳洗吧？」

「你？」施嫿愣了一下，還沒來得及說什麼，謝翎便走上前來，將那滿滿一桶溫水提到廊下，又從隔壁的屋子裡搬出一張竹榻，殷切地看著施嫿，目光裡露出幾分期待。

看著他這麼忙活，施嫿一時間竟然不知道怎麼反應了，拒絕的話到了嘴邊又止住了，只能依著謝翎的意思，在竹榻上躺了下來。

皎潔的銀白色月光灑落下來，將整個院子裡映照得亮堂堂的，施嫿躺在竹榻上，感覺到自己髮間的簪子被拿下來，一頭青絲沒有束縛，頓時傾瀉而下，如同瀑布一般。

她聽見謝翎的嗓音在耳邊響起。

「阿九的頭髮好軟。」

施嫿的臉微微一紅，幸而是晚上，並不明顯。緊接著，她聽見了水聲，是謝翎在倒水。

清澈的水在木盆裡蕩漾，倒映下來的月光被攪碎了，謝翎詫異道：「阿九，這水好像有顏色？」

施嫿「嗯」了一聲，微微閉上眼。「那是木槿的葉子。」

四周靜謐，六月的夜裡，牆角傳來蟲子們的鳴唱，長一聲，短一聲，空氣中滿是草木的清香，瀰漫浮動著。

女子長長的髮絲落在水裡，烏黑油亮，謝翎修長的手指輕輕在其中滑過，簡直有些愛不釋手，一個頭髮洗了半天。

施嫿起先還能跟他說說話，張眼看著漫天閃爍的星子，耳邊是細細的蟲鳴聲，倒十分愜意，漸漸地，她覺得有些困乏了，謝翎的指尖一下一下地滑過頭髮，力道輕緩，施嫿慢慢合上了眼睛，將眼底那些明亮的星子都遮蓋住了。

謝翎見她這般，手中的動作越發輕柔了，抬頭望去，女子原本白皙的面容在月光下顯得越發姣好，睫毛在微風中輕輕顫著，像是翩然欲飛的蝶，生動而美好。

眉如遠山黛，鼻梁秀氣，唇若春日裡的薄薄桃瓣，若微微抿起時，便能看清楚正中的一絲凹痕，分外漂亮。

明亮的月光如同灑下了一片銀粉，使得女子恬靜的睡容美得不似凡人，謝翎情不自禁地靠近了些，低沈著嗓音喚道：「阿九？」

沒有回應，施嫿仍舊睡得香甜。

謝翎忍不住伸出手去，輕輕地觸碰了一下她的臉頰，滑若凝脂，帶著淡淡溫熱。

謝翎的眼神漸漸變得幽深，他又輕輕靠近了些，近到他能感受到施嫿鼻尖呵吐的如蘭氣息。當輕輕接觸到那如桃瓣一般的唇時，謝翎是小心翼翼的，觸感溫軟，他並不敢用力，就像是在親吻一片花瓣一般，彷彿下一刻就會從枝頭墜落。

唇與唇輕輕廝磨著，輕緩的動作中，透露出無限的眷戀與憐惜，如同蜻蜓點水一般，卻又不捨離開。

謝翎一整顆心都化作了江南的綿綿春水，恨不得這一刻時間延至無限長，就此直到地老天荒。就在此時，那蝶翼輕輕顫動一下，它的主人張開了眼，月光落進眼中，化作了無數的細碎星子，謝翎頓時屏住了呼吸，摩挲的動作也緊跟著停了下來，彷彿為那雙如秋水般的眼驚豔住了。

長長的睫毛輕輕眨了一下，施嫿望著他，謝翎也望著她，兩人對視了許久，誰也沒有動作，就像是要藉著這一眼，仔仔細細地看清對方眼底的神色，一直看到對方的心底去一般。

大概是過了許久，又或者才短短一瞬，兩人彷彿都忘記了時間。

施嫿望著面前的少年，目光幽深如海，卻又透露著固執與深情，因為兩人的唇輕輕碰著，靠得極其接近，所以施嫿看不清楚謝翎面上的表情，只能看見那一雙眼，裡面滿滿的，都是她。

氣氛靜謐無聲，施嫿又緩緩地眨了一下眼，然後試探著微微張開了嘴唇，像是發出了一句無聲的輕嘆。

謝翎發現了，下一刻，他的眼中爆發出極度的驚喜，眼睛明亮，像是漫天的星光都暈染上去。

他不再遲疑和猶豫，低頭吻住施嫿的嘴唇，輕輕的呢喃如嘆息一般落下。「阿九。」

蟲鳴聲依舊長長短短，此起彼伏，像是不知疲倦一般，唯有夜空中掛著的彎彎新月，還有無數閃爍的星子，含著羞怯，注視著這座小小的院子，以及那彼此相擁著的人。

六月的清晨，清風吹拂而過，院子裡靜靜的，就在此時，門被推開時發出了一聲聲響，打破了這靜謐的空氣。

施嫿坐在窗前，對著菱花銅鏡，將長長的青絲梳起，挽成一個髮髻，以簪子別住。她聽見外面傳來敲門聲，伴隨著謝翎的聲音。

「阿九？」

施嫿站起身來，過去打開了門，只見謝翎站在門口，笑著望向她。

「用早飯了。」目光一如既往的溫柔繾綣。

不知是不是錯覺，施嫿今天總覺得臉上有些燙，強自鎮靜地道：「好，我知道了。」

早上做飯一事，施嫿和謝翎都默認，誰起得早便由誰來做，但自從施嫿來京城那一日起，謝翎每日都起得極早，將一切都安排妥當了，才會來叫她。

吃飯的時候，兩人都沒有說話的習慣，只是今日的氣氛似乎與往常不同，雖然施嫿也說不上來為什麼，但總覺得有些奇怪。

或許是因為謝翎頻頻望著她的緣故，施嫿終於忍不住道：「你總看著我做什麼？」

謝翎垂了一下眼，又抬起來望她，竟然笑了，答道：「情難自禁罷了。」

這話當真是半點都不矜持，施嫿呆了片刻，張了張口，卻不知道如何反駁，只能又羞又急地戳了一下碗，道：「吃飯！」

謝翎果然聽話，老老實實地用飯了。

等飯吃罷，施嫿才鬆了一口氣，端起旁邊沏好的茶。這是他們多年來的習慣，飯後必要喝一盞茶。

謝翎站起身來，道：「阿九，我去翰林院了。」

施嫿點點頭，放下茶盞，卻見他沒有動作，依舊站在原地，不由得疑惑地抬頭。「怎麼了？」

謝翎伸出手來，輕輕拂過她的鬢髮。

施嫿正覺得奇怪，忽然，他俯身靠過來，在她的唇上碰了碰，順帶咬了一下她的下唇，不輕不重。

謝翎的聲音略有些低啞地道：「是龍井茶。」

施嫿的臉騰地燒了起來，她輕輕瞪了一下謝翎，低聲怒嗔道：「不是要去翰林院嗎？不怕遲了？」

謝翎這才直起身來，看那面上的表情，似乎還帶著幾分深深的遺憾。

施嫿立即道：「謝大人慢走！」

於是，謝大人就被趕出了門。

到了翰林院，謝翎是來得最早的幾個人，他一掃往日的老成自持，跟人打招呼都笑盈盈的，誰都看得出來他今日心情十分不錯。

甚至有人調侃道：「謝侍讀這是遇到了什麼喜事嗎？」

謝翎也不反駁，只是笑而不語，與那幾人一同走進國史館，身後又有人進來，大夥繼續寒暄，打招呼聲此起彼伏。

突然，一人驚呼道：「顧編修這是怎麼了？一夜未睡嗎？」

「顧編修的精神好像有些差啊，可是沒有休息好？」

「對啊，顧編修是不是太忙了？可要注意身體啊！」

顧梅坡滿臉疲倦，眼下青黑，還得強打起精神與各位翰林同僚拱手見禮，嘴裡笑道：「只是昨天睡得晚了些，多謝諸位關心。」

輪到謝翎時，謝翎望著對方萎靡的神態，不由得輕輕挑了一下眉，拱手道：「顧編修，還是要多多注意身體啊！」

顧梅坡咬牙切齒，嘴裡卻又不得不繼續假惺惺地道：「謝過謝侍讀提醒了。」

兩人對視一眼，片刻後，皆是一笑，才各自走開了。

時至中午，恭王府的馬車匆匆自街頭駛來，在謝宅大門口停下，綠姝飛快地從車上跳下來，拍著大門的門環，動作急促，面上的神情十分焦急。

施嫿來開門時，見到她這樣子，不由得有些疑惑地問道：「怎麼了？可是有什麼事情嗎？」

綠姝立即答道：「施姑娘，王妃有事想見您一面。」

施嫿聽了，神色微微一凝。「好，我知道了，我們現在就走嗎？」

綠姝點點頭。「請施姑娘上車。」

從謝宅到王府，不過一刻鐘的車程，施嫿來過好幾次了，綠姝引著她匆匆往王府後院方向而去。

等快到恭王妃的院子時，綠姝才低聲向施嫿道：「今日上午，王爺來了一趟，不知怎麼和王妃吵了起來，後來王爺走了，王妃便讓我請您過來。待會兒您進去，若是可以，就勸勸王妃吧！」

施嫿一怔，然後點點頭。「我知道了。」

綠姝略帶感激地道：「麻煩您了！」

幾句話的工夫，兩人已經進了院子。

六月的氣候，已經算熱了，但是正屋的房門緊閉著，一反常態，院子裡的婢女們個個都不敢吭聲，氣氛緊繃。

綠姝上前去敲了敲正屋的門，細聲細氣道：「王妃，是奴婢回來了。」

片刻後，門裡傳來一個聲音。「婳兒來了嗎？」

綠姝答道：「施姑娘也來了。」

門「呀」的一聲開了，恭王妃站在門口，望向施婳，勉強露出幾分笑容。「婳兒快進來。」

施婳答應一聲，走上前去。

恭王妃又叮囑綠姝。「讓其他人都退下吧，都擠在院子裡做什麼？」

綠姝恭敬答道：「是，奴婢知道了。」

所有人頓時作鳥獸散，院子裡恢復了安靜。

恭王妃站在屋子裡，午後的斜陽自門外照進來，將她裙腳和袖襬上的海棠暗紋照得十分清晰，栩栩如生，她站在那裡，像是有些走神兒。

「王妃。」施婳叫了她一聲。

恭王妃這才回過神來，她的眼神中帶著幾分迷茫，道：「婳兒，妳叫一聲我的名字。」

施婳愣了愣，雖然不解其意，但還是依照她的意思叫道：「明雪，妳怎麼了？」

恭王妃眼中的迷茫漸漸淡去，取而代之的是另一種堅定，而這堅定令施婳驟然感覺到幾分不安。

「嬞兒，我想請妳幫我一個忙。」

「妳要我做什麼？」

恭王妃望著她，金色的陽光映照進了她的眼底，使得她的眼睛呈現出一種琥珀般漂亮的光芒，她低聲道：「妳是大夫，妳知道有沒有哪種藥，可以讓女子不孕的？」

施嬞猛然一驚，眼底閃過幾分明顯的驚愕，過了片刻，才輕輕地道：「妳要那種藥做什麼？」

恭王妃向她走近一步，道：「給我自己用。」

這一句聽在施嬞耳中不啻於一聲驚雷，但是她向來冷靜，很快便反應過來，問道：「為什麼？是因為……」那個名字消失在空氣中，施嬞到底沒有說出來，但是顯然兩人都心知肚明。施嬞心底驚詫，她知道陳明雪戀慕那人，可是她要做到如此地步嗎？

然而恭王妃卻搖搖頭，平靜地道：「不，不是因為他。」

施嬞的心稍微一定。

恭王妃轉過身，慢慢走了兩步，周遭安靜無比，她頓了頓，才繼續道：「我這樣做，對大家都好。」

施嬞開口問道：「大家是指誰？王爺？」

恭王妃沈默一瞬，慢慢地道：「不管是王爺，還是世子，抑或是我自己，若我無子嗣，所有人都會放心。」她轉過身來，對施嫿道：「以妳我之間的感情，我不須瞞妳什麼。我嫁入恭王府，不過是遂了幾方人的願罷了，可我若真生下孩子，恐怕並不是什麼好事。」

施嫿的嘴唇動了動，道：「王爺他也是這樣想的嗎？」

「他雖然沒說，但必然是這樣想的。」恭王妃道：「王爺的前一位妻子，也就是先王妃，是內閣元閣老的女兒。據外人所言，王爺對先王妃情深義重，先王妃病逝後，正妃之位空缺，王爺卻遲遲不娶，起初我並不以為然，若真是如此，王爺為何後來又再娶了我呢？」她的目光放空，盯著窗外的一樹梧桐，慢慢地道：「但來了王府這麼久，我才終於明白，他們說得沒有錯，王爺確實是深愛著先王妃。」

施嫿猶豫道：「可是……」

恭王妃道：「王爺今日與我爭執了一場，妳可知道為什麼？」

施嫿搖搖頭。「綠姝與我提過，但是她沒有說具體的情況。」

恭王妃淡淡地道：「李側妃的兒子不小心將世子推入了荷花池中，世子差點溺死了，王爺將李側妃貶為了妾，然而怒氣依舊不得發洩，這才跑來訓斥我一番，說我治府不嚴。」她轉過頭來看著施嫿。「如今世子已定，若我日後真的有了子嗣，必然要處處為他打算，如李側妃一般算計著，去爭、去奪、去曲意逢迎、去討好他，我的孩子也必須要樣樣拔尖，小心謹慎，這樣地活著，何其累？」恭王妃道：「更何況，王爺有大野心，如今便已是如此情狀，若是真到了那一日，兄弟鬩牆，同室操戈。」她說著，緩緩地搖了搖頭，對施嫿道：

「活得那般驚險，我倒不如我的孩子從未降臨在世界上。」

恭王妃的表情是異樣的認真，令施嫿不由得心驚。時隔多年，再次仔細地打量眼前這個女子，她已不是少女了，那雙眼睛也不復當年的天真明亮，卻一如既往地堅韌和執拗。陳明雪向來便是如此，她像是變了，又彷彿沒有變。

最終，施嫿緩緩地點了頭，終於答應下來。「好，我知道了。」

恭王妃笑了起來，她的笑容染上金色的陽光，就如同當初那個少女一般。「嫿兒，謝謝妳。」

從恭王府出來之後，施嫿的心情莫名有幾分沈甸甸的，她反覆地想起陳明雪的話，還有她最後的那個笑容。施嫿不知道自己今日的做法是否正確，但是，陳明雪已過得如此不順遂了，那麼讓她過得輕鬆些，也是一樁好事吧？

綠姝小心地打聽道：「施姑娘……」

看著綠姝那副欲言又止的表情，施嫿想起她來時綠姝說的那一句，勸一勸王妃，臉上不禁浮現出幾分歉疚，搖了搖頭。

綠姝嘆了口氣，很快又道：「我沒有怪您的意思，只是小姐她……她過得太辛苦了。」

施嫿沈默片刻，對她道：「正是因為太辛苦了，所以若能讓她高興些，也是好事。來日方長，她或許有改變主意的那一天，也未可知呢！」

綠姝點點頭。「是我想岔了，確實如此，來日方長。施姑娘，今日辛苦您跑一趟了。」

施嫿卻搖頭道：「客氣了，我與妳家小姐深交，日後若是有事，只管來找我。」
聞言，綠姝也笑。「是。」

深夜，王府書房。
恭王站在窗邊，盯著手中的文書看了半天。
竇明軒站在一旁，見他放下了文書，才道：「王爺。」
「刑部那邊辦完了？」
竇明軒答道：「是，應大人把消息送過來了，明日就會將整理好的文書呈上去。」
「好！」恭王面上浮現出幾分喜色，又道：「聽說這回謝翎在裡面出了些力？」
竇明軒立即道：「是，之前刑部去工部查卷宗，工部推三阻四，並不配合，導致刑部遲遲沒有進展，謝翎提供的那些案卷，確實起了不小的作用。」
「工部尚書彭子建也是塊不好啃的骨頭，若非謝翎修國史，恐怕無論如何都別想從他那裡摳出半點東西來。」
竇明軒道：「確實是湊巧了。」
恭王笑了一下。「你這位學生，倒有些本事。」
竇明軒道：「若非當初元閣老讓他去修國史，恐怕也沒有這種機會。」
「元閣老……」恭王抬起頭來，表情沈吟。

竇明軒一個沒忍住，試探道：「殿下，那元閣老如今究竟……」

恭王抬了一下手，緩緩搖頭。

竇明軒便知道不宜再追問了，遂立即道：「臣失言了。」

恭王的第一位王妃，乃是當朝內閣閣老元霍的女兒，後來因重病，溘然長逝，恭王數年未娶，直到今年才娶了陳國公的嫡次女為正妃。

恭王望向窗外，什麼也沒有說，過了許久才慢慢地道：「不要急。」

「是。」

次日，刑部遞交的案卷都盡數轉移到了大理寺，大理寺卿看過之後大驚失色，不敢有片刻的耽擱，連夜複審，不出五日，摺子便遞交到了御案之上。

宣和帝看了之後，龍顏大怒，當場便將摺子扔了出去。「反了天了！」他拍案而起，吼道：「來人！傳內閣閣員和三品以上的官員都進宮！」

天子一怒，自然是非同一般，整個朝廷都籠罩著一股山雨欲來風滿樓的氣息。

消息傳到時，就連翰林院裡的氣氛都緊繃起來，元閣老和幾個大學士跟著傳旨的宮人離開後，國史館裡才有喁喁細語響起，所有人都在猜測，不知是不是又發生了什麼事。

朱編修進了小間，見謝翎正在奮筆疾書，道：「方才宮裡來傳旨，掌院大人和幾位大學士都入宮了。」

顧梅坡從書堆裡抬起頭來，問道：「發生了什麼事情？」

朱編修搖搖頭。「不知道，不過看那宮人的模樣，像是比較嚴重的事情。」

顧梅坡聽了，轉向謝翎。「謝侍讀覺得會是什麼事情？」

謝翎眉眼沈靜，表情不動地道：「或許是關於視學禮儀的事情吧！」

朱編修恍然道：「也是！算算日子，也該要舉行視學禮儀了才對，謝侍讀不說我都快忘了這事了！」

顧梅坡表情狐疑，他的直覺告訴自己，事情絕不會這麼簡單。區區視學禮儀，為何要宮人特意來傳召？他總覺得自己的這位同榜，肯定知道些什麼。

元閣老和幾位大學士一進宮之後，就沒回來。

到了第二日，岑州貪墨一案，便如同長了翅膀一般傳遍了整個朝廷。

宣和帝為此事震怒不已，下令都察院與刑部、大理寺一起，對此案共同審理，這還是宣和三十年來第一次三司會審，所有人都打起了精神，行事也謹慎許多，生怕被捲入了這一次的事件中。

施嫿聽著謝翎娓娓道來，她握著醫案的手慢慢放下來，眉頭微微蹙起。

謝翎看見，便問：「怎麼了？」

「我記得不是這樣。」

「不是怎樣？」

施嫿面上浮現出幾分若有所思。「我記得太子在宣和三十年有一段時間確實是受到皇上的責難，精神鬱鬱，但是並沒有很大的影響，皇上似乎只是輕罰了他，年底時還賞了太子不少東西，那時候太子又立即得勢了。」她搖了搖頭，道：「而且那時候我並沒有聽說岑州的這個案子。」施嫿說著，與謝翎對視了一眼，彼此都從對方眼中看到了了然。

謝翎道：「事情被壓下來了？」

一整個省的庫銀虧空、私收賦稅、官員貪墨，這種事情也能壓下來？施嫿一時又有些不確定了，她慢慢地道：「或許是因為我消息不靈通的緣故？我那時才進太子府沒多久，許多事情不知道也是正常的。」說到這裡，施嫿的聲音停頓了片刻，忽而問謝翎。「嘉純先皇后的忌日是哪一日？」

謝翎立即答道：「是六月二十日。」他說完便是一怔。六月二十日，今天已經是六月十一日了，距離先皇后的忌日，不過剩下九天。「難道是因為這件事情？」

這麼一想，倒是沒問題。太子李靖涵是先皇后所出，但是先皇后已病逝多年，她為中宮時頗受聖寵，病逝之後，宣和帝曾五日不朝，後追封她為嘉純皇后。

施嫿點了一下頭，道：「極有可能，我記得後來發生過一件事情，太子被御史參了一本，說他驕奢淫逸、私授官職、縱僕行凶、無視律法等等，一共八項罪名，可是不巧的是，那幾日正是嘉純皇后的忌日，皇上看了摺子自然十分憤怒，叫了太子去家廟跪了一日，最後還是放他回來了。」

謝翎問道：「那上奏彈劾的御史呢？」

施嫿沈默片刻後，答道：「聽說後來他被捲入了一個案子中，抄家流放了。」

謝翎想了想，分析道：「或許這一次的事情真的被壓下來了。岑州的案子早在之前便已結了一次，這次又翻出來，如今無非是兩個結果，一個是立即徹查，大刀闊斧，把山陽省上到巡撫、下到知縣全部查辦了，這樣一來，新的官員上任少說得一、兩個月的時間，再加上岑州一帶本就受災，無人管事，恐怕要出亂子。

「第二個結果，是先換掉上面的人，再徐徐圖之；不過這樣的話，很有可能給了太子一黨喘息之機。」謝翎沈吟片刻後，道：「我想，大概皇上選的是後者。」

燭火靜靜地燃燒著，室內的空氣一片靜謐。謝翎看向施嫿，女子的雙眼在燭光下如同秋水一般，發出瀲灩的微光，美麗無比，讓人忍不住沈溺其中。

施嫿的目光望向燭火，忽覺臉頰處一暖，抬頭一看，卻是謝翎伸手撫上她的臉。

謝翎低著嗓音喚道：「阿九。」

「嗯？」施嫿回視他，眼中浮現幾分詢問。

謝翎輕輕摩挲著她的臉龐，目光溫柔而專注，慢慢地道：「我一定，會幫妳的。」

施嫿不防他突然說起這個，眼中浮現幾分驚訝，然後化作了隱約的笑意，眼睛微微彎起一絲弧度。「好。」

岑州一案，宣和帝下令三司會審，刑部、大理寺和都察院一起，著手審理此案。正在這關頭，又有御史上書彈劾恭王，說他與刑部尚書應攸海、禮部尚書竇明軒兩人來往過密，意圖結黨營私。

這彈劾的摺子若是放在平時倒沒什麼，御史官員不以言獲罪，本就喜歡風聞奏事，逮誰咬誰，朝廷上下沒幾個官沒被他們參過，便是內閣首輔劉閣老也不知被彈劾過多少次了，積壓的奏本已堆了厚厚一疊。

但，偏偏在如今岑州一案，三司會審到了緊要關頭時，恭王被參了結黨營私，結的還是三司會審中的刑部尚書，其用意便耐人尋味了。明眼人都知道，這是那一位出手了。

奏本送上去之後，恭王立即向宣和帝上書自陳心跡，說自己絕無結黨之心，還特意辭去戶部侍郎一職，求宣和帝讓自己歸藩。

刑部尚書應攸海與禮部尚書竇明軒也緊跟著先後上書，說絕無此事，岑州一案與恭王殿下毫無關係，刑部查案向來是有憑有據，絕不會憑空製造冤假錯案來混淆聖上視聽，請宣和帝明察。

朝局氣氛頓時又緊繃起來，神仙打架，凡人遭殃，那幾日所有官員都謹慎仔細，小心翼翼，生怕被殃及池魚。但是，所有人都沒想到，宣和帝最後把所有的奏本都壓了下來，竟然什麼反應也沒有，既沒有讓恭王歸藩，也沒有查辦刑部尚書和禮部尚書，一切都風平浪靜。下面的官員們提心弔膽，等了好幾日，結果一場一觸即發的戰爭竟然就此消弭於無形了。

與此同時，三司會審的結果出來了，山陽省官員貪墨確有其事，但是並不像刑部審出來的那樣駭人聽聞，只查辦了巡撫和幾個高級官員，案子就這麼結了，該如何還是如何。

一時間，多方算盤都落了空，被參的恭王無事，太子也無事，一切照舊；然而此時卻無人敢說什麼，因為雖看似一如既往，但是宣和帝對待此事的態度，簡直像是在雙方臉上各摑了一巴掌，這是在告訴他們——別鬧，你們的事情，朕都知道。

謝宅。這一日清早，杜如蘭便來拜訪，她背上揹著包袱。

施嫿看見，了然道：「要離開京師了嗎？」

杜如蘭點點頭。「是，這些日子承蒙施大夫照顧，特來登門拜謝。」

施嫿搖了搖頭，又問道：「妳一個人回去？」

杜如蘭頓了頓，道：「還有邵公子。」

施嫿恍然大悟，邵清榮前幾日便已經來過了，如今看來，想必是兩人相約一道同行了。

「那你們路上多加小心，日後若是有事，可以書信往來。」

杜如蘭笑了笑，點頭應下，這才離去。很快地，她纖弱的身影便消失在街道盡頭。

杜如蘭當初為父伸冤，不遠千里趕來京師敲登聞鼓，在朝局掀起了一陣風波，如今總算是得償所願了。

雖然沒有動搖到太子，但是施嫿敢肯定，這件事情已經成為了一根刺，扎入了那高高在上的天子眼中，只等著來日有機會，一併爆發出來。

時間倏然過去，轉眼便到了年底。施嫿來到京師已有半年，進入十一月之後，京師便開始下起了小雪，比蘇陽城要冷得多了。

十二月，隆冬之際，天氣陰沈，紛紛揚揚的雪將遠處的景色遮住了，街上見不到幾個行人，此時，兩輛馬車從遠處駛來，在玉宇樓前停下。

「王妃、施姑娘，咱們到了。」

恭王妃道：「我聽說玉宇樓新推出幾道特別的菜，都是從南方學來的，妳離開蘇陽城這麼久了，所以特意帶妳來嚐嚐味道。」

施嫿笑笑。「那我可要好好嚐嚐。」

恭王妃也笑，又道：「妳若是吃了喜歡，改日也帶著謝大人一道來。」她說著，小聲道：「悄悄與妳說，這玉宇樓是我姊姊家的產業，到時候我吩咐一聲，你們就當是吃自家人的，不必給錢。」

兩人都笑了起來。

施嫿笑盈盈下了車，寒風從側邊吹來，凍得她一個寒顫，鼻尖都有些發紅了。

綠姝連忙將手爐遞給她。「施姑娘，當心凍著了。」

恭王妃捧著手爐，抬頭看了看。「這雪下了一天，也不見停。」

施嫿也道：「恐怕還有得下。」

「照往年來看，這雪得下到年關去了。」

綠姝催促道：「是、是，我的王妃，先進去吧，把人凍壞了如何是好？」

施嫿笑笑，與恭王妃一同往酒樓裡走，然而才走了幾步，她便發覺有人在看自己，下意識地抬起頭，敏銳地望了過去，只見二樓的窗戶是半開著的，一個人正坐在那裡，天色微暗，燭光也不甚明亮，面孔隱沒在半明半暗之間，叫人看不真切；然而，施嫿卻一眼便認出了那人，幾乎是反射性的，她的脊背冒出一股涼意，令她不由自主地打了一個寒顫。

恭王妃意識到她的不對勁，問道：「嫿兒，怎麼了？」

施嫿收回目光，搖搖頭。「沒什麼。」

「是不是著涼了？」恭王妃說著，立即吩咐撐傘的下人，道：「把傘打低些，我們先進去吧！」

「嗯。」

二樓坐著的人動了，他舉著杯喝酒，眼中的驚豔仍在，向一旁的人道：「去查查方才跟在恭王妃身邊的那個女子是誰。」

那護衛立即道：「殿下問的是那個身著藍白色衣裳的女子嗎？」

太子轉過頭來。「你認得？」

護衛答道：「屬下曾見過她，是翰林院侍讀謝翎的姊姊，名叫施嫿。」

太子慢慢地唸了一遍。「施嫿，好名字。孤想見見她。」聲音輕緩，但是其中的意思不言而喻。

「是。」

那護衛頓時了然，立即道：「屬下明白了。」

太子還特意囑咐道：「說話禮貌些，別唐突了人家。」

雅間內，恭王妃正在與施嫿談話。「我聽王爺說，年底的時候，若無意外，謝翎還能再升一品官。說起來，他應該算是少數升官快的翰林了，上次升了國子監侍讀，這次不知道會升到哪裡去。」

施嫿因為方才的事情，有些心不在焉，只是道：「一切都看皇上的意思。」

恭王妃笑了起來，眨了眨眼，促狹道：「等哪一日謝翎升到了一、二品大員，叫他給妳請個誥命。」

施嫿回過神來，頓時面上一紅。「沒有影兒的事情，妳在說什麼。」

「好、好，嫿兒害臊了。」恭王妃笑道：「我不說便是。」

就在此時，雅間的門響了，忙有婢女過去開門，見門外站著一個侍衛打扮的陌生人，婢女疑惑道：「你是……」

那侍衛道：「打攪了，我家主人想見見施姑娘，不知能否行個方便？」

婢女聽了，十分驚異，道：「你家主人是誰？」

恭王妃見狀，問道：「什麼事情？」

那婢女連忙轉過身來回稟。「王妃娘娘，這人說他家主人想見見施姑娘。」她說著，身子動了動，露出門外的那個侍衛身影。

施嫿看見，心中一緊，與恭王妃對視了一眼。

恭王妃沒動，那侍衛立即拱手行禮道：「見過王妃娘娘。」

恭王妃略略揚起下巴，問道：「是太子殿下的意思？」

侍衛答道：「正是，所以派屬下來問問，不知施姑娘是否方便？」

恭王妃逕自拒絕道：「不方便。施姑娘是本宮的貴客，又是女眷，太子殿下想單獨見她，你倒是同本宮說說，這件事到底哪裡方便了？」

侍衛一時遲疑了。「這……」他沒想到恭王妃如此不留情面，不免有些進退兩難。

恭王妃又道：「煩勞你去回了太子殿下吧，就說於禮不合，有負太子殿下的賞識了。」

「這……」

恭王妃一揮手。「去吧！」

侍衛也奈何不得她，只能領命告退。

等他一走，恭王妃便立即吩咐道：「去尋管事的來，咱們另換一間屋子，悄悄地，別驚動了旁人。」

「是。」

卻說那侍衛無功而返，回稟了太子，本以為辦事不力要挨一頓罵，沒想到太子聽了倒是難得的不氣也不惱。

「既然單獨見不方便，那孤過去拜訪總行了吧？」他說著，還真的站了起來，將酒杯擱在桌上，一招手，面上露出幾分興致。「走吧！」

哪知到了雅間門口時，侍衛敲了半日，也無人應門，眼看太子臉上已略有不悅之色，侍衛心裡一沈，隨手抓來一個酒樓夥計問道：「這雅間裡的人呢？」

那夥計見他們穿戴，便知道非富即貴，是自己惹不起的，連聲道：「她們方才就離開這個雅間了。」

侍衛追問道：「去了何處？」

夥計面有難色。「這小的卻是不知了，小的方才一直在樓下大堂做活兒呢！」

侍衛擺了擺手。「行了。」

那夥計如蒙大赦，一溜煙地跑了。

侍衛忐忑地看向太子。「殿下。」

太子竟然笑了，表情頗有些玩味。「有意思。罷了。」他道：「既然是刻意躲著孤，那自然怎麼找都是找不到的，先回府吧！」

「是。」

小雪一直下到傍晚還不見停，施嫿站在門口，口中呵著熱氣，這天氣是真的冷極了。一旁站著的小丫鬟道：「姑娘，還是讓奴婢來點吧！」

偌大一個謝宅，即便只住了施嫿與謝翎兩個人，有些地方也還是打理不過來，再加上謝翎日日要去翰林院，若是遇上雨雪天氣，實在不方便，施嫿便去牙行，請了兩個下人來幫忙，一個是年紀不大的小丫鬟，名叫朱珠，一個則是趕車的劉伯。

「沒事。」施嫿一面道，一面把燈籠裡的棉芯點燃了。棉芯浸在燈油中，燃起一簇火光，橘色的光芒映照在施嫿的面孔上，看上去暖暖的，她的眼睛也像是落入了燭光，明亮而漂亮。等兩個燈籠都點燃了，施嫿才道：「掛上去吧！」

「好。」朱珠將點亮的燈籠緩緩掛起來，掛在宅子的簷下，口中道：「這天氣真冷，雪都下了一日了，公子怎還不見回來？」

「應是翰林院有事吧！」施嫿捧著凍得通紅的手指輕呵了一口氣，因為燈籠已經掛起來的緣故，濛濛的暖黃色光暈灑落下來，屋簷外是簌簌小雪，不知疲倦地飄落，映照出點點晶亮的光芒。

朱珠見狀催促一聲。「姑娘，咱們先回屋吧，這兒凍人呢！」

「好。」施嫿舉著燭臺，主僕兩人一同進去了，大門發出粗啞的聲響，緩緩合上了。

翰林院，謝翎眼看時間不早了，才終於收拾東西，聽見外間大廳中傳來眾同僚的寒暄聲，他出去時，便有人招呼他。

「謝侍讀，寒澤兄晚上作東，你去不去？」

「顧編修？」謝翎微微愣了一下。

大廳門口傳來一個帶笑的聲音。「不錯，我今晚作東！早就聽說瓊園風雅，聞名京師，今日特意請諸位同僚前去，不知謝侍讀能否賞個薄面？」說話之人正是顧梅坡。

「瓊園」兩字一傳入耳中，謝翎在心裡便皺了一下眉，他聽說過這個名字，而且是從阿九口中聽到的，所以對這瓊園無甚好感，如今聽顧梅坡要帶著翰林院眾人去，自然不想去湊熱鬧。他面上不動聲色，露出一個略帶歉意的笑容來，道：「實在抱歉，我今晚家中還有事情，恐怕無法前去，多謝顧編修的好意。」

這時，一人笑著道：「我早說了吧？謝侍讀定會說沒空，你們還不信！」

這話一出，氣氛不免有些尷尬了。

就在此時，王編修忽然道：「謝侍讀每日準點來，準點走，肯定是家中有嬌妻等著，哪能同你們一起去廝混？」他這話是在給謝翎解圍，於是僵硬的氣氛立刻如冰一般消融了。

所有人都紛紛笑著調侃道：「謝侍讀，可是當真？」

「肯定是如王編修所說的。」

「就是、就是！」

謝翎笑了一下，衝王編修遞過去一個目光，道：「確實如此，也不好瞞著各位，若回去晚了，恐怕內人要擔心了。」

他一說完，一時間噓聲四起，還有人笑道：「尊夫人還管這個啊？」

「謝侍讀這是懼內！」

謝翎也不辯解，笑著任由他們說，說完便拱了拱手。「今日確實不便，就不打擾各位的興致了，來日我作東，也請諸位同僚去百味樓吃。」

這下所有人自然都高興起來，連聲應下，還讓謝翎回去的路上小心些，甚至有人拿了自己的傘借給他，態度端的是一派熱絡。

最後謝翎沒接那傘，與眾人告別之後，才離開了翰林院。

第二十五章

夜裡的時候，因為燃著兩盆炭的緣故，屋子裡倒不覺得冷了。几案上有個紅泥小爐，爐子裡的銀炭通紅，爐子上隔水溫著一壺酒，施嫿坐在榻上，正在擺弄著旁邊的杯盞。

門開了，靜靜燃燒的燭火輕輕顫了一下，謝翎一走進來，不等施嫿說，便將門合上了，燭火又再次恢復了平靜。

屋子裡靜謐，施嫿朝對面輕揚了下小巧的下巴，道：「你坐。」

謝翎看了看那爐子，依言坐下來。「是酒？」

「嗯。」施嫿點點頭，答道：「今日一早送來的，聽說我們今年不回去蘇陽城，爺爺特意把今年新釀的酒託人送來了，好大一罈，估計夠咱們喝一年了。」

水溫正好，酒暖好了，施嫿伸手將白瓷酒壺從溫水中拿出來，女子纖細的手指襯著那潔白的細瓷，十分精巧漂亮，竟一時讓人分不清到底哪個才是白瓷了。

施嫿拿過乾淨的麻布，將酒壺上的水跡仔細擦去，一切妥當之後，才輕輕挽起袖子，將酒注入杯中，動作輕柔無比，如行雲流水一般。

謝翎靜靜地看著，就連這樣的動作他也不會厭煩。

酒加熱之後，酒香氣就越發濃郁了，在空氣中瀰漫，漸漸蔓延至肺腑中，頗有醺醺之感。

施嫿將酒壺放下，道：「可以了，喝吧！」

謝翎點點頭，拿起酒杯，只覺得那暖暖的酒香一直往鼻尖鑽，綿軟醇香。

施嫿端著酒杯，慢慢地品著酒，因是自家釀的，所以不算濃烈，反而帶著一絲細微的甜味，令人忍不住反覆品嚐。

就在此時，施嫿聽見了什麼動靜，對謝翎道：「你聽。」

謝翎側耳細聽，那聲音很細微，他放下酒杯站起身，走到門邊，將門輕輕拉開，那聲音更響了，他反應過來，對施嫿道：「有人在敲門。」

施嫿疑惑道：「這麼晚了，會是誰來？」

謝翎搖搖頭。「我去看看。」

施嫿起身道：「我與你一同去吧！」

「不必了。」謝翎道：「外面冷，我一個人走得快些，妳在這裡等我。」他說著，便走出門，不容置疑地把門關上了，踏過院子裡的積雪，往前院走去。

走了一陣子，謝翎才發現天上不知何時又下起了飄飄細雪，所幸還不算大，他也懶得回去拿傘了，再聽那敲門的聲音，力道已經加重了些，可見來人沒什麼耐心。

謝翎不慌不忙，到了前院，打開門一看，只見外面站著一個陌生的中年人，他微微一愣，遲疑道：「閣下是？」

中年人的面上立即帶著笑。「請問這裡可是謝翎謝大人的府邸？」

謝翎點點頭。「正是。」

中年人連忙笑道：「是這樣，我是來送些東西的。」

謝翎打量他一眼，只見他穿著打扮，倒像是哪家的僕人。這倒真是奇事了，都說富知府，窮翰林，從來沒聽說過有人大冬夜地跑來一個翰林家裡送禮的，遂問道：「敢問是哪家府上？送的什麼禮？」

中年人笑著自報家門。「我是太子府的下人。」

一聽到「太子府」這三個字，謝翎面上的神情立刻變了，眼神也沈了下來，不動聲色地道：「太子府？我似乎與太子殿下素無往來，閣下不會是弄錯了吧？」

中年人滿口道：「不會有錯、不會有錯，這些都是殿下派咱們送來給施姑娘的！」他說著，往旁邊站了站，露出身後的一大堆禮盒箱子，堆起來足足有半人之高，令人不由得咋舌，可見太子府的手筆之大。

然而，謝翎的臉卻越發黑了，他甚至往後退了一步，冷冷地道：「不必了，這些東西還請閣下帶回去吧！」

中年人一怔，顯然沒想到事態會這樣發展，不禁道：「怎麼——」

謝翎卻不想聽他說話了，連多看他一眼都嫌棄，只是道：「家中還有事，恕不遠送，失禮了。」說完，便將大門一關。

冷風撲了那中年人一臉，他凍得一縮脖子，嘀咕道：「什麼怪脾氣！旁人想巴結咱們太子府還巴結不上呢！個窮酸翰林，我呸！」他說完，悻悻地招呼人把那一堆禮品都拿走了，謝宅門口又恢復了平靜。

聽著那些腳步聲離去，謝翎才深深地吐出一口氣來，在門後面站了許久，直到雪越來越大了，他才加緊腳步，往後院走去。

等到了後院，謝翎一眼便看見門是虛掩著的，昏黃的燭光從細細的門縫裡照出來，這是阿九特意打開的。他心裡不由得一暖，方才的不悅早已散去了些，加快腳步，進了門。

施嫿還坐在榻上，見他回來，問道：「怎麼去了那麼久？是誰來了？」

謝翎不動聲色地說：「是找錯門的。」

施嫿疑惑道：「這還能找錯？」

謝翎「嗯」了一聲，點點頭。「是外鄉來的。」

施嫿不再問了，指了指桌上。「喝了吧，暖暖身子。」待謝翎拿起酒杯，才喝了一口，施嫿忽然道：「外面又下雪了？」

「剛剛才下的。」像是想起了什麼，謝翎順手將窗推開些，招呼施嫿。「阿九，妳看。」

施嫿見他那副神秘的表情，起身過去，從那一點縫隙往外看，只見外面白雪皚皚，一樹梅花不知何時已悄然綻放，暖黃的燭光映照著，紅色的花瓣在晶瑩剔透的白雪中顯得越發奪目。「是梅花！」施嫿有些驚訝地道：「竟然這時候開了？」

謝翎笑了笑，將窗扇推得更開，好讓她看個仔細。清冷的梅花香氣自窗外襲來，簌簌的小雪飄灑而下，落在窗櫺上，無聲無息。

因為剛剛從外面進來的緣故，謝翎的頭髮上沾著不少雪花，如今被屋子裡的暖氣一烘，便化作了水，看上去有些濕漉漉的。

施嫿拿了乾淨的棉布來，替他解開了髮冠，仔細地擦拭著，屋子裡氣氛靜謐，溫暖如春。正當施嫿欲收回手時，謝翎忽然一把握住了她的手腕。

謝翎低聲喚道：「阿九。」

施嫿低頭，撞入一雙幽深如海的眼中，她有些恍惚，如同受了什麼蠱惑一般，眼睜睜地看著他漸漸靠近，湊過來，在她的臉頰上輕輕蹭過，一個輕若羽毛的吻，落在她的唇角，帶著淡淡的酒香氣，引起施嫿心中一陣戰慄。

那輕飄飄的羽毛帶著酒香和暖暖的溫熱，終於落在了施嫿的唇上，輕輕游移著、廝磨著，彷彿要把那桃花一般的唇揉皺了，動作輕柔而克制，帶著無盡的憐惜。

謝翎的手臂稍稍用力，施嫿不由自主地被他帶了過去，她的鼻間都是溫暖的酒香，讓她的神智有些暈乎乎的，不知是不是方才喝了酒的緣故，施嫿輕輕合上了眼。

少年專心致志地親吻著她，目光深情而專注，望著女子輕顫的睫毛，如蝶翼一般，美好得驚人。

軒窗外，細雪依舊簌簌落下，靜夜無聲，而那一樹紅梅則越發精神抖擻，冷香幽幽，悄悄瀰漫到空氣中，與溫暖的酒香和在了一起，不分彼此，幽遠纏綿。

不知過了多久，謝翎輕輕吻著施嫿，薄唇緩緩張合，呢喃道：「阿九，我們成親吧！」那脆弱的蝶翼倏然一顫，翩然飛起，謝翎看見秋水一般的眼中倒映著自己的臉，施嫿像是愣了一下，沒有反應過來，謝翎不放棄，索性停了下來，又重複了一遍。「阿九，我們成親吧，好不好？」

施嫿怔怔地望著他，眼底閃過幾分迷茫，讓謝翎的心漸漸提了起來。

過了片刻，她忽然笑了。「好啊！」

因為這短短的兩個字，方才提起的心立刻落回了原地，謝翎面上浮現出欣喜若狂之色，他緊緊擁住懷中的女子，再也無法克制心中的愛意，用力地親吻她，喚著她的名字。「阿九、阿九。」

雪在半夜時又停了，所以第二日起來的時候，地上的積雪並不是特別厚。京師處於北地，冬天就是這樣，時下時停，與江南大不相同。

謝翎一早就去了翰林院，到了年底時候，他比往常更忙了，修了一年的國史，也差不多要準備交差了。

這時劉伯來道：「姑娘，前門有恭王府的人造訪，說是找姑娘您的。」

施嫿愣了一下，站起身來，拍了拍裙襬沾著的碎雪，將鏟子遞給朱珠。「我過去看看。」

「好。」

施嫿到了前院，門口果然停著一輛馬車，上面掛著恭王府的牌子，一個王府下人站在那裡候著，看見她到，連忙迎過來。

「施小姐，王妃有請，快上車吧！」

施嫿皺了一下眉，打量那人一眼，是個生面孔。「我怎麼沒見過你？你是在王府做事的？」

那王府下人笑著道：「小人之前在前院做事，才調來不久，施小姐沒見過小人是正常的，王妃似乎有急事，施小姐快上車吧！」

他態度殷勤熱絡，施嫿卻越發警惕了，她緩緩退了一步，道：「王妃院子裡的人從不這樣稱呼我，你到底是什麼人？」

那王府下人一愣，忽然嘴裡打了一個呼哨，馬車裡竟然鑽出來幾個人，迅速衝上來抓住施嫿，摀嘴的摀嘴、抓手的抓手，還未等施嫿高呼，便被塞入了馬車中。

那偽裝的王府下人立即跳上馬車，揮著馬鞭。「駕！」

馬車轔轔駛過長街，在地上留下兩道深深的車轍，往前方行駛而去。

沒多久，另一輛馬車緩緩駛了過來，在謝宅的大門口停下。

綠姝自車上跳下來，走上臺階，見地上有個什麼東西，她忽然「咦」了一聲，將它揀拾起來，那是一個淺藍色的香囊，上面繡著白芷花紋，散發出淡淡的藥香。

綠姝有些疑惑。「這不是施姑娘的香囊嗎？怎麼會落在這裡？」她只以為是施嫿遺落的，幫她收了起來，見謝宅大門是開著的，便逕自走過去，敲了敲門。

不多時，劉伯過來了，他自然是認得恭王妃的貼身侍女的，連忙道：「是綠姝姑娘來了。」

綠姝道：「王妃讓我來請你們家姑娘去飲酒賞梅，你們姑娘起了嗎？」

劉伯一頭霧水，疑惑道：「起是起了，不過，王府的車馬不是來請過一次了嗎？」

綠姝也愣了一下。「請了？什麼時候的事情？」

劉伯連忙道：「就在方才啊！一輛恭王府的馬車來了，說是來拜訪咱們姑娘的，咱姑娘過來前院之後，我就沒見到人了，想來是跟著去了。」

綠姝驚道：「王妃只派了我來請施姑娘，怎麼會有別的王府馬車來接人？你是不是弄錯了？」

「怎麼會？我老漢趕了一輩子的馬車，恭王府的馬車我沒見過十次也有八次了，上面還掛著你們王府的牌子，怎麼會認錯？」

綠姝皺起眉，她忽然想到了方才拾到的那個香囊。「我知道了。」說完，也不跟劉伯解釋，立即上了馬車，對車伕道：「跟著地上的車轍走，既是剛剛來的，想必走不遠，說不定還能追上！」

「是。」車伕一聲吆喝，趕著馬車往前走去。

等過了這一條長街，拐個彎，地上的車轍已經十分凌亂了。

馬車走了一陣子後，車伕道：「綠姝姑娘，實在看不清楚了，從這兒經過的馬車太多了。」

綠姝沈吟片刻，道：「罷了，先回王府，速度快點。」

「好！」

施嫿被抓上馬車之後，心中確實有些驚慌，但是片刻之後她立即就冷靜下來了。望著面前的兩個人，果然是太子府的人，其中有一個人她竟然還有點印象，當初為了救杜如蘭，施嫿撒謊騙過他，似乎叫寧晉；另外一個是生面孔，上輩子施嫿也沒見過他。

施嫿警惕地道：「你們是太子派來的？」

寧晉對於她竟然如此迅速就能冷靜下來顯然有些驚異，但還是輕聲道：「施姑娘放心，我等並無惡意。」

聞言，施嫿冷笑一聲。「你們脅持了我，還讓我放心？說你們沒有惡意，怕是連三歲孩童都不相信。」

寧晉頗有些尷尬。

另一人卻道：「我等也是奉命行事。」

施嫿冷冷地道：「奉太子殿下的命？」

「不錯。」

施嫿眼睛一瞪，厲聲道：「那還不滾出去！」

那人愣了一下。

「太子殿下讓你與我同車了嗎？」

那人張口欲辯解，卻被寧晉拉了一把，話又嚥了回去。

寧晉歉疚地道：「確實是我們失禮了，施姑娘莫怪。」

施嫿表情冷若冰霜，並不理他。

寧晉拉著那人一同離開了車廂，退到車轅上坐著。

疾風迎面吹來，凍得那人打了一個噴嚏，埋怨道：「冷死了！你拉我出來做什麼？她讓我們滾我們就得滾？什麼玩意兒！」

寧晉看了他一眼，道：「太子殿下親自下令讓咱們來請她，你覺得她算什麼？」

那人閉嘴不說話了，縮著脖子繼續打著噴嚏。

馬車快速地行駛著，施嫿坐在車中，微微閉著眼睛，唇緊緊抿著，寬大的袖子下面，纖細的手指悄悄捏緊了。

不能怕，沒什麼好怕的。

不是自從入京師那一日起，就已經做好準備了嗎？如今，妳已不是孤身一人了。

不知過了多久，馬車漸漸停了下來，施嫿聽見外面有人聲交談，隔著厚重的簾子，聽得模模糊糊，不太真切，她沒有動。片刻之後，有人來掀起車簾，是寧晉。

寧晉道：「施姑娘，請下來吧！」

施嫿睜開雙眼，看了他一眼，忽然道：「若是仔細看，你倒真與我的哥哥長得有幾分像，只是不知道他如今是否還活著。」

聞言，寧晉垂下眼，過了一會兒，才繼續道：「請下車吧！」

施嫿不再說話，逕自下車，面前是一座十分氣派的府邸，眼熟得不能再眼熟，上面掛著一塊匾額，上書三個大字：太子府。

時隔多年，她再次來到了這個令她記憶猶深的地方。

「施姑娘，請進。」

施嫿沒動，只是抬頭打量著這座府邸，將「太子府」那三個大字反覆看了幾遍，這才在寧晉的引領之下，往大門口走去。

太子府很大，施嫿對這裡無比熟悉，她被人領著穿過抄手遊廊，到了花園之中，因為下過一場雪的緣故，小徑兩旁的草葉上都落滿了白雪，好像披上了一層棉絮似的。

花園中有一座兩層小樓，平日用來觀景，寧晉帶著施嫿到了樓中的廳堂，道：「請姑娘在此處休息片刻，已經有人去稟報殿下了。」

施嫿沒有理他，彷彿當他這個人如空氣一般。

寧晉也不以為意，走到門邊站著，等候太子過來。

施嫿自然是熟悉這座樓的，太子宴請賓客便常在此處，她不知來過了多少次。屋子裡燒著地龍，溫暖如春，施嫿靜靜地坐在椅子上，目光微垂，像是一尊精緻的木偶。

太子來時，見到的便是這樣一幅情景。

女子安靜地坐在那裡，側對著他，螓首微垂，眉如遠山黛，膚若凝脂，容貌精緻漂亮，氣質清冷，如同那瓊玉碎雪一般，即便是不笑，也讓人忍不住心折。

太子心中一蕩，昨日在玉宇樓上匆匆一瞥，加上天色稍暗，他看得並不是十分真切，如今真人就在面前，他便肆無忌憚地打量起來。

施嫿自然察覺到他來了，轉過頭，與太子的目光對視，眼底一絲情緒也無。

太子皺了一下眉，心中不免生出幾分不悅，不過他向來對美人多有包容，並未真正的生氣，只是笑著道：「施姑娘，久仰了。」

施嫿站起身來，望著他，袖中的手指握緊了，面上神色卻紋絲不動，語氣淡淡地道：「太子殿下，久仰了。」

「哦？」太子像是十分有興致地道：「施姑娘聽說過孤？」

施嫿垂著眼。「太子殿下英名，在京師誰人不知？」

聞言，太子的面上流露出顯而易見的高興，他在椅子上坐下，然後道：「聽說妳是翰林院謝侍讀的姊姊？」

施嫿不答反問：「太子不是已經查過了嗎？何以有此一問？」

被戳破了問話，太子也不尷尬，反而是笑著道：「孤記得謝侍讀如今是在翰林國史館中修國史，父皇似乎對他頗是滿意，若是不出所料，年底晉升在望。」他的話裡帶著幾分示好。

施嫿卻淡淡地道：「那要多謝皇上賞識了。」言下之意是：若是謝翎真升了官，也與你沒有什麼干係。

太子只是哈哈一笑。「若是有機會，孤替他在父皇跟前美言幾句，想必日後定然大有所為。」他說著，站起身來，走到施嫿面前，凝視著她的雙眼，道：「昨日在玉宇樓上初見姑娘，孤便已對姑娘印象頗深，本想請姑娘一敘，不想卻被恭王妃拒絕了，因此孤又連夜派人去了貴府送禮，但姑娘也不肯收，所以今日只好出此下策，著人想辦法請了姑娘來，姑娘不會怪罪吧？」

昨夜派人送了禮？施嫿暗疑間，忽然想起了昨夜那突如其來的敲門聲，是謝翎去開的門，若真是太子府派人來送禮，必然是被他打發走了，回來時他竟然還面不改色，悶不吭聲，施嫿硬是沒看出半點不對來。難怪了，他要問出那句話。

她正驚異間，忽然覺得有什麼朝自己靠近，施嫿下意識地側頭，太子的手落了個空。她退後一步，冷冷道：「太子殿下，請自重，我並非府上之人。」

太子輕笑一聲，朝她靠近。「慌什麼？孤就是想跟妳親近親近。」

施嫿眼中閃過幾分厭惡之色。

太子又道：「回頭孤差人將備好的禮送過去，再向父皇奏請，明年將妳弟弟謝翎提到戶部去，不出兩年，他便能一路高升，平步青雲，豈不是好事一樁？孤許妳一個側妃之位，妳入了太子府，此後榮華富貴，享之不盡，絕不會讓妳受了委屈。」

施嫿冷冷地道：「多謝太子殿下垂愛，不過我已有婚約在身，恐怕要辜負殿下了。」

太子不以為意地道：「婚約？這天底下除了皇上以外，還有誰比孤更為尊貴？做孤的側妃豈不是最好？」

施嫿卻反問道：「既然如此，那照太子的話說，我入太子府做什麼？給天底下最為尊貴的人做妾，豈不是更好？」

太子不想她竟然嗆了這麼一句，一下子噎住了。「妳——」他好半天才想到反駁的話，道：「妳野心倒是不小！妳想入宮，還得看看我父皇同不同意？」

施嫿冷笑一聲。「同理，太子想納我做妾，也要看看我同不同意。」

太子一時啞口無言，瞪著她，幾乎要被她氣笑了。「好一個伶牙俐齒，倒是能言善辯，只是妳今日栽到了孤的手上，進了這太子府，就別想再出去了，等生米煮成熟飯，孤看妳答應不答應！」他說完，便伸手朝施嫿抓去。

施嫿卻猛地後退一步，一手抵在自己的頸間，高聲道：「站住！」

太子一驚，果然停住了，定睛一看，只見她手中拿著一支銀簪，不知是何時從頭上拿下來的，此刻正將尖銳的簪尖抵在自己的頸旁。太子到底是經過風浪的人，他很快定下神來，微微瞇起眼，道：「妳在威脅孤？妳以為有用？」他說著，往前走了一步。

施嫿卻不後退，手中的銀簪一用力，鋒利的簪尖刺破了皮肉，殷紅的鮮血霎時間蜿蜒而下，映襯著雪白的皮膚，令人不由得怵目驚心。

太子立即停住了動作。

施嫿盯著他，冷冷道：「古書有云，天子一怒，伏屍千里，匹夫一怒，血濺五步。我雖是區區一介弱質女子，不能與太子為敵，但是士可殺不可辱的道理還是知道的！」她語速極快，卻十分堅定。

太子一時怔在了原地，氣道：「妳——」

就在此時，門口傳來了人聲，像是在低聲說著什麼。

太子拿施嫿無法，正煩躁間，怒道：「做什麼？滾進來說話！」

人聲立即停下了。

施嫿抬頭望去，只見門口處進來了一名下人，小心翼翼地稟報。

「殿下，門口來了一個人，自稱是翰林院的侍讀，叫謝翎，說是來拜訪殿下的。」

太子一聽就知道來人是誰，他壓根兒沒放在心上，不耐煩地道：「怎麼這種小事也要來找孤？讓他滾，孤沒空！」

那下人卻不敢滾，戰戰兢兢地道：「他、他說了，若是殿下不肯見他，他就立即去宮裡求見皇上。」

「那就讓他去！」

就在此時，又有下人從外面過來了，急道：「殿下，恭王也來了！」

太子這下愣住了，強行壓了壓怒火，不甘心地看了施嫿一眼，拂袖而去，吩咐侍衛道：「看好這間屋子，誰也不許出入！」

寧晉立即應道：「是！」

前廳，謝翎站著，表情嚴肅，恭王坐在一旁。几案上的兩杯茶猶自冒著白色的熱氣，卻沒有人去拿，任由它嫋嫋飄散。

恭王對謝翎道：「謝侍讀，你不必著急，先坐。」

謝翎微微轉過身來，對恭王頷首。「多謝王爺，不妨事，我站著就好了。」謝翎怕他一坐下來，就會忍不住把椅子扶手給捏斷了！

他太大意了！本該將昨天晚上的事情告知阿九，提醒她小心些的，卻為了一己私心……

每每想到這裡，謝翎便覺得分外懊悔。今日他在翰林院接到恭王妃派人傳來的消息，當下差點當場失態，阿九那麼厭恨、恐懼太子，被騙入太子府中，不知她會如何害怕？所以謝翎半點不敢耽擱，立即趕了過來，本被攔在了太子府外，沒想到又遇上了恭王，這才得已進入太子府。

恭王見他表情不安，遂道：「少安勿躁，王妃一接到消息就告知本王了，時間不長，想必施姑娘目前尚安全無事。」

謝翎勉強緩和了一下表情，算是聽進去了恭王的安撫，只是等待的時間實在是太難熬了，謝翎忍不住走了幾步，不知過去了多久，才聽見裡面傳來腳步聲，有人出來了。

他下意識轉頭望去，看見一張面孔，果然是太子李靖涵。

太子頓了頓，笑著迎出來，道：「皇弟，今日怎麼光臨孤這裡？真是蓬蓽生輝啊！」

恭王也站起身來，笑道：「太子殿下說笑了，往日裡請殿下喝酒，也不見殿下來，於是我便只好自己上門來請了。」

太子哈哈一笑，道：「孤道是什麼，原來是這事！你只須派人來說一聲，孤必然應約赴宴，何必你親自跑一趟？」

恭王笑著說：「那就靜候太子殿下蒞臨了。」

「好！」

兄弟兩個對視一眼，太子眼中滿是探究和審視，而恭王則是笑呵呵的。兩人都心知肚明，今日跑這一趟，真不是為了喝個酒這麼簡單。

太子坐下，衝恭王擺了一個請的手勢，恭王坐了下來，他才似笑非笑地道：「聽說前幾日皇弟的差事辦得好，得了父皇的誇獎，賞了一座馬場，什麼時候也讓孤見識見識啊？」

恭王自然笑著道：「區區馬場，若是殿下喜歡，我立即雙手奉上。」
「欸。」太子擺了擺手。「君子不奪人所好，再說，那是父皇賞賜給你的，孤拿了算什麼？只怕叫那些御史們知道了，又要參孤一本了。」他說著，便哈哈笑了起來。
恭王也跟著笑了幾聲。「實不相瞞，殿下，我今日來拜訪，確實還有一事。」
「孤就說，無事不登三寶殿。」太子呵呵笑道：「說吧，什麼事情能勞動得你大駕？」
恭王便道：「王妃有一位手帕交，姓施，名嫿。」他說著，頓了一下，看向謝翎。「施姑娘也是謝侍讀的姊姊，聽說被殿下請到了府中做客，如今有些急事想找她，不知殿下能否行個方便，讓這位施姑娘先回去？」
聞言，太子沈默片刻，突然笑了一聲。「原來是這事，可是，孤不記得府中來了什麼施姑娘啊！」他說著，轉向左右的宮人問道：「妳們誰聽說今日府裡來了一位施姑娘嗎？」
那些宮人常年在太子府上做事，太子就是她們的主子，如今主子發問，她們立即跪下，紛紛否認道：「回殿下的話，奴婢沒有見過什麼施姑娘。」
太子佯作正色道：「真的沒有？當著恭王和謝侍讀的面，大聲點說，若敢有半分隱瞞，孤就要妳們好看！」
宮人們聽了越發害怕，戰戰兢兢地磕頭道：「回殿下的話，真的沒有見過！」
一瞬間，恭王和謝翎的臉色難看無比。
太子則是滿意地笑了，對恭王道：「你也看到了，都說沒有。這位施姑娘，孤是真的沒有見過，皇弟還是去其他地方找找吧，說不定她在哪裡閒逛呢！」他說著便站起身來。「孤今日有事情，晚點時候還要進宮，就不招待兩位了，來人，送客！」

謝翎卻再也忍不住了，他上前一步，道：「慢著！」

太子立即眯起眼，朝他看去。

恭王則是一伸手，擋在了謝翎面前。「謝侍讀，不得無禮。」

謝翎卻不理他，只是看向太子，沈聲道：「太子果真沒有見過她嗎？」

太子有些不悅。「孤——」話未說完，忽聞後面傳來了一陣嘈雜聲，伴隨著人聲喧鬧隱約傳來，太子表情一變，吩咐一名宮人。「去看看，怎麼回事。」

那宮人立即爬起身來，領命去了。

就在此時，又有一人匆匆奔進廳來，形容驚慌失措。

太子大怒。「放肆！還有沒有規矩了！」

那人立即跪下磕頭道：「殿、殿下饒命，是彎月小樓走水了！」

聽聞此言，太子登時表情大變。「怎麼會走水的？」

那人連連磕頭，一邊惶恐答道：「奴才也不知，是、是從裡面燒起來的。」

「廢物！」太子一聽便有些急了，一甩袖子就要往外走，不忘對恭王道：「府中出了事情要處理，不便留客了。來人，送恭王殿下出府！」

一名宮人連忙過來，躬著身子，小聲道：「恭王殿下，請。」

恭王還未說話，旁邊的謝翎已一把推開宮人的手，大步朝那喧譁聲傳來的方向走去。

恭王也跟著走，一邊對那宮人道：「殿下府裡走水，本王也去看看，說不定能幫上什麼忙呢！」他說完，不等對方反應過來，人就走遠了。

留下那宮人站在原地目瞪口呆。

時間回到半刻鐘前。

施嫿站在屋子裡，門被關上了，她隱約能看見門外的人影，寧晉還守在那裡。如果硬拚，她肯定是跑不過對方的，施嫿得另想出路。雖然剛剛聽人稟報，恭王和謝翎都來了，但是她並不認為太子會因此放了自己，她得想辦法自救。

她在屋子裡打量一圈，目光落在牆角的銅鶴落地宮燈上，她伸手用銀簪將燈芯挑滅了，然後將那一小盤燈油拿起來，盡數潑灑在簾幔上，空氣中散發出奇異的香氣。

施嫿拿起一個燭臺，她的手不自覺有些顫抖，彷彿是下意識的舉動，以至於手中的燭臺險些掉下去。眼看著時間一點點過去，施嫿看了看門口，寧晉的身影依舊站在那裡。她咬咬牙，用另一隻手狠狠捏住拿著燭臺的手，竭力使那輕顫止住，火光輕輕跳動著，慢慢移到簾幔之下，躍躍欲試。火苗舔上簾幔的那一刻，施嫿似乎感覺到有股灼燙自皮肉上席捲而過，幾乎要將她燒成焦炭，噩夢和前世的那一場大火再次撲面而來，把她吞沒了。

施嫿手一抖，燭臺啪地落在了地上，發出一聲清脆的聲音，火已經倏地燒起來了，眨眼間便順著簾幔躥上了房梁，散發出濃煙。

門砰地被人從外面推開了，寧晉站在那裡，有點驚的模樣。

寧晉看向施嫿，高聲喊道：「施姑娘，快出來！」

施嫿卻後退了一步，隨即頭也不回地衝入了裡間屋子。

寧晉著急了，大喊一聲。「別進去！」哪知他越喊，施嫿卻跑得越快，眨眼就不見人了，而那火則是順著紗幔迅速蔓延。平日裡為了好看，這屋子裡沒少裝飾那些附庸風雅的東西，簾幔、字畫還有木製的多寶架，這才一會兒工夫，火勢就燃成了一片。

寧晉咬咬牙，隨手拎起一個花瓶，把裡面的花枝扔掉，將水倒在自己身上，一頭衝入那火海，朝施嫿走的方向奔去。

哪知到了後面，一陣冷風迎面吹來，潔白的積雪和著冰從屋簷上掉下來，平坦的雪地上只有一行纖小的腳印漸漸消失在遠處。

寧晉立刻反應過來，施嫿這是早有預備要跑了！這座樓的後門竟然沒有上鎖。

他在廊上站了一會兒後，回身把門扣上，然後幫她將雪地上的腳印全數掃亂了，這才轉到小樓前面去，高聲喊道：「來人！走水了！」

不多時，全府的下人都被驚動了，大夥端盆的端盆、提桶的提桶，跑過來滅火，一片混亂，根本無人發現彎月小樓裡悄悄溜走了一個女子。

施嫿提著裙襬，順著花園小徑匆匆往前走，藉著花木和亭臺的掩映，避開了不少人，最後她躲進了假山洞中，不再走動了。從前聽到花園，這條假山小徑是必經之路，出了這麼大的事，太子李靖涵肯定要過來察看，施嫿要在這裡等著他走過去了才敢繼續逃走，否則一個不慎，正好撞上了趕來的太子，那就是自投羅網了。

正如施嫿所料，一陣腳步聲匆匆而來，伴隨著李靖涵的怒罵。

「一群廢物！好端端的，怎麼會走水？」

宮人們大氣都不敢出一聲，跟著他快步向花園走去。

施嫿的身子藏在假山洞的凹陷處，聽著那腳步聲與自己擦肩而過，然後漸漸消失在遠處，她這才長舒了一口氣，匆匆離開了假山小徑。她不知道寧晉會不會繞到小樓後面去看，但是當時太匆忙，她也顧不得隱藏行跡了。

施嫿不時回頭看，雪水浸透了她的繡鞋，冰冷無比，只是如今她已經管不上這些了。拐了個彎，正好迎面碰見了兩個人，雖然還未看清來人，但是一瞬間，施嫿只覺得頭皮都炸起來了。

「阿九！」

一個略顯激動的聲音響起，施嫿看見謝翎迅速朝她跑來，她猛地吐出一口氣，方才那顆高高提起的心這才慢慢落回了原處。還好，是謝翎來了，不是李靖涵的人！施嫿的臉已經凍得有些僵疼，她動了動嘴唇，低聲道：「我們快走，太子剛才過去了。」

「我知道。」謝翎緊緊握住她冰冷的手。「我們方才是跟在他後面過來的。」

施嫿這才看見他身後還跟著恭王。
恭王笑咪咪地道：「施姑娘，沒事吧？」
施嫿立即道：「多謝恭王殿下。」
謝翎拉著施嫿，說：「我們先出府。」
兩人跟在恭王後面，離開了太子府，絲毫沒有受到阻攔，因為大多數人都跑去救火了，壓根兒沒人顧得上他們。
好不容易上了馬車，施嫿冷不丁打了一個寒顫，她只覺得自己的腳冰冷無比，像是浸泡在冰水中似的。
謝翎立即察覺到了她的反應。「阿九，冷嗎？」
施嫿正欲開口，卻被一雙手臂擁住，將她抱入懷中，清淡的墨香霎時間傳來，在鼻尖縈繞不去。謝翎的懷抱很溫暖，他緊緊抱著施嫿，像是懷抱著某件失而復得的珍寶，施嫿回過神來，慢慢地將額頭抵在他的肩上，低聲道：「謝翎，我好害怕。」那雙手臂將她抱得更緊了，像是一個溫暖安全的避風港，而施嫿則是試探著也伸出手來，摟著謝翎的腰身。這一刻，她拋棄了往日的隱忍，喃喃地繼續道：「那座樓裡的火是我點的，火燒起來的時候，我突然想到，今日要是沒有逃出來怎麼辦呢？我要是又被燒死了怎麼辦？」
她說著，聲音漸漸低了下去，竟然啜泣起來，可見是害怕極了。
這麼多年了，謝翎極少看到施嫿哭，聲音不大，一絲絲、一縷縷，像密密麻麻的絲線一般，將他的一顆心纏緊了，然後狠狠拉扯著，疼痛入骨。他動了動，緊緊抱著她，像是要給她更多的安全感，低聲安慰道：「不會的，阿九，別怕，我在這裡，阿九別怕。」他輕輕吻著少女的額頭，呢喃道：「我不會讓他們傷害妳的，絕不會。」謝翎說著這句話，像是在說什麼鄭重的誓言。

此後餘生，他都會將這句話鐫刻在心中，他會變得更加強大，要保護阿九，讓她開開心心的，平安喜樂，度過一生。

屋子裡點著炭，有些溫暖，謝翎替施嫿除去了鞋襪，少女腳背白皙，腳踝精巧，只是十個小巧的腳趾頭和腳底凍得通紅，看上去頗有些可憐兮兮。

朱珠打來的熱水在榻下冒著騰騰熱氣，謝翎卻沒立刻將施嫿的腳放進去，反而伸手替她搓揉起來，活絡血液。

施嫿原本覺得沒什麼，因為一路凍了這麼久，腳趾頭早已經凍僵麻木，什麼知覺都沒了，好似兩截木頭，如今謝翎一搓揉，如同有密密麻麻的針扎入肉裡似的，疼得她眉頭蹙起，驚呼一聲。「疼！」

謝翎立即停手，只覺得施嫿的腳冰冷無比，他有些心疼地道：「很疼嗎？」

那陣子疼漸漸過去，施嫿才咬了咬下唇。「還行，現在不疼了，你輕點兒。」

謝翎卻不搓揉了，他用掌心將施嫿的兩隻腳包起來，少女的腳很小巧，竟然就這麼被包住了。

淡淡的溫熱從那雙手傳來，原本凍僵的皮膚慢慢恢復知覺，隨之而來的便是火燒一樣的感覺，施嫿輕輕舒了一口氣；不想謝翎竟將她的腳小心地放入自己衣袍內肚腹的位置，那裡非常暖和，軟綿綿的，施嫿忍不住踩了踩他的肚子，打趣道：「你中午吃飯了嗎？」

謝翎搖搖頭，白皙的耳根泛起一絲淡淡的紅，抓住了施嫿的腳。「阿九，別鬧。」

施嫿難得起了玩心，哪裡會聽他的，又踩了踩，笑道：「原來沒吃，難怪肚子這麼軟。」她才說完，便感覺到謝翎抓著她腳的那隻手稍微用力，不讓她再動。

與此同時，少年耳根的薄紅已經浮上了臉，他十分窘迫地道：「阿九，別踩了。」

施嫿看他那表情十分有趣，但是也不再逗他了。「好吧、好吧，我的腳暖了。」她說著就要把腳抽出來，但是謝翎的手仍舊緊緊握住她的腳踝，不動，也不說話，微微抿著唇坐在一旁。施嫿又抽了一下，見他還不鬆手，便疑惑道：「謝翎，我好了。」

謝翎像是才回過神，立即鬆開，站起身來。

施嫿赤裸的腳似乎感覺到了什麼，她頓時驚呆了。

謝翎則是飛快地看了她一眼，沙啞道：「妳先泡著，我、我去去就來。」他說完，便匆匆走了，還不忘把門關上。

房間裡安靜無比，施嫿這才從震驚中回過神來，腳暴露在空氣中，有些涼意。

她慢慢地把腳放入木盆中，熱水瞬間便包覆住雙腳，許久之後，施嫿才輕輕笑了一聲，自言自語道：「小傻子。」

熱水從略微燙腳的程度，到漸漸轉溫，施嫿正準備抬起來的時候，門又打開了，挾帶著幾絲寒風，凍得她一哆嗦，立即又把腳放回盆內。

謝翎立即把門合上，大步走過來，他身上挾裹著冬日裡的寒氣，在火盆旁烤得暖和些了，才走過來，試了試木盆裡的水溫，道：「水有些冷了，咱們不泡了。」

他的表情已經恢復如初，方才的窘迫消失無蹤，拿著乾燥的棉布替施嫿擦拭腳上的水跡。少女的腳被熱水泡了許久，白皙中透著紅，腳趾頭緊緊排列在一起，看上去分外可愛，比方才那慘兮兮的模樣不知好了多少。謝翎看著十分有成就感，又拿來乾淨的襪子替施嫿穿上，動作認真仔細，連一絲褶皺都要撫平。

施嫿低著頭看他，少年的眉目清俊，鼻梁筆挺，微微抿著唇，像是在做什麼大事一般。

「你還要回翰林院嗎？」

「嗯。」謝翎替她將褲腳放下來，答道：「下午還有事情，張學士說要議事。」

施嫿點點頭，在謝翎要起身的時候，忽然伸手拉住他的衣襟，不許他動。

謝翎抬頭，霎時間，兩人四目相對。

「阿九？」片刻後，謝翎才慢慢地開口，他的聲音無端帶著一分沙啞，這讓少年清朗的聲音聽起來有些誘人。

施嫿不知想到了什麼，忽然笑了。「傻子。」她傾身過去，輕輕吻上謝翎的薄唇。

幾乎是下意識地，謝翎張口接住了這個送上門的吻，並且抬手按住了施嫿的後腦，緩緩加深了唇齒間的力道。

修長的五指在少女烏黑柔順的髮絲間穿梭，只聽「啪」的一聲輕響，精緻的銀簪順著髮絲滑落下來，一時間，青絲傾瀉開來。

謝翎緊緊擁住施嫿，將她放倒在軟榻上，少女的身軀纖細柔軟，像是一朵剛剛綻放的花，彷彿稍微一用力，就能把她掐折了似的。

謝翎不敢更用力，他一邊放肆地攫取少女口中的甜美，一邊又努力地克制著自己心底洶湧澎湃的情緒，他緊緊握住施嫿的手指，兩人十指相扣，呼吸聲漸漸急促，在寂靜的屋子裡響起，伴隨著若有若無的水聲。

空氣中，有新墨香氣和幽淡的白芷香味混在一起，飄散開來。

下午，謝翎回到翰林院，國史館裡一如既往，等他進了裡間，朱編修立即迎過來。

朱編修低聲道：「慎之，你今天上午做什麼去了？怎麼出去一趟就不見人影？」

「家中有急事，實在來不及知會你一聲。怎麼了？可是出了什麼事情？」

朱編修答道：「上午張學士找你，見你不在，我幫你圓了過去，說你腹痛，回去休息了，待會兒見到張學士，你要裝得像點。」

聞言，謝翎不由得一笑，道：「我知道了，多謝建豐兄。」

朱編修擺了擺手，又打量他一眼，奇怪地問：「慎之，你有什麼喜事嗎？」

「嗯？沒有。」謝翎回視他。「建豐兄何出此言？」

「我瞧你似乎心情極好的樣子，以為有什麼喜事臨門了。」

「喜事。」謝翎又笑了。「大概吧！」

朱編修打趣道：「若真有什麼喜事，可千萬要告訴愚兄，到時厚顏向你討一杯酒喝。」

謝翎笑道：「一定。」

兩人正說著話，從外面走進來一個人，正是顧梅坡。

「張學士說要議事了，讓我來叫兩位。」

聞言，謝翎和朱編修都打住了話頭，點頭道：「好，我們這就過去。」

第二十六章

謝宅。

大概是因為昨日下了一天雪的緣故，下午的時候，天氣放晴了，金色的陽光落下來，照在積雪上，有些刺眼。

梅林旁邊有一座亭子，打掃得很是乾淨，此時放下了簾幕擋風，兩個女子正坐在亭中烹茶，小聲談話。

「明日便是小寒了。」恭王妃捧著茶盞，望著亭子外面的梅花林子，道：「今年還沒下過一場大雪。」

施嫿慢慢地啜飲著清茶，過了一會兒才接道：「等下了大雪，今年就差不多過完了。」

「是啊！」恭王妃的目光有些幽遠，盯著那梅林彷彿出了神。「嫿兒，妳今年會成親嗎？」

施嫿不防她提起這事，愣了一下，才道：「怎麼突然問起這個？」

恭王妃老實答道：「我上次問謝翎，他說不知道，要看妳的意思，我便來問妳了。」

施嫿不覺有些頭腦發痛，愣神兒一會兒才反應過來。「妳什麼時候問過他？」

恭王妃道：「他第一次來王府的時候，我就悄悄問過了，不過他當時的表情有些奇怪，總之，看起來很高興就是了。」

「……」施嫿哭笑不得。

恭王妃繼續道：「妳若是與謝翎成親，想必太子就不會糾纏妳，也不會發生今日這樣的事情了。」

這說得確實有理，施嫿沈吟片刻，道：「我再想想。」她自然是想嫁給謝翎的，但是不知為何，單單是想一想這件事情，心中難得生出幾分緊張和無措。施嫿纖細白皙的手指摩挲著青瓷杯沿，微微垂著眼，有些不安地道：「可是我、我沒有成過親，我……」

聞言，恭王妃先是睜大了眼，望著她，然後噗哧一聲笑了，笑得前俯後仰，眼淚都要流出來了，拍著手笑道：「傻嫿兒，哪家女孩嫁人不都是第一次嗎？難不成還要多嫁幾回？」

施嫿愣了一下，然後自己也有些不好意思地笑了。

恭王妃看得出她的緊張，有些打趣地道：「妳若是不會，這事我來替你們張羅好了。」

施嫿猶豫道：「這樣行嗎？」

恭王妃看著她難得的無措模樣，只覺得這樣的施嫿十分可愛，笑盈盈道：「怎麼不行？我也是嫁過一次的人了，我院子裡還有幾個老嬤嬤，都是從國公府帶過來的，對這事很在行，回頭我讓她們來幫忙，保准辦得風風光光、妥妥貼貼！」

聽了這話，施嫿也笑了。「好，那就煩勞妳了。」

謝翎回來的時候，已是傍晚時分，院子裡燈火通明，裡面傳來朱珠的聲音，在與施嫿說著什麼，模模糊糊，聽不真切。待他進得門去，朱珠抱著一疋布正從屋子裡走出來。

朱珠看見他便笑道：「是公子回來了！」

謝翎點點頭，準備進屋子，忽然意識到了什麼，立即停下腳步，叫住朱珠。「等等，妳抱著的是什麼？」

「公子說這個嗎？」朱珠愣了一下，將那疋布舉起來。「是緞子，姑娘找給奴婢的。」那疋緞子是大紅色的，被她舉起來的時候，彷彿捧著一團火，屋子裡透出來的燭光映照在上面，有隱約的暗紋顯露出來，光澤流動，美不勝收。

謝翎心中一動，眼睛倏然便亮了起來，喉結動了動，對朱珠擺擺手。「我知道了，妳去吧！」他說完，便快步走進了屋子。

施嫿站在櫃子旁，手裡捧著一個木匣，回頭望去，只見謝翎站在門口，疑惑道：「怎麼站在那裡？門口有風，當心吹得著涼了，先進屋暖暖身子吧！」

謝翎答應一聲，隨手合上屋門，朝她走過去，道：「阿九在做什麼？」

「我在收拾東西。」她將木匣放回櫃子裡，轉過頭來，正好對上謝翎的雙眼，空氣靜謐，兩人對視片刻，施嫿才轉開視線，纖細的手指輕輕抓住了袖襬邊緣，像是有些緊張。

「我有事情想和你說。」

謝翎緊緊盯著她，眼睛一眨也不眨，生怕錯過了她的任何一絲表情。

被他這樣目光灼灼地盯著，施嫿越發緊張了，勉強捏著手指鎮靜下來，還沒來得及張口，就感覺眼前一暗，謝翎傾身吻了過來，將她沒說出口的話堵住了。

「嗯。」施嫿睜大眼，像是十分不解，但仍舊緩緩閉上眼睛，順從地任由謝翎親吻，他修長的手指沒入烏髮中，謝翎似乎極其喜歡她的頭髮，尤其是在這種時候。

不知過了多久，這一吻才結束，謝翎終於放開了她。

施嫿得到了片刻的喘息，她的手無力地攀在謝翎的肩上，慢慢地平穩呼吸，不解地抬頭看向謝翎。「怎——」話依舊未說完，謝翎的食指輕輕抵住她的粉唇，謝翎微微傾下身來，與她臉頰慢慢地摩挲著，灼熱的呼吸噴吐在施嫿的頸側，引得她渾身一陣不可遏制的戰慄。「謝翎？」

「阿九。」

「嗯？」施嫿微微側過臉，一雙如秋水的眼望著他，燭光在其中跳躍，像是閃爍的星子，她看見謝翎的眼中帶著無限的愛戀與深情，深如瀚海。

「阿九，我們盡快成親吧？」

這一剎那，施嫿終於明白了，為何方才謝翎不讓她把話說完，原來是等在這一刻。她直直地回視著他，眼睛微微彎起，像新月似的，帶著歡喜和欣悅，緩緩點頭，輕聲答應道：「好啊！」

謝翎的眼中爆發出驚喜，猛地擁緊了她，像是要把她揉碎了融入自己的骨血中，他不住地親吻著施嫿的耳朵和髮絲，一聲聲地叫著她。「阿九、阿九。」那聲音輕得像是一句深情的喟嘆。「阿九，我好喜歡妳啊！」

施嫿的下巴靠著他寬闊的肩膀，眼中盈盈波光，被燭火映得亮亮的，溫柔如水。她緩緩伸出手，抱住面前人的腰身，輕輕地道：「我也是。」

我也喜歡你。

過了一段日子，宣和二十年到二十六年間的國史全部修完，只等著張學士呈上去給天子過目。於是從這時起，謝翎在國史館的工作也告一段落，他向張學士和元閣老告假，一時間，幾乎整個國史館的人都知道，謝侍讀要成親了，個個都熱鬧著恭賀，說屆時一定來喝喜酒，謝翎也都一一笑著答應了。

恭王妃果然派了三個嬤嬤過來，另外還有不少下人，幫忙檢修宅子，原本頗為清冷的謝宅一時間竟然熱鬧起來，到哪裡都是人。

因為迎親的關係，施嫿暫時不能住在宅子裡，而是被安排去王府的別莊住。

接到消息的謝翎立即趕回家，卻早已人去宅空。一想到有好些日子不能見到阿九，他心裡便有些煩躁不安。

王府別莊就在城郊，這是一座不小的莊子，施嫿住進來已經有兩天了。這一日晴光明媚，莊子上的蠟梅都開了，清冷的香氣在空氣中浮動，令人聞之心曠神怡。

正對著梅林的窗子是半開著的，施嫿正張開雙臂，讓嬷嬷替她檢查嫁衣，火紅的絲緞上繡著精緻的花紋，映襯得少女的眉眼越發明豔無比。

就在此時，門口匆匆跑進來一人，卻是朱珠，她跑進來衝施嫿道：「姑娘、姑娘，公子他來了！就在前面的花廳！」

「來了？」施嫿還未來得及動，就被蔡嬷嬷攔住了。

蔡嬷嬷忙道：「施姑娘，您可不能去啊！」見施嫿眼中浮現幾分疑惑，蔡嬷嬷解釋道：「您忘了嗎？迎親之前，不能與謝公子見面的，這是規矩。」

施嫿這才想起來，不免有些窘迫，靦覥笑道：「是，我記下了。」

蔡嬷嬷問朱珠道：「還有誰在花廳？」

朱珠清脆答道：「我剛剛看見王妃來了，也在那裡！」

「那就好啦！」蔡嬷嬷呵呵笑道：「謝公子是來納采的，妳去看看。」

「欸！」朱珠畢竟是女孩子，對這事好奇得很，聽了蔡嬷嬷的話，衝施嫿眨眨眼，笑道：「姑娘，我過去瞧瞧？」

施嫿看她一副按捺不住的模樣，不由得失笑。「妳去吧！」

別莊花廳，氣氛有短暫的凝滯，幾息之後，恭王妃才做了手勢，微笑著對謝翎等人道：「幾位請坐。」

謝翎看了看其他幾人，道：「師兄，你們先坐吧！」

晏商枝與楊曄三人在椅子上坐下後，謝翎才將手中的一對雁放下，有下人捧了茶來奉上。

恭王妃吩咐道：「去請鄭嬤嬤來一趟，說謝公子過來了。」

那婢女立即應道：「是。」她說完便離開了。

花廳中的氣氛一時沈默，晏商枝等人似乎沒想到陪著謝翎來納采會碰到恭王妃，都不知道說些什麼好，空氣裡隱約浮動著尷尬。

這時，謝翎忽然開口問道：「阿九她在做什麼？」

那些細微的尷尬瞬間消散許多，恭王妃像是舒了一口氣似的，笑了一下，答道：「她在試嫁衣，不過你今日恐怕不能見她。」

謝翎面上浮現出幾分遺憾。

就在此時，一行人腳步匆匆而來，打頭的正是恭王妃口中的鄭嬤嬤。她掃了一眼坐在廳裡的人，立即看見了坐在下首第二個座上，正在默默喝茶的晏商枝，眼皮不由得一跳，表面上卻未露出半分端倪。

恭王妃站起身來，道：「這些事情原本都交給了鄭嬤嬤，我也不懂，就先去後面了，失禮了。」

謝翎四人立即站起身來。「王妃慢走。」

恭王妃略微頷首，步履從容地轉身，須臾之間，身影便消失在花廳門口。從頭到尾，晏商枝都沒有抬起眼來。

花廳外的臺階上，恭王妃的步伐慢了下來，然後停在那裡。她仰起了臉，外面晴光明媚，落在人身上暖融融的，就連微風都不那麼刺骨了，鵝黃的裙襬被吹得略略飄起，在冬日裡看上去有些單薄。

枝頭的梅花開得正好，可是過不了多久，也要落下來了。

施嫿和謝翎的親事定在了十二月十九日，宜嫁娶，訂盟，納采，祭祀，祈福。王府別莊。

火紅的嫁衣展開來，天光落在上面，精緻的比翼連枝暗紋隱約浮現，光澤流轉，鮮豔奪目，紅底緞子上以金線繡著精美的紋路，嫁衣穿在女子身上，那些祥雲、瑞鳥栩栩如生，彷彿下一刻就要掙脫嫁衣飛出來似的。

女子眉目精緻，雙眼微垂，如火的嫁衣更是襯得她皮膚白皙如玉，頸項修長，延伸出一道漂亮的曲線。

老嬤嬤退開一步，打量著她，笑道：「施姑娘真是好模樣啊！」

「沒錯，謝公子有福氣。」

「娶了這麼個如花似玉的美人兒，可不是好福氣嗎？」

旁邊的丫鬟和婆子們紛紛笑著附和，施嫿也笑了。

恭王妃走過來拉起她的手，笑盈盈地道：「嫿兒，妳來看。」

施嫿被她牽著走到了一面落地琉璃鏡前，入眼便是大片的紅，女子五官清麗，眉如遠山黛，眼若桃花，眸似秋水，靈動澄澈，鼻梁秀氣，粉唇微微抿起，似含著無限的溫柔。長長的青絲用金簪挽起，紅瑪瑙的流蘇墜下，顫顫搖動碰撞著，發出輕微的細碎聲音。

恭王妃衝一旁的婢女示意，立即有人送上胭脂盒，將蓋子打開，裡面竟是一朵殷紅的梅花，栩栩如生，看上去彷彿才從樹上摘下來似的。

恭王妃笑著解釋道：「這是南域那邊時興的口脂，聽說是用梅花的花露蒸成的，香氣比別的胭脂更好聞，而且只要不擦掉，香味就一直不會散去。我姊姊請人捎了兩盒過來，給了我一盒，我見著的時候，便覺得給妳用最是合適，嫿兒，妳試試。」

施嫿微微一笑，點點頭。那胭脂果然非同尋常，色澤豔而不俗，香而不濃，點上之後，就彷彿是雪上倏然綻放的紅梅，令所有人都驚嘆不已。

朱珠忍不住道：「姑娘真是好看！」

「好了、好了，都別看了！」蔡嬤嬤笑著道：「再好看，也要留著晚上讓謝公子看！施姑娘，您把這紅蓋頭蓋上吧！」

施嫿微微垂首，大紅的緞子覆了上來，將她的整個視線都遮掩了，什麼也看不見，唯有腳下的方寸之地。

蔡嬤嬤高聲道：「別看了，都做活兒去！今日是施姑娘的大好日子，可不能出了岔子。」

人聲陸續散了，房間漸漸安靜下來。施嫿微微垂著頭，她看見恭王妃的裙襬沒有動，就在她的面前站著，像是在仔細打量，過了許久，她才聽見恭王妃叫了她一聲。

「嫿兒。」

施嫿動了動，抬起頭來，緊接著，她感覺到自己的手被拉了起來，女子纖細的十指握著她的手，握得很緊，然後施嫿聽見恭王妃慢慢地說著。

「妳一定要過得很好。」

一時間，施嫿心中五味雜陳，紛紜的思緒閃過，最後化作了一個字。「好。」

恭王妃似乎輕笑了一聲。

施嫿望著眼前滿目的紅，像是要透過那紅色的緞子望見恭王妃的臉，她張了張口，有許多的話想要告訴恭王妃。人世間有無數種可能，縱然前路困頓難行，亦不要放棄任何一個可以獲得幸福的機會。如同她曾經以為自己會死在逃荒的路上，又或者死在那冰冷的戲班和瓊園之中，最後她都掙扎著挺了過來，不想卻葬身於那場大火裡；便是她自己都沒有料到，還會有一次重來的機會。山窮水盡，柳暗花明，不過如此。但這些話，若在此時此刻說出來，不免顯得流於表面，因此施嫿沈默了半晌，最後只是道：「明雪，妳也要好好的。」

妳也要過得很好。

陳明雪笑了一聲，有些遺憾地道：「妳成親的時候，我不能去送妳了，可惜了，最後仍舊是喝不到妳的喜酒。」

「怎麼會？」施嫿語氣柔和，卻很是堅決地道：「一定能喝到的。」

施嫿蓋著大紅的蓋頭，看不見陳明雪輕輕搖了一下頭，她卻沒有反駁，只是笑著道：「好。」

可是兩人都心知肚明，謝翎成親，作為他的師兄，晏商枝一定會來，甚至說不定晏父和晏母也會來，若恭王妃也一同出席，到時候會是如何尷尬的場面？

大概是覺得氣氛有些沈悶，恭王妃主動岔開了話題，說起她從前還在閨中時候的趣事，天不怕、地不怕，家裡人都拿她沒有辦法，逗得施嫿不時發笑。

不知過了多久，外面傳來急促的腳步聲，緊接著朱珠的聲音響起。

「來了、來了！」

恭王妃立即道：「吉時到了？」

施嫿不由得屏住了呼吸，手指捏住了衣裳布料，側耳細聽。

朱珠卻道：「沒，還沒到吉時，但是新郎官已經到莊子前了！」

「這麼快？」恭王妃有些驚訝地道：「蔡嬤嬤呢？」

朱珠答道：「蔡嬤嬤剛剛在忙，估計正準備過來呢！」

施嫿稍微定了定神。

恭王妃打趣道：「嫿兒，新郎官來得有些早，怕是等不及了。」
朱珠也嘻嘻笑著道：「姑娘、姑娘，奴婢方才在門口守著，看見了新郎官，公子他穿著喜服，騎著馬，好英俊呢！」
「朱珠。」恭王妃忽然叫她，道：「等過了今日，就不能叫姑娘了。」
「啊？」朱珠愣了一下，才反應過來。「對，要叫夫人！」
「沒錯，謝夫人。」恭王妃也笑起來。
兩人笑成一團，打趣施嫿。
施嫿有些羞，還有些急。「妳們——」
恭王妃笑著道：「祝謝夫人和謝大人百年好合！」
朱珠反應極快，立即清脆接道：「白頭偕老！」
「鶼鰈情深。」
「舉案齊眉。」
恭王妃道：「琴瑟和鳴。」
這下朱珠有點接不上來了，她想了半天後，眼睛一亮，大聲道：「早生貴子！」
恭王妃噗哧一聲笑了起來。
施嫿也忍不住笑，嗔道：「妳們這是做什麼呢？對詞兒嗎？」
就在此時，門外又傳來急促的腳步聲，蔡嬤嬤的聲音響起，喜氣洋洋地道——

「哎喲，新郎官來催妝了！」

施嫿抬起頭來，朝蔡嬤嬤的方向望去，但是她蒙著紅蓋頭，什麼也看不見，只好虛心請教。「嬤嬤，催妝是什麼？」

蔡嬤嬤笑了。

朱珠笑著搶答道：「就是新郎官等不及了，要催新娘子出門上花轎呢！」

恭王妃好奇地問：「嬤嬤，妳那盤子裡是什麼？是信？」

蔡嬤嬤笑容可掬地說：「是新郎官的催妝禮啊！」

朱珠驚訝道：「好像是寫了字的。」

施嫿聽著她們討論，心裡越發好奇了。「是什麼？」

蔡嬤嬤笑著道：「還是讓新娘子來看吧！」她說著，走了過去。

片刻後，施嫿狹窄的視野中出現了一個雕花朱漆托盤，上面擺著一張紅色的信箋，隱約散發出淡淡的新墨香氣，與謝翎身上的氣味一樣。

蔡嬤嬤催促道：「施姑娘，打開看看啊！」

施嫿這才伸手，將那紅色的信箋拿起來，打開一看，卻是幾行詩，字跡清逸，無比熟悉，確實是謝翎親手寫的催妝詩。

傳聞燭下調紅粉，明鏡檯前別作春，不須面上渾妝卻，留著雙眉待畫人。

恭王妃在一旁看著，一字一句唸了出來，笑道：「好一個留著雙眉待畫人，謝大人果然是好文采！」

朱珠「哎呀」一聲，道：「可是姑娘的眉已畫好了，可如何是好？」

恭王妃格格笑道：「那就等晚上洞房的時候，讓謝大人擦去再畫便是。」

「說得是！」

施嫿捏著那一張薄薄的信箋，面上難得閃過幾分羞窘之色，好在她的頭臉被遮著，什麼也看不出來，唯有那雙捏緊紅箋的素手能看出來些許端倪。

「好了、好了。」恭王妃笑道：「不打趣妳了！嬤嬤，吉時還有多久？」

蔡嬤嬤樂呵呵地道：「快了、快了，寅時三刻便是吉時。」她剛說完，前面便傳來一陣鑼鼓喧天的動靜，好不熱鬧。

朱珠好奇地問：「這是怎麼了？」

蔡嬤嬤笑著答道：「這是催妝樂，催新娘子上轎的。不急、不急，還須等吉時到了再說。」

王府別莊前，迎親的隊伍被擋在了門口，眾人大聲起鬨，討利市，迎親隊伍便散發花紅錢物，以及紅棗、花生等物，一派喜氣洋洋。

全部散完了後，楊曄高聲笑著喊道：「新娘子呢？為何還不出來？」

迎親隊伍隨行的僕從、轎伕也都高聲催促道：「請新嫁娘出來！」

「新娘子呢？」

謝翎穿著喜服，坐在馬上，面上帶著笑意，聽那些熱鬧的喧譁。

他身旁的晏商枝也不喊，只是低聲朝樂師叮囑幾聲。

那樂師聽罷，向身後幾個拿著嗩吶、鑼笙的人示意，霎時間鑼鼓喧天，嗩吶齊鳴，吹打了起來。

於是圍觀眾人越發來勁，高聲催促著，應和著那鼓樂笙簫，催新娘子快些出來，空氣裡洋溢著喜悅的氣氛，令人忍不住也跟著笑了起來。

謝翎望著別莊門上掛著的大紅喜綢，彷彿看見了施嫿穿著嫁衣的模樣。

成親果然是一件很值得歡喜的事情，尤其是，那個人還是阿九，他最喜歡的阿九。

太子府。

今日一早，太子便覺得十分煩悶，但是他也不知道為何煩悶，發作了一通，把府裡伺候的宮人罵了個狗血淋頭才干休。

太子鬧騰累了，最後吩咐道：「孤要聽琴，去把緋蓮叫來。」

那宮人立即領命去了。

太子半躺在椅子上，微微閉著眼，煩悶依舊未消，他把這些歸咎於朝事，近日來恭王的動作越發頻繁了，令他屢屢不順。

恭王李靖貞，這個人就像一根刺，扎在了他的肉裡，叫太子時時刻刻不得安寢；而宣和帝難以捉摸的龍心，也令他焦灼無比，他不知道宣和帝到底是什麼意思，但是這樣下去，對他很是不利，拖得越久，說不定那些原本支持他繼位大統的朝臣也會搖擺起來。

到那時，想要再籠絡人心就越發困難了，太子思忖著。

不多時，有一道輕輕的腳步聲傳來，嬌柔的女子聲音響起。「奴參見殿下。」

太子沒睜眼，只是「嗯」了一聲，表示他知道了。

緋蓮跟著他許久了，又是個玲瓏剔透的人兒，自然知道太子心情不佳，此時不宜多話，便拿了古琴，在一旁跪下，開始彈奏起來。

絲桐之聲潺潺流出，寧靜幽遠，令人不由得沈醉其中，心神追逐著那琴聲而去。

太子微微閉著眼，靜靜地聽著琴聲。

忽然，琴聲一轉，一掃之前的纏綿，變得清越，如同一泓清冽的山泉，聲聲錚錚然，令人心神嚮往，流連忘返。太子心中一動，這琴聲……

他的腦中突然閃過一張女子的面孔，五官精緻姣好，氣質清冷，卻又不失柔和，抬頭望著人時，眼睛幽黑，彷彿一切都無法進入她的眼中，即便離得再近，也流露出一種拒人於千里之外的意味。

嫿兒。

這兩個字莫名浮現在腦海中，太子猛地睜開眼，愣在了那裡，良久，他再次聽見了耳邊的琴聲，仍是聲聲纏綿，撫琴之人技藝高超，但不知為何，卻讓他覺得索然無味。太子坐直了身子，忽然冷冷道：「別彈了！」

琴聲戛然而止，緋蓮不知自己到底哪裡做錯了，分外惶恐，連忙磕頭。「殿下。」

太子面有不悅，並不多看她，只是道：「出去！」

緋蓮輕輕咬住下唇，又磕了一個頭。「奴知道了。」她說完，便退出了廳堂。

太子坐在那裡，目光落在緋蓮方才彈奏的古琴上，而後站起身來，將那一方古琴端在手中，仔細觀察著，手指在琴弦上輕輕拂過，發出輕微的嗚聲。他面上喜怒不顯，忽而開口道：「來人，讓吳永過來。」

吳永是太子府的侍衛頭領，不多時便過來了，向太子跪地行禮。「參見殿下。」

太子站在案桌邊，手裡拿著筆，正在宣紙上勾畫著什麼，看見他來，也沒什麼反應，只是「嗯」了一聲。「起來吧！」

「謝殿下。」吳永站起身來，兩眼盯著地面，不敢到處張望。

過了許久，太子才擱下筆，盯著宣紙，有些出神。

片刻後，吳永忽然聽見太子發問。

「你還記得，那個叫施嫿的女子長什麼模樣嗎？」

吳永聽了，先是一愣，不解太子的意思，過了一會兒才反應過來。「回殿下的話，屬下記得。」

太子問道：「既然記得，那她的眼睛長什麼樣子？」

這下吳永傻了，他就算記得那個施嫿的容貌，但是讓他說，他如何說得出？眼睛不就長了個眼睛的樣子嗎？當然，這話吳永是不敢說的，只能恭敬小心地答道：「回殿下，屬下、屬下不知該如何說。」

「那就來畫。」太子說著，揚了揚下巴，示意吳永走到案桌邊來。

吳永登時一個頭比兩個大，他一個莽夫，哪裡懂什麼畫畫啊？這不是那些書生們才會做的事情嗎？可憐吳永一個堂堂男兒，這輩子什麼兵器沒拿過，獨獨沒有捏過筆桿啊！

但是太子發令，硬著頭皮也得上了。吳永走到案邊，拿起那枝細細的玉質筆桿，生怕自己一用力，就把筆給折斷了。他的目光落在那宣紙上，上面已經畫了一名女子的畫像，眉目精緻，美麗得驚人，只是不知為何，神色透出一股清冷疏遠的意味。女子十指纖纖，拂動琴弦，眼神微微低垂，臉頰邊有青絲垂落，吳永只看了一眼，便覺得畫中人眼熟至極，這分明就是那個叫施嫿的女子啊！太子明明已經畫好了，為何還要叫自己過來畫什麼眼睛？

吳永百思不得其解，但是手中的筆卻遲遲不敢落下去。他哪裡懂什麼畫？這一筆下去要是把畫給毀了，說不定要惹得太子大怒。

一旁的太子道：「孤畫了之後，總覺得有哪裡不對，可能是眼睛不像的緣故，你既然記得，就幫孤畫一畫。」

吳永額上的汗都要流下來了，他比劃了幾下，不敢落筆，索性一咬牙，將筆擱下，跪地道：「啟稟殿下，屬下、屬下實在是不會畫畫，怕將這幅畫給毀了。」

聞言，太子沈默片刻，才又問道：「那你看看，這畫得到底像不像？」

吳永立即答道：「像！殿下丹青妙手，屬下瞧著，這畫中人簡直要活了似的！」

太子卻道：「可孤還是覺得不太像。」他沈吟片刻，道：「你去將她帶過來，孤要對著她畫。」

吳永知道上回太子叫人帶了那個女子過來，結果讓她給跑了，估計是心中不甘吧！想想也是，到嘴的鴨子飛了，以太子的心性，能就此干休才是怪事。「屬下知道了。」

吳永離開後，太子又盯著案桌上的畫看了幾眼，覺得仍舊不滿意，索性將它揉成一團，扔了出去。他皺著眉頭，不知道為何自己會對這個名叫施嫿的女子如此介懷。

太子府中姬妾無數，美人眾多，個個都是豔如桃李，琴棋書畫無一不精，然而太子卻總覺得缺了什麼，他的目光落在了那一方古琴之上。

沒過多久，吳永便回來了。

太子一看他身後，空盪盪的，表情立即露出不悅。「人呢？」

吳永答道：「回稟殿下，那個女子，她……」

太子心裡一動，站起身來，緊緊盯著他，追問道：「她怎麼了？不肯跟你來？」

「不是。」吳永的面上閃過幾分猶豫，咬牙道：「她要成親了，如今不在謝宅裡。」

太子的臉色更不好看了，慢慢地重複道：「成親？」

「是。」吳永看得出來太子如今心情極壞，但還是硬著頭皮答道：「就在今日。」

過了一會兒，太子才冷冷地問：「她嫁給了誰？」

吳永的嘴角抽動了一下，答道：「嫁給了謝翎。」眼看太子的表情倏然轉為陰沈，吳永立即垂下頭去，只聽啪嚓一聲，桌上的茶盞被掃落在地，摔了個粉碎，茶水潑濺一地。

許久之後，太子的神色終於平靜了，冷冷道：「謝侍讀修國史有功，他如今大喜，於情於理，孤都應該前去觀禮才是。」他說著，目光微微一轉，落在那一方古琴上，吩咐宮人道：「來人，將這琴帶上。」

「是。」

王府別莊前，迎親的隊伍擠在那裡，樂師們敲鑼打鼓，管弦齊鳴，吹嗩吶吹得臉紅脖子粗，熱鬧得彷彿要把整個別莊都震動了似的。

禮賓司儀向謝翎道：「時辰差不多了，咱們進去吧！」

謝翎頷首，從袖中拿出一張紅色信箋放入他手中。

禮賓司儀打開一看，咳了一聲，旁邊立即有人示意，那樂師隊伍便停了下來，霎時間安靜許多。禮賓司儀見狀，這才高聲唸起紅箋上的詩。「鵲駕鸞車報早秋，盈盈一水有誰留，妝成莫待雙蛾畫，新月新眉總似鈎。」

眾人一時哄笑起來，喝彩道：「好！」

「新郎官好文采！」

「還不將大門打開，讓新郎官進去接新娘子！」

楊曄和錢瑞等人紛紛笑著喊道：「快開門！」

眾人叫著門，大門果然開了，讓迎親隊伍進去。新郎官和禮賓司儀打頭，其後便是親友等人，後面是喜轎，嗩吶吹起，爆竹炮仗齊鳴，一時間熱鬧萬分。

大門開了，還有中門，從裡面傳來了朱珠的笑聲，道：「還要唸詩！唸得好了，咱們就開門！」

裡頭的僕婦、丫鬟們都紛紛附和。「是，要唸詩！」

這都是婚嫁習俗，眾人們都知曉。

禮賓司儀呵呵地笑著，就見謝翎又遞上一張紅箋。禮賓司儀看了一眼，高聲唸道：「不知今夕是何夕，催促陽臺近鏡檯，誰道芙蓉水中種，青銅鏡裡一枝開。」

禮賓司儀一口氣唸了三首，竟然都是那紅箋上的，可見謝翎之前準備做得十分充分。

楊曄笑道：「如此看來，都不必我們幾個師兄出手了！」他衝著門高聲喊道：「裡面的人快開門！」

「快開門！」

裡面不肯開，還有人笑著喊了一嗓子。「再來最後一首！要新郎官現作的！」

這下所有人都看向謝翎。

謝翎笑盈盈的，容貌清俊，翩翩公子模樣，略一思索，開口道：「寶架牙籤壓畫輪，筆床硯匣動隨身，玉臺自有催妝句，花燭筵前與細論。」

「好！」晏商枝與錢瑞等人笑著撫掌。

「說得好！」楊曄大聲笑起來。「妳們不要糾纏了，到時候新郎官自會唸給新娘子聽，想聽多少催妝詩都有！快開門！」

在大笑和起鬨聲中，中門終於開了。迎親隊伍又簇擁著謝翎進去，鞭炮聲和嗩吶聲齊鳴。

在這熱鬧喜慶的時候，一旁的禮賓司儀高聲唱喏道：「寅時三刻，吉時到！」聲音穿過熱鬧的人群，一直傳入了別莊內。

屋子裡，所有的人都聽見了，恭王妃站起來，道：「吉時到了！」

施嫿掩在大紅嫁衣下的手指猛地握緊了，竟然滲出些微的汗意。

蔡嬤嬤連忙道：「來！施姑娘，您扶著老身的手，先別動。喜婆呢？」

一時間，大家都紛紛喊起來。「喜婆！喜婆在哪裡？」

一個中年婦人連忙從人群中擠過來，道：「在這兒、在這兒！」

施嫿有些緊張，聽見蔡嬤嬤在自己耳邊叮囑著。

「依照規矩，到洞房之前，新娘子的腳都是不能沾地的，所以待會兒由喜婆揹著您出去。」

外面又傳來了喊聲。「請新娘子上轎！」

施嫿的手指一緊。

蔡嬤嬤拍了拍她的手，呵呵笑道：「姑娘別緊張，都有這一遭。來，您扶著老身的手，喜婆，快把姑娘揹出去。」

「欸，好！」

施嫿感覺到自己被一個強健的婦人揹了起來，她的視線一下子提高許多，能看見喜婆邁出的腳，一步一步地走向大門。

身後傳來蔡嬤嬤等人的聲音，有些模糊，聽不太真切，但是她卻能聽見嗩吶的聲音，越來越近，還有那些熱鬧的歡笑聲，越來越明晰。鞭炮的聲音響起，管弦嗩吶齊鳴，伴隨著人們的歡呼。

「新娘子上轎！」

施嫿聽著那些嘈雜的歡聲喧鬧，眼下只有方寸之地，竟有一種恍如在夢中之感。

「新娘子，上轎了。」喜婆低聲說了一句，彎下腰來，將背上的施嫿送入了喜轎中。

大紅的轎簾被拉上，那些喜慶的聲音都被隔絕在外面，施嫿隱約聽見一個人拖長了聲音高喊道。

「起轎！」

聲音一落，她便感覺身下的轎子發出一陣顛簸，轎子被抬了起來，穩穩地往前走去。

一路上嗩吶高奏，管弦齊鳴，吹吹打打地往謝宅的方向走。街上有不少行人紛紛湊過來看熱鬧，有人提著喜籃，往外面灑花生和紅棗、糖果等物，引來百姓們紛紛爭搶跟隨，以討個吉利。

就這樣一路到了謝宅，娶親隊伍在大門口停了下來，施嫿感覺到轎子被放下，外面的鞭炮聲霎時間響成一片，接著轎簾被掀開，一束天光從外面照了進來。紅蓋頭下，施嫿微微動了動，她聽見朱珠小聲笑道。

「姑娘，下轎啦！」

施嫿伸出手扶著她，從轎子裡出來，因為新嫁娘腳不能沾地的習俗，地上早已鋪好了毯子，一路鋪入了謝宅內。

在喧天的鼓樂鞭炮聲中，施嫿下了喜轎，頂著大紅蓋頭，被朱珠扶著。

迎面有禮賓司儀用花斗撒了穀豆，高聲唸著。「一撒花似錦，二撒金滿堂，三撒夫妻貴，四撒福壽昌，五撒糧滿倉，六撒子孫旺，七撒災病去，八撒人安康，九撒凶神遠，十撒大吉祥！」

一步一步地，走走停停，終於來到了廳堂裡，施嫿蒙著紅蓋頭，只隱約看見四周萬頭攢動，到處都是人。

施嫿感覺到自己的手中被塞了一條紅色的錦綢，朱珠走開了，她有些無措，就在此時，她忽然察覺到錦綢的那一段被輕輕扯了一下，施嫿立即意識到，這是要拜堂了。

錦綢的另一端，是謝翎。

不知為何，一想到這裡，施嫿的心立刻就安定下來，那些熱鬧的、令她不安的人聲都逐漸淡去，她的目光直直地看向正前方，彷彿透過這大紅的緞子，能夠看清謝翎的臉。

人聲漸漸安靜下來，屋子裡沒什麼聲音了。

就在此時，禮賓司儀高喊道：「一拜天地！」

施嫿感覺到朱珠輕輕觸碰了自己的肩膀，讓她轉過身來，錦綢另一端輕輕動了一下，施嫿立即反應過來，默契地俯身拜下去，動作與謝翎一模一樣，同時拜下，同時起身。

「二拜高堂！」

這下不必朱珠暗示，施嫿便轉過身去，對著那燃燒的花燭深深一拜。

「夫妻交拜！」

錦綢另一端又動了動，施嫿對著謝翎的方向，盈盈一拜。

三拜過後，禮賓司儀高聲喊道：「齊入洞房！」

眾人笑起來，施嫿感覺到錦綢被輕輕扯了一下，她慢慢挪動腳步，十分順從地跟了上去。她聽蔡嬷嬷說過，這時候只能由新郎牽著錦綢，將新嫁娘牽入洞房之中。

四周漸漸安靜下來，施嫿已經聽不到人聲了，她隨著那錦綢一路往前走去，跨過院子門檻，走過庭院，到了要上臺階的時候，謝翎忽然停住了。

施嫿疑惑地抬起頭來，望向他，輕輕問道：「怎麼了？」才問完，緊接著，她就感覺到謝翎靠了過來，有力的雙臂竟然將她打橫抱起來，施嫿低呼一聲，下意識地緊緊抓住他的喜服，聽見謝翎在自己的耳邊輕笑。

屋門「呀」的一聲被推開了，施嫿任由謝翎抱著自己，一路穿行，繞過屏風，到了喜床前，然後才將她輕輕放下。

施嫿看著謝翎的喜服下襬在自己面前，他站了一會兒，像是在仔細端詳著她，空氣寂靜。

過了許久，謝翎才道：「阿九，我去去就來。」

今日來觀禮的賓客眾多，不少還都是謝翎在翰林院的同僚，所以謝翎需要會宴賓客，直到喜宴罷了，賓客散去才能回來。施嫿輕輕點點頭，道：「好，你去吧！」

謝翎走了幾步，又回過頭來，道：「阿九，妳要等我。」

施嫿忍不住想笑，輕聲道：「傻子。」我不等你，還會等誰？

屋子裡，紅燭高燃，施嫿的目光落在自己的手上，素白如玉，淹沒在大紅的錦緞之中，像是也染上了那喜慶的顏色，讓她覺得恍如置身於夢中一般。

謝翎還未去到前廳，便見前面有人匆匆過來，定睛一看，那人是楊曄。

楊曄看見謝翎立即道：「恭王殿下來了，明修師兄讓我來叫你。」

謝翎心中一凜，一撩下襬，跟著楊曄快步往前走去，然而才沒走幾步，前面又來了一個人，這回竟然是晏商枝。

楊曄一愣，道：「你來做什麼？不是你讓我來喊慎之嗎？」

晏商枝表情嚴肅，往身後看了看，才低聲對謝翎道：「恭王殿下會來，你怎麼還請了太子殿下？」

楊曄一驚。「啊？太子也來了？」

謝翎神色一肅，道：「沒有，我沒有請太子，他是自己來的。」

楊曄有點急了。「可——」

謝翎眼中浮現出冰冷的光。「不請自來，乃是不速之客。」

晏商枝眉頭微皺，想說什麼。

謝翎卻道：「多說無益，先過去吧！」他說著，率先朝前廳趕過去。

楊曄丈二金剛摸不著頭腦。「這……慎之怎麼跟太子扯上關係？恭王和太子？」他雖然還是個翰林院庶起士，未曾真正踏入官場，但是他再蠢也知道，太子對上恭王，那可是針尖和麥芒啊！而今天這兩位竟然還都到了謝翎的婚宴上？

晏商枝眼中泛起幾分憂色，低聲道：「可千萬別出什麼事情，我們走吧！」

第二十七章

前廳，原本大喜的日子，會宴賓客，應該是一番熱鬧場面，但此時大廳內卻鴉雀無聲，幾乎沒有人說話，目光甚至不敢與上位的人對視。

倒是恭王笑道：「不想今日竟然會碰到太子殿下，實在是湊巧了。」

太子笑了一聲。「謝侍讀修國史有功，他今日成親，大喜日子，孤理應來祝賀一番，喝杯喜酒。」

賓客中有不少都是謝翎的翰林同僚，聽了這話，心思不免活絡起來，猜測他話裡的意思，這是太子看重謝翎了？但是，為何恭王也來了？所有人都摸不著頭腦，但是大家都是在官場上打滾的，有什麼都往肚子裡窩著，現在還不是下定論的時候。

恭王道：「殿下說得有理，臣也是這個意思。」

兩人面上相視一笑，眼底卻看不見半分笑意，氣氛是說不出的怪異僵硬。

就在此時，外面傳來些許騷動，有人道：「新郎官來了！」

前廳僵硬的氣氛頓時有了點鬆動，恭王轉頭望去，果然看見謝翎穿著大紅喜服，從廳外匆匆而來。

謝翎表情從容淡定，向太子和恭王行禮道：「臣參見太子殿下，參見恭王殿下。」

太子擺了擺手，道：「謝侍讀，今日孤不請自來，你不會生氣吧？」

謝翎微微抿了抿唇，表情一派泰然。「怎麼會？太子殿下和恭王殿下能來觀禮，是臣的榮幸。」態度不卑不亢，不偏不倚，十分從容淡定。

空氣安靜了一瞬，太子呵呵笑了起來。「既然是來觀禮，孤也是有賀禮要送給你的。」

「臣不敢受。」

「謝侍讀不必客氣，就當是孤隨禮俗了。」太子站起身來，拍了拍手，道：「來呀，將賀禮送上來！」

廳外傳來應和聲，所有人紛紛轉頭望去，香風浮動，打頭是一個太子府宮人，後面竟然跟著三名身著碧色衣裳的妙齡女子，容貌絕美，衣裙翩翩，像是從畫中走出來的一般，看呆了一眾賓客。

那三名女子嫋嫋婷婷走到謝翎跟前，盈盈一拜。

謝翎面無表情，目不斜視。

太子卻笑道：「這三名侍女就是孤送給謝侍讀的賀禮，個個都是貌賽貂蟬，善解人意，琴棋書畫樣樣俱全，不知謝侍讀可還滿意？」

一時間，廳內倒抽氣的聲音四起，所有人都懵了。大婚之日，太子就給人家塞三名貌美侍女，到底想做什麼啊？空氣近乎凝滯，所有人都盯著謝翎。

太子面上帶著笑意，眼底卻透露出幾分惡意，慢慢地道：「怎麼？謝侍讀難道不滿意孤的賀禮？」

謝翎抿了抿唇。「臣不敢。」他抬頭直視太子，道：「只是臣今日才得娶愛妻，若是收下太子的賀禮，恐怕不妥。」

太子倨傲道：「這有什麼不妥的？大丈夫三妻四妾乃是常事，今日不納，往後總要納的，孤替你省了那工夫，這三人都是孤精心挑選出來，特意送給謝侍讀的，怎麼？謝侍讀難道是瞧不上孤送的賀禮？」話到了最後，聲音轉冷。

這話說得太過嚴重了，謝翎立即道：「臣不敢。」

太子緊追不放。「那為何不收？」他說著，轉過頭來，道：「還是說，謝侍讀懼內？新婦初嫁，便已如此善妒，按照我朝律例，婦人善妒，其家亂也，當以休書去之，謝侍讀萬萬別心慈面軟。」

這話簡直把謝翎的退路全部切斷了！他若是不順著太子的意思，施嫿則要被安上善妒的名頭；但若是順著他的意思，謝翎則要被迫收下這三名侍女。

見謝翎沈默不語，一旁的楊曄都有些急了，他想開口說話，卻被晏商枝一把拉住，只得不甘願地閉嘴。

晏商枝也是無法，明眼人都能看得出，太子今日來者不善，雖然不知道謝翎到底是因為什麼事情開罪了太子，但是事情發展到這個地步，楊曄若是開口相幫，只會火上澆油，現在這裡能開口的，只有一個人。

就在此時，恭王忽然道：「太子殿下此言差矣。」

太子似乎毫不意外，道：「願聞其詳。」

恭王笑著說：「新婚嫁娶，秦晉之好，本是喜事一樁，殿下送上賀禮，也是一番拳拳好意，不過這好意說不定也會好心辦了壞事，若引得一對新人之間生了嫌隙，傳出去反倒會對殿下不利。」

「哦？」太子神色倨傲，道：「若那新婦不妒，他們之間如何會生嫌隙？」太子說著更來了勁，又道：「說到底，關鍵依舊在此。我送這三名女子，也是為了幫謝侍讀試探一二啊，何來好心辦壞事之說？」

這歪理邪說，竟然讓恭王無從反駁，事態一下又僵持住了。

太子盯著謝翎，語氣帶著幾分不善。「謝侍讀，你不願意收孤的賀禮，是看不上孤，還是因為新婦善妒？」

一時間，所有人的目光都投向了站在屋子中間的謝翎，卻見他一撩袍子下襬，竟然跪了下來。

謝翎對太子道：「望殿下恕臣無禮，這賀禮，臣不能收。」

太子的臉色徹底黑了，低聲喝道：「謝翎！」

謝翎卻毫不退讓地抬起頭來。「臣猶記得，當年嘉純皇后仙逝時，皇上足有三年不曾充納後宮，天子尚如此作為，照太子所言，難道是因為嘉純先皇后善妒嗎？」

「你——」太子勃然大怒，一拍桌子站起身來，罵道：「謝翎，你好大的膽子！竟敢編排嘉純先皇后！」

謝翎的聲音比他更大。「不是臣編排，而是臣根據太子殿下的道理所推測出來的！臣深愛妻子，所以不願意納娶姬妾，此乃臣之本心，與臣妻何干？何以就要因此揹上善妒的惡名？同理可得，今上三年不願充納後宮，又與嘉純先皇后何干？」

「住口！你住口！」太子氣得雙眼都發紅了，一把掃飛了桌上所有的杯盞、果盤。

大廳內鴉雀無聲，所有人都驚呆了，完全沒有想到平日裡看似斯斯文文、溫文有禮的謝侍讀，頂撞起太子來竟然是如此勇悍！

嘉純先皇后乃是太子生母，太子被謝翎這一番話氣得手指發抖，指著他道：「你、你竟敢如此放肆，你好大的膽子！孤要啟奏父皇，革了你的職！」

謝翎仍舊是不慌不忙，雖然跪在地上，但是挺直了腰背，抬頭望著太子，卻彷彿是在俯視他一般。「那就請殿下將此事原原本本地奏與陛下吧！」

太子氣急。「你——」

就在此時，恭王忽然開口了。「殿下息怒。」

太子轉過頭來，瞪著他。「有你什麼事？」

恭王笑了。「這牛不喝水，哪有強按頭的？妻妾納娶，這些本是謝侍讀的後院之事，若真因此鬧到了御前，讓皇上知道了，恐怕會鬧出笑話來，殿下說是不是這個理？」太子的表情依舊難看，恭王也不以為意，站起身來，慢慢地道：「俗話說，強扭的瓜不甜，謝侍讀與其妻鶼鰈情深，本是一樁值得稱頌的佳話，這是好事啊，雖然這些事情殿下之前不知道，今日來送賀禮，是對謝侍讀的賞識，一番好意，謝侍讀也不該如此頂撞殿下。」

謝翎立即順著話道：「是臣失禮，方才情急之下，口不擇言，請太子殿下恕罪。」

臺階搬出來了，太子今天沒占到上風，反倒是恭王句句在理，表現出一番溫厚寬容的形象，太子不禁冷笑一聲，道：「孤倒是忘了，恭王也是個癡情種子！」

恭王一哂，並不答話。

太子冷冷地看了跪在地上的謝翎一眼，面無表情地拂袖，吩咐太子府宮人道：「回府！」

太子一行人來了又走，大廳裡的氣氛也隨之改變，人聲漸起，大多數都是在討論方才的事情，總之，表面上又恢復了之前的熱鬧景象。

恭王轉向謝翎，道：「起來吧！」

謝翎頷首，站起身來。

恭王望著他，像是在打量什麼，過了一會兒才道：「你今日有些莽撞了。」話雖然如此說，但是表情卻沒有半點不悅的意思。

謝翎只是垂著頭，答道：「是。」

恭王沈吟片刻，又道：「不過今日是你的大喜日子，多的本王就不說了，免得掃興，下次記得注意便是。本王要提醒你一句，他是太子，一人之下，萬人之上，要拿捏你，容易得很。」

謝翎點頭。「王爺說得是，臣記住了。」

恭王這才露出一點笑意，拍著他的肩。「今天是好日子，這些事就先別想了，去吧！」

「是。」

不遠處的晏商枝等人見到恭王與謝翎說完話了，都圍了過來。

楊曄性子急，立即問道：「慎之，你沒事吧？」

謝翎搖搖頭。

晏商枝低聲道：「你今日確實有些莽撞了。」

謝翎的唇角輕輕翹了一下，沒有辯駁。

忽然，恭王的聲音自身後傳來。「你就是晏商枝？」

晏商枝一抬頭，便見恭王站在不遠處，他心中微微一凜，拱手恭敬道：「回殿下的話，臣是。」

「本王似乎見過你。」恭王打量著他，道：「你父親是都察院右簽都御史晏隋榮？」

晏商枝答道：「正是家父。」

恭王又疑惑地問道：「你與謝侍讀是？」

晏商枝立即回答。「臣與謝侍讀師出同門，亦是同榜進士。」

恭王恍然大悟。「那你如今也在翰林院任職？」
「回殿下，臣如今在翰林院庶常館學習。」
恭王點點頭，倒是沒再追問了，只是隨意說了幾句，便告辭了。
謝翎等人恭送他的背影離去。
過了一會兒，晏商枝才道：「慎之你……」他眼中有疑問和探究。
謝翎沒有多做解釋，只是道：「日後找個機會再說。」
晏商枝心中的驚疑越發多了，但是也明白今日不是談話的時機，便點點頭應下了。
至於楊曄和錢瑞，那兩人壓根兒什麼也沒有察覺出來。
這時，有不少人過來向謝翎賀喜，各種恭賀道喜的句子層出不窮，氣氛熱鬧非凡，謝翎也都一一笑著道謝。
雖然今日被太子給攪和了一番，但是來觀禮的都是在官場上打滾的人物，各種心思往肚子裡藏，表面上還是一團和氣，你來我往，敬酒的敬酒、道喜的道喜，十分熱情。
若不是有晏商枝三人在，謝翎恐怕應付不來，即便是如此，他也喝得有些醉了，晏商枝見他這般，便對楊曄和錢瑞使了一個眼色，三人簇擁著謝翎往廳後走，一邊還得向追過來敬酒的賓客賠罪。
冬日裡的天氣有些寒冷，風吹過時，帶來了遠處梅花清冷的香氣。出了大廳，夜色便籠罩過來，原本腳步踉蹌、走路不穩的謝翎突地站直了身子，不需要人扶著了，笑道：「多謝幾位師兄相助。」

楊曄咋舌。「原來你醉酒都是裝的？」

謝翎的笑容有些狡猾。「哪裡？出了大廳便不覺得醉了。」

晏商枝倒是心裡了然，笑道：「行了、行了，你去吧，這裡有我們，別讓新娘子久等了。」

淡淡的燭光映照下，謝翎的面上泛起紅，他點點頭，道：「有勞三位師兄了。」

錢瑞笑了。「客氣什麼？」

楊曄打趣道：「難得慎之守了這麼多年，今日終於得償所願，春宵一刻值千金啊！」他拖長了聲音，眨了眨眼，另外兩人都跟著笑了起來。

謝翎也笑，只覺得滿心都是歡喜，腳下的步子也像是踩在雲端，他分明沒有喝多少酒，腦中清明得很，但越是靠近新房，他便越覺得自己像是醉了，彷彿喝了一罈陳年老酒，腳步虛軟，心裡有個聲音在反反覆覆地唸著一個名字：阿九、阿九。

新房裡安靜無比，紅燭高燃，屋子裡熏著淡淡的香。施嫿坐在床邊，她已坐了許久，但是蔡嬤嬤說過，新郎官回來前，不能亂動。

施嫿坐得有些累了，原本的緊張也漸漸散去，心緒歸於平靜，實在窮極無聊的時候，她便開始輕聲背起醫書來。「診法常以平旦，陰氣未動，陽氣未散，飲食未進。」門發出了輕微的響動，然而施嫿早就背得出神，根本沒有反應過來，仍繼續背誦。「切脈動靜，而視精明，察五色，觀五藏有餘不足，六腑強弱——」

忽然，一聲低低的輕笑響起。

施嫿終於回過神來，背書的聲音戛然而止，她立即意識到來人是誰，那些原本早已散去的緊張竟然又捲土重來，嗓子像是被什麼堵住了似的，一個字都吐不出來了。

她微微抬起頭，望向聲音傳來的方向，透過大紅的緞子，施嫿隱約看見一個人影自燭光中走來，挾裹著夜裡的寒意，她的手不自覺地輕顫了一下，不知是不是錯覺，空氣中浮現了熟悉的墨香氣味。

那人的嗓音裡帶著幾分笑意，喚她。「阿九。」

施嫿捏緊了嫁衣，緊張地答應一聲，她感覺到謝翎走近了，在她身旁坐下。

謝翎問道：「阿九在背什麼？」

施嫿愣了一下，才答道：「是《黃帝內經‧素問》的〈脈要精微論〉。」

空氣沈默片刻，謝翎問道：「阿九方才背到哪裡了？」

施嫿下意識答道：「才背到開篇。」女子素白纖細的手指輕輕地摳弄著嫁衣，聲音裡帶著些許緊張，像是繃緊了似的。「你不是從前也看過嗎？」

「嗯。」謝翎像是才反應過來，道：「是，我是背過這一本。夫脈者，血之府也，長則氣治，短則氣病，數則煩心。」少年的聲音清朗，就連背書也讓人聽得舒心。

然而窗外的三人卻面面相覷，楊曄驚訝地睜大了眼，道：「他們這是在幹什麼？」

錢瑞也是驚了。「背醫書？」

楊曄難以置信地道：「這洞房花燭夜，不是該說些什麼卿卿我我的私房話嗎？怎麼是在背書？」他因為太過驚訝，聲音略略提高了些，房裡的背書聲戛然而止，傳來謝翎的聲音。

「誰在外面說話？」

施嫿緊張地問：「外面有人？」

「我去看看。」

緊接著，一個人影站起身，朝窗邊走過來。楊曄三人立即蹲下，將身子藏在窗下的芭蕉葉下。

窗被推開了，謝翎站了一會兒後，再次將窗扇關緊了。

屋裡傳來施嫿的聲音。

「怎麼了？」

謝翎笑道：「沒事，是幾隻夜貓在鬧。」

芭蕉葉下，晏商枝輕聲笑了，壓低聲音道：「走了，被發現了，還聽什麼牆根？」

楊曄唉聲嘆氣，十分遺憾。「還以為能看見慎之的另外一面呢！」

錢瑞覺得有些不好意思，聽人家新婚小夫妻洞房的牆根，實在不是雅事，遂推了楊曄一把，催促道：「走吧、走吧！」

楊曄雖然遺憾，但是仍舊被兩個師兄拖走了，窗外又恢復了寂靜。

新房內也沒有了聲音，紅燭靜靜地燃燒著，火苗輕輕跳躍，將新人的身影投映在床帳上。

施嫿低著頭，她看到一隻手覆在自己的手上，掌心傳來淡淡的溫暖，謝翎的聲音在耳邊響起。

「阿九。」

緊接著，她看見面前的紅色蓋頭被慢慢地掀了起來，明亮的燭光一寸寸落入眼中，讓她看清楚了面前的少年，他清俊的面上帶著幾分笑意，一雙眼睛也是笑著的，其中滿是深情。他的手伸過來，輕輕撫上了施嫿的臉頰，然後像是蜻蜓點水一般，觸碰著她的眼角、黛眉，施嫿眼中透出幾分不解，才看見他露出幾分孩子氣的笑容。

謝翎滿足地道：「阿九，我終於和妳在一起了。」他說完，便緊緊地將施嫿擁入懷中。髮間的流蘇輕輕碰撞，施嫿在剎那的愣怔過後，慢慢地笑了起來，她感覺到了手掌下，謝翎的心跳一聲一聲，如同擂鼓一般，與她同步。

良久，謝翎鬆開她，站起身來，走向前面的桌子，上面鋪著大紅的桌布，看上去喜慶無比，將上面的酒壺、杯盞都襯得紅豔豔的。

其中一對酒杯，以彩線繫著，互相纏繞，將兩只杯子連起來，謝翎往杯中倒酒，醇香的酒香氣瀰漫開來，施嫿看著他將酒杯端過來，低聲笑道：

「阿九，我們喝交杯酒吧！」

施嫿點點頭，接過其中一個酒杯，酒液香氣縈繞在鼻端，令人聞之則醺醺然。喝過交杯酒之後，謝翎將酒杯收走，轉過身來，施嫿望著他一步步走近，不覺緊張地握緊了手指，掌心竟然滲出薄薄的汗意。

飲過合巹酒之後，還要合髻，謝翎牢記著嬷嬷的話，一步一步地做，表情十分認真。施嫿抬頭望著他，他伸手替她拔去挽髮的簪子和金釵，三千青絲散落下來，在他修長的指尖滑過，如上好的絲緞一般。

謝翎拿來剪刀，輕輕挑起施嫿的一縷青絲，又挑起自己的，將兩綹頭髮繞在一起，打了一個結，然後剪下來，放入繡著並蒂蓮花枝的紅色錦囊中。

做這些事情的時候，不知是不是因為燭光的緣故，施嫿看見謝翎的眼睛很亮，裡面有光，光裡倒映著她的身影，專注而深情。

「阿九。」謝翎抬起頭來與她對視。

施嫿能感覺到他帶著些微酒香的呼吸輕輕拂過，令她不由得有些暈眩，她暈乎乎地想，大概是方才的酒後勁上來了。

就在此時，施嫿被拽了一下，整個人像是一隻輕飄飄的蝴蝶，落在綿軟的錦被上，隨即她感覺到帶著酒香的氣息浮動，謝翎俯身靠過來壓住了她，她頓覺自己像一條不能動彈的魚。

謝翎的呼吸輕而淺，施嫿卻覺得那氣息能灼燙人，她看著謝翎在她的頸窩輕輕嗅著，不覺十分緊張地握著手指，聲音都有些變調了。「你、你做什麼？」

謝翎低低笑起來，眉目微彎。「阿九身上好香，像梅花的香氣。」他說著，輕輕以鼻尖蹭了蹭施嫿潔白如玉的頸子，引來她一陣不由自主的戰慄，謝翎慢慢地嗅聞著，低聲問：「阿九，是哪裡的香味？」

施嫿側過頭去，羞窘道：「我、我不知道，沒有香味。」

謝翎卻伸手按住她，不許她動，固執地道：「有，阿九妳別動，讓我聞一聞。」

於是施嫿只好不再動了，任由謝翎伏在她身上，輕輕嗅聞著，像是很認真地在找那香味的來源。她覺得自己真的變成了一條被扔在岸上的魚，心怦怦地跳著，彷彿下一刻就要躍出來了。

謝翎終於聞完了，他抵著施嫿的額頭，親暱地蹭著她的鼻尖，笑了起來。「找到了，是這裡！」

施嫿暈乎乎的，恍然想起，當時恭王妃拿出的那一盒胭脂。她迷迷糊糊地想，原來是口脂的香味，難怪了。緊接著，她聽見謝翎笑盈盈地問。

「阿九，我可以嚐一嚐嗎？」

施嫿還沒反應過來，下意識地問道：「嚐什麼？」

她朱唇輕啟，表情還有些愣怔，看上去難得有幾分嬌憨之氣，謝翎只覺得喉嚨微微有些乾，眼神轉深，他輕笑一聲，忽而啥道：「微渦媚靨櫻桃破。」

聲音未落，施嫿便感覺到他溫熱的唇輕覆過來，強勢地親吻著她，一隻手輕輕捏著她的下頷，火熱的氣息吹拂而過，施嫿竟恍惚有一種要被這人拆吃入腹的錯覺。

寂靜的屋子裡漸漸響起些微聲響，伴隨著男子略顯粗重的呼吸，還有女子不時的低呼輕吟，婉轉動聽，宛如枝上黃鸝嬌嬌輕啼，讓人忍不住生出萬分憐愛與疼惜。

鴛鴦帳暖，被翻紅浪，粉融香汗，嬌兒低吟，唯有紅燭高燃，靜靜地照著那低垂的床幔，直至長夜將明。

恭王府。

屋簷下掛著許多燈籠，遠遠望去，那些燈籠彷彿飄在了無垠的黑夜中，不上不下。

一名王府婢女手裡提著一個食盒，匆匆走過庭院，向恭王妃的院落而去。

等到了院子裡，那婢女正好看見綠姝迎面走過來，連忙快走幾步，上前道：「綠姝姊姊，王妃娘娘睡下了嗎？」

綠姝答道：「還沒，妳不是在謝公子那邊的宅子做事嗎？怎麼回來了？」

婢女答道：「施姑娘讓奴婢送些東西來給王妃娘娘。」

綠姝愣了一下，道：「給我吧，我給王妃送進去。」

婢女連忙將手中的食盒遞給她。

綠姝接過來輕輕掂了掂，感覺分量不算重，不免有些疑惑。

婢女見狀，連忙小聲提醒道：「是酒。」

綠姝立即明白過來，點點頭，提著食盒進了屋子。

恭王妃正斜倚在榻邊看書，見她進來，道：「不是讓妳去睡了嗎？怎麼又回來了？」

綠姝答道：「是施姑娘那邊送了東西來，特意給小姐的。」

恭王妃疑惑地放下手中的話本，問：「是什麼？」

綠姝把食盒放在小几上，打開來，裡面是一壺酒，一個酒杯，旁邊還有一杯沏好的梅花茶，是恭王妃最喜歡的。

恭王妃忽然笑了，道：「是嫿兒送來的喜酒！」她當時只是隨口一說，恐怕喝不上他們兩人的喜酒了，沒想到施嫿還特意讓人送了過來。恭王妃吩咐道：「倒吧！」

綠姝聽了，拿起酒壺倒酒，那酒竟然不多不少，只有一杯，她笑道：「施姑娘這是擔心小姐貪杯呢！茶能解酒，小姐喝了酒，也將茶喝了吧！」

恭王妃笑了笑，果然將酒和茶都喝了，而後提醒道：「日後見了不要叫施姑娘了。」

綠姝笑盈盈地道：「是，要叫謝夫人。」

綠姝收拾好杯盞和食盒，忽聞外面傳來聲響，竟然是恭王來了！她與恭王妃對視了一眼，還未來得及說什麼，恭王便大步跨入屋內，挾裹著一身寒意而來。

綠姝連忙跪了下去。「王爺。」

恭王在榻前站住了，也不看她，只是擺了擺手，吩咐道：「下去吧！」

綠姝心中忐忑，她稍微抬起頭來，見恭王妃對她使了一個眼色，她只得起身拿起食盒，放輕了步子，退出門外。屋子裡沒有聲音，她低低地嘆了一口氣。

恭王妃從榻上起身，慢慢地道：「不知王爺深夜前來，有何事情？」

恭王掃了几案上一眼，只見桌下露出話本的半個角來，顯然是主人忘記藏嚴實了。「本王王妃的院子，難道本王就不能來？」

恭王妃不知他今天是鬧什麼毛病，但還是謹慎地答道：「是臣妾失言了。」

恭王不說話了。

恭王妃等了又等，結果只等到他往榻上一坐。

片刻後，恭王忽然道：「妳喝酒了？」

恭王妃愣了愣，不欲多作解釋，只是答道：「是，臣妾今日心中高興，小酌了一杯。」

恭王忽然冷笑一聲。「心中高興？本王看妳不是高興，而是心裡鬱結，借酒澆愁吧？」

恭王妃倏然抬頭，看向他。「王爺這話是何意？臣妾不明白，還請王爺明言。」

恭王硬邦邦地道：「謝侍讀大婚，妳忙前忙後幫忙張羅什麼？」

恭王妃此刻的眼神像是在看無理取鬧的三歲孩子。「這些事情，臣妾不是早已與王爺請示過了嗎？嬧兒與臣妾情同姊妹，他們兩人身世孤苦，家中無人幫忙操持親事，臣妾只是派了幾個會做事的嬤嬤過去，當時王爺也是親口答應了的，如何今日又來翻舊帳？」她冷冷道：「王爺當初若是有半個不字，臣妾是絕不敢如此膽大妄為的。」

恭王一時間回不了話，但是他哪裡肯吃這啞巴虧，忿然道：「那是因為本王不知道謝侍讀與那人是同門師兄弟！」

恭王妃冷冷地看著他，道：「還請王爺說清楚，那人是誰？」

恭王一拍桌子，怒氣沖沖地道：「晏商枝！」

聞言，恭王妃費解道：「臣妾是替謝翎與施嫿操辦婚事，又不是替他操辦，與他何干？」

恭王道：「焉知妳醉翁之意不在酒，妳恐怕是還想著那個人吧？」

這一下恭王妃也火了，高聲道：「王爺怕是今日喝多了酒，上頭了？」

恭王瞪著她。

恭王妃譏諷道：「我道什麼，原來王爺今日是尋我的晦氣來了！」她往旁邊一坐，冷淡地道：「當初我心慕晏商枝，王爺不是知道得最清楚嗎？王爺既是因此事不滿，當初又何必非要娶我入門？」

恭王生氣地看著她。

恭王妃繼續道：「如今我已對晏商枝絕了念頭，王爺若是總揪著這事不放，不妨想一想，當初我哀求王爺退婚時，王爺是如何做的？或者乾脆一紙休書，讓我離開王府也好。」

這話一說出來，恭王越加生氣了，他咬牙切齒地道：「休書？好讓妳去找晏商枝？想都別想！」

恭王妃簡直要被他氣笑了。「既然如此，那王爺深夜來這一趟是為了什麼？」

恭王站起身來，冷冷地道：「為了睡覺！」

恭王妃一下子愣住了。

恭王轉過身來，張開雙臂。「替本王更衣。」

那頤指氣使、理所當然的模樣，看得恭王妃牙齒頓時一陣發癢。

一夜過去，等施嫿醒過來時，只覺得渾身痠痛無比，彷彿被什麼重物狠狠碾過了一遍似的，她有些迷茫地看著四周的大紅色，才漸漸回憶起來。

她和謝翎成親了，就在昨日。

昨夜的事情一瞬間便浮現在腦海中，施嫿忍不住悄悄紅了臉，整個人往被子裡縮去，倒不是害羞，而是一種奇怪的情緒，近似於緊張。

她這一縮，便感覺到旁邊動了一下，施嫿這才意識到，自己是被人摟在懷中的，一隻手臂搭在她的腰間，將她緊緊抱住，於是施嫿更加緊張了。

謝翎似乎剛剛才醒過來，聲音裡還帶著幾分慵懶的沙啞，喚她道：「阿九？」

施嫿閉著眼睛，沒回答，只是把半個腦袋蒙在了被子裡，裝作沈睡未醒的模樣，就在此時，一隻手把錦被掀起來一些，施嫿能感覺到謝翎靠過來，小聲叫她。

「阿九，醒了嗎？」

施嫿仍舊不動，緊接著，謝翎靠得更近了，在她的臉頰上輕輕吻了一下。

謝翎笑著道：「阿九，妳若不肯睜眼，我就親妳了，親到妳睜眼為止。」

他作勢欲親，施嫿立即睜開眼來，道：「我醒了。」

不想謝翎壓根兒沒有打算放過她，親下去的時候還振振有辭地道：「醒了也要親！」

外面晴光明媚，這幾日天氣一直很好，屋子裡點著火盆，施嫿沐浴之後，攏起打濕的長髮擦拭著。

謝翎因為告假的緣故，不必去翰林院。他拿來梳子，替施嫿梳頭，屋子裡空氣靜謐祥和，兩個人在一起，即便是做這種日常生活的小事，謝翎也覺得分外高興。

頭髮梳過之後，他忽然提議道：「阿九，我替妳畫眉吧？」

施嫿愣了一下。「你來？」

謝翎興致勃勃地望著她，笑著問道：「可以嗎，謝夫人？」

施嫿忽而也笑了，將手中的眉筆遞給他，輕聲道：「有勞了，謝大人。」

兩人相視一笑。

謝翎接過那眉筆，輕輕替她描起來，施嫿的眉很漂亮，形似小山，眉筆呈青黛色，淡淡掃過，留下一道纖細的弧度。

等眉畫罷，謝翎仔細端詳片刻，對自己的手筆十分滿意，拿了菱花銅鏡過來，讓施嫿觀賞，還不忘邀功道：「我畫得如何？」

鏡中的女子妝粉未施，素顏便已是容色絕美，黛眉輕掃，帶著幾分古典韻味。她輕輕一笑，道：「好。」

想不到謝翎得了這個「好」字，竟然上了癮，又問：「還有什麼？要上胭脂嗎？」

施嫿有些無奈，但見他興致盎然，便只得縱著他，從妝檯上拿來一個精緻的小圓盒子。

謝翎打開來，只見盒子裡是一朵漂亮的梅花，栩栩如生，散發出清冷淡雅的香氣，熟悉無比。

於是一大早，謝大人又嚐了一回胭脂的味道。如昨晚一般好聞，令他食髓知味，流連忘返，直至日光大亮了，兩人才出了房門。

前院有幾個婢女正在忙活，因為施嫿和謝翎成親，恭王妃一口氣送了十名下人過來，說是祝賀他們大喜的，謝宅也因此一掃往日的清冷，漸漸熱鬧起來。

就在此時，見朱珠從耳房的方向過來了，她手裡捧著一樣長長的東西，像個匣子一樣，不知是什麼。

等看見施嫿與謝翎兩人，朱珠便笑著過去行禮。

施嫿看著她手中的東西，雙眼一動，問：「這是古琴？」

朱珠清脆答道：「正是呢！小姐怎麼知道？」

謝翎說道：「想不到還有人送這麼風雅的東西。」

施嫿本就愛琴，此時看見，不免有些欣喜。「打開看看。」

朱珠便就著院子裡的石桌，把琴匣打開來。那確實是一把七弦古琴，琴身通體呈黑色，上面有紅色的紋理，看上去極其古樸大氣，像是有些年頭了，一看就不是凡品。

朱珠好奇地打量著那琴。「咦，這上面畫的是一隻鳥兒呢！」

謝翎看了一眼。「是青鸞。」他這才注意到，那青鸞竟不是畫上去的，而是那琴身上本就有的木質紋理。鳳眼狹長，羽翼張開，彷彿下一刻就要從琴上飛出來似的，再看那上面的痕跡，極有可能是一樣古物。謝翎神色凝重，這絕不是普通人能拿得出手的東西，他忽然想起了什麼，下意識轉頭去看施嫿，只見施嫿臉色微白，手指緊緊握起，目不轉睛地盯著那一把古琴，謝翎心裡不由得一沈，喚道：「阿九？阿九！」施嫿彷彿驚了一下，回過神來，眼中帶著幾分驚惶，謝翎立即伸手握住她的手，十分冰冷。

施嫿反握回去，低聲道：「是他，他怎麼會送這張琴來？」她盯著那張古琴，心頭冒出巨大的無措，喃喃道：「他……會不會……」

謝翎握著她的手緊了緊，看向一臉莫名其妙的朱珠。「妳先去忙吧，這裡不用妳了。」

「哦。」朱珠問道：「那這琴，奴婢要拿走嗎？」

謝翎看向施嫿。

施嫿深吸了一口氣，平靜下來了，道：「拿走吧！」

「是。」朱珠帶著那把古琴走了。

謝翎轉頭看向施嫿，安慰道：「阿九，沒事，妳別怕。」

施嫿勉強笑了笑。「那古琴名叫玉鳳凰，乃是前朝的製琴巨匠製作出來的，後來有人聽聞太子好音律，便以重金購得，獻給了太子，輾轉又到了我的手上。」她低頭看著自己的手，喃喃道：「我沒想到，如今會再見到它，而且還是從太子府送過來的。他怎麼知道我會彈琴？怎麼……」施嫿心中驟然湧起一股莫大的恐慌，她感覺到自己的牙齒像是要打起顫來了。這時，謝翎握緊了她的手，緊接著她被擁入了一個溫暖的懷抱中，一隻手在她背上輕輕拍著，彷彿是在安撫她。

謝翎的嗓音低低地在她耳邊響起，道：「不怕，阿九，這是巧合罷了，妳別害怕，我在這裡，阿九，我在這裡。」

他的聲音不大，卻十分堅定，竟然奇異地消解了施嫿心底的不安，她慢慢地鎮靜下來，額頭抵著謝翎的肩膀，慢慢地道：「這把古琴，上輩子也毀於那一場大火中，謝翎，你說、你說他會不會想起來了？」

「他想起來也不怕，既然上輩子我能對付他，這輩子亦如此。阿九，妳要信我。」

聽著謝翎的話，施嫿點點頭。她忽然想起什麼，抬頭問道：「他昨日來過嗎？」

謝翎猶豫了一下，才答道：「來過，後來又走了。」這事情總歸是瞞不住阿九，倒不如告訴她，省得她自己胡思亂想。

施嫿聽了，果然問道：「他來之後，做了什麼？」

謝翎低頭望著她。「他是來送賀禮的，不過我沒收，所以他發了一通脾氣就走了。」

施嫿疑惑道：「為何？」

謝翎頓了頓，才道：「他送了三名侍女做賀禮，我給拒絕了。」

他說得輕描淡寫，然而施嫿卻能猜到事情肯定沒有這般簡單。雖然不知道太子為何無緣無故要送三名侍女來，但是他既然送來了，卻被謝翎拒收，當時還有許多賓客在場，太子心高氣傲，謝翎此舉，無異於當眾不給他面子，太子又是個心胸狹窄之人，必然會斥責他。想到這裡，施嫿眉頭微蹙，眼底浮現幾分憂心，問道：「他可有為難你？」

謝翎笑了笑。「沒有。」見施嫿面上露出不信，謝翎只好改口答道：「他只是罵了幾句，並無大礙。」

施嫿憂色不減。「太子如今掌管大半個吏部，你開罪於他，日後恐怕要給你使絆子。」

謝翎輕輕笑著，不甚在意的模樣，一雙眼睛望著她。「即便如此，我也不願意收下他的賀禮，我才娶了阿九為妻，若真收下來，又置妳於何地？」

施嫿抿了抿唇，垂下眼。

謝翎卻伸出手來，抬起她的下巴，瀚如深海的雙眼與她對視。「阿九，我此生有妳足矣，日後再不會納妾，也不會讓妳受半分委屈。再者。」他頓了一下，才繼續道：「我如今算是恭王一派，昨日太子來觀禮，恭王也在，我這樣公然與太子對著幹，實則也是向恭王殿下表示誠意，我將太子得罪得越徹底，恭王才越放心。」

施嫿聽在耳中，只覺得陡然生出幾分心驚肉跳之感。越是和太子對著幹，才越能向恭王表示最大的誠心，從此以後，謝翎就必須站在太子的對立面，成為恭王揮向太子的一把利刃。一想到這裡，她抓住謝翎衣裳的手指就越發緊了。

就如施嫿瞭解謝翎一般，謝翎也太瞭解施嫿了，幾乎施嫿的眉目微動，他就能將她的心思猜個八九不離十，就如現在。謝翎攬著她，微微低頭，在她額上輕輕落下一吻，低笑起來。「別擔心，阿九，我會小心的。」

施嫿悶悶地搖頭，突如其來的膽怯和恐慌，讓她失去了往日的沈著與冷靜，因為如今的謝翎對她來說太重要了，甚至超越了那一場大火帶來的仇恨。

她不敢去賭了，可是現在事態已經發展到了這種地步，就如棋子落定，能不能退，早已不是他們能決定的，唯有謹慎前行。

施嫿強迫自己冷靜下來，許久後，才抬起頭來望著他。「謝翎，我相信你，如今你我已經結為夫妻，本是一體，只盼你日後行事不要瞞我，若將來事情成了，我們攜手共度百年，白頭偕老；若出了什麼意外，事情敗了，我也會與你一起承擔，碧落黃泉，不敢決絕。」

上窮碧落，下至黃泉，不敢決絕。這一句話，是當初謝翎寫在信中的，如今聽施嫿說出來，他一下子就怔住了，然後輕輕眨了一下眼，親暱地蹭了蹭施嫿的頭，低笑著嘆息道：

「好，傻阿九。」

施嫿伸出手來，緊緊抱著他。

在冬日明媚的陽光下，兩人相互依偎，將對方當成了生命中最為重要的依靠，恨不能時光一瞬間就此老去，直至地老天荒。

過了兩日，謝翎去晏府拜訪。當日他成親的時候，晏商枝明顯是有事情想問他，只是奈何時機不對，沒有問出口，如今謝翎索性自己上門拜訪，也免了晏商枝一番工夫。

晏商枝將謝翎請到了書齋，讓人上茶後，問道：「到底怎麼回事？你怎麼又與太子殿下扯上干係了？」

與恭王有交情倒是無可厚非，嚴格說來，謝翎的座師是禮部尚書竇明軒，而竇明軒是恭王的侍講，再者恭王妃又與施嫿交好；但是晏商枝想破頭也想不出，為什麼太子會帶了賀禮來觀禮，結果謝翎還當眾掃了太子的面子。

那一日晏商枝看在眼裡，雖然表面上看似波瀾不驚，實則心裡是為自己這位師弟暗暗捏了一把冷汗的；畢竟恭王和太子如今的關係，便是還未踏入官場的楊曄都有所耳聞了。

謝翎放下茶盞，慢慢地答道：「我的老師竇大人，本就是恭王一派，我作為他的得意學生，在外人看來，自然跟恭王脫不了關係。」

晏商枝卻皺著眉道：「慎之，你不是這麼魯莽的人，如今朝局不明，你才入翰林，將將踏入官場，為何這麼快就給自己找個敵人？你……」他猶豫了一下，才道：「你是不是遇到什麼事情了？這些日子庶常館功課緊，我沒顧得上你，原是我的過失。」

謝翎笑了笑，搖頭道：「不，師兄的心意我明白，不過，太子此人，我見過許多次，不瞞你說，我恐怕與他氣場不合，無法共事，日後說不定還會鬧出不少事情來，不如索性早早站隊。」

晏商枝瞠目。「就因為氣場不合？」

謝翎點點頭，心道，那人上輩子害了阿九，這輩子又垂涎於她，可不就是氣場不合嗎？晏商枝一下子站起身來，指著他，大概是恨不得罵他幾句，但是又不忍心，最後只能恨鐵不成鋼地道：「莽撞！」

謝翎低頭喝茶，任由他訓。

晏商枝罵完之後，又坐了下來，想了半天，才問道：「那你如今是何打算？」

謝翎答道：「自然是成為恭王一派了。」他抬起頭來，對晏商枝坦言道：「我今日來拜訪，是特意為了告知師兄此事，我既已站在了太子的對立面，想必早晚會成為他的眼中釘，為了不連累幾位師兄，就暫且不來往了，還請師兄體諒。」謝翎說著，站起身來，道：「這話煩勞晏師兄也帶給錢師兄與楊師兄，日後若有機會，再給三位師兄賠罪。」

晏商枝的臉色不太好看，嘴唇動了動。「你這是心意已決了？」

謝翎笑了笑。「事已至此，何來退路？師兄，保重了。」

晏商枝輕輕嘆了一口氣，望著他道：「你萬事小心，若是實在遇到不能解決的事情，再來找我，或許能幫上你一、二。」

謝翎微微一笑，算是承了他的這份情誼，起身告辭離開了。

晏商枝送他到府門口，目送著他清瘦的背影逐漸消失在長街盡頭，不免想起了當時。他們師兄弟四人一起從蘇陽城過來，初入京師趕考，彼時意氣風發，言笑晏晏，如今他們依舊在這裡，卻不知道日後的路又會走向何方。

轉眼間，便到了年底，臘月二十六，京師裡家家戶戶都要準備過年了，而大乾的官員們，也要打起精神來述職。

大殿內，宣和帝坐在上首，他微微瞇著眼睛，身子半靠著龍椅，聽底下的大臣們議事，幾個尚書爭得面紅耳赤，宣和帝卻像是睡著了似的，連眼皮都沒動一下。

龍椅上的宣和帝就這麼聽著他們吵，大臣們吵了半天，也漸漸回過味來了，想起這是在御前，於是收斂了不少。

宣和帝這才睜開眼來，道：「嗯？怎麼不吵了？」

眾大臣不敢接話，宣和帝只得去看一旁的幾個內閣閣老，點名道：「劉閣老，他們幾個吵得朕頭痛，你來說說，剛剛都吵了些什麼？」

劉禹行乃是內閣首輔，今年已七十有九了，鬚髮皆白，聽了這話，他上前一步，道：

「回稟皇上，幾位大人是在為今年各部的開支爭執。」

「開支？」宣和帝表情不動，道：「開支不都已經花出去了嗎？怎麼事先不吵，都到年底了還來鬧？」

劉禹行道：「這是——」

「行啦。」宣和帝忽然一手按在御案上，道：「今天先別吵了，都快過年了，朕看你們也都不容易，今年還剩幾天，好好回去過個年，有什麼事情，明年再慢慢說。」

這一句話，彷彿給眾大臣腦袋上重重一錘，所有人眼皮都不由自主地一跳。皇上這話裡的意思很明顯，現在還不到算帳的時候，回去養足精神，明年恐怕要有大清算了！

一時間，眾人心中惶惶。

宣和帝一擺手，道：「都散了吧，今日不議事了。」

眾大臣俱是跪地行禮，退了下去。

就在此時，宣和帝忽然叫住元霍。「翰林院前陣子送過來的國史，朕都看了。」

聽了這一句，元霍立即躬身行禮，靜靜地等待著他接下來的話。

宣和帝的神色似乎不大好，皺著眉道：「你們究竟是怎麼修的？簡直一塌糊塗！朕交給你們的事情，就是這麼辦的嗎？」

一旁正退出殿門的太子李靖涵，聽清楚了這一句，忽然輕輕勾了一下嘴唇，露出一絲得逞的笑意來。

翰林院，因為國史才修完，又是年關了，所以謝翎和朱編修等人這幾日沒什麼事情做，不免有些清閒下來。朱編修看著對面空盪盪的位置，好奇地道：「顧編修呢？」

謝翎回道：「聽說是告假了。」

朱編修聽了，便道：「也是，前幾日趕工修訂國史，確實甚是忙碌，如今總算是能得片刻喘息了。」他說著又笑道：「我們倒還好，慎之你這新婚燕爾的也跟著一起忙，尊夫人不會說什麼吧？」

謝翎笑笑。「哪裡，都是為朝廷做事，內人很是支持。」

「那就好。」朱編修往椅子上一坐，端起一旁的茶盅，道：「今年總算要過完了。」

謝翎站起身來，準備去外間，他眼睛餘光一掃，忽然看見了什麼，腳步停了下來，走到顧梅坡的案桌前，上面擺放了不少文房四寶與幾本書籍，鎮紙下，壓著幾頁紙，還未寫完。

謝翎伸手將那幾張紙拿出來，看了看，忽然問朱編修。「當時書冊裝訂是交給顧編修做的嗎？」

朱編修愣了一下。「不錯，顧編修當時主動說他要拿去裝訂，我便都給他了，怎麼了？」

謝翎眉心一皺，問道：「那原稿呢？」

朱編修聽了，連忙道：「在這裡呢！」他起身拉開身後的櫃門抽屜，卻見裡面空空如也，什麼也不剩了！朱編修頓時愣住了，疑惑道：「奇怪了，我明明是放在這裡的，怎麼不見了？」

謝翎追問道：「那他裝訂的冊子呢？你有沒有看過？」

朱編修搖搖頭。「我問過他，他說裝訂之後就直接交給張學士，不須我們操心了。你那時候尚因新婚告假，我便忘記告訴你。」他說著，神色有些猶疑，問道：「怎麼了？發生什麼事情了嗎？」

謝翎目光落在手中的幾頁紙上，搖搖頭。「沒事，希望是我多想了。」他說著，將那幾頁紙摺起來，收入袖袋內。

就在此時，門外匆匆進來一個人，劈頭就問：「你們是怎麼回事？」

是張學士，謝翎與朱編修立即行禮。

張學士臉色黑得簡直如同鍋底一般，望著他們，沈聲道：「國史交到御前了，剛剛宮裡傳話來，讓咱們即刻進宮。」張學士道：「你們給我老實交個底，那國史是不是修好了，還是看到年底時間不夠，趕著交差隨便糊弄了？」

謝翎與朱編修對視一眼。

朱編修眼底滿是驚慌，他吶吶道：「怎麼會，大人，那國史確確實實是修好了，當初原稿還給您過目了的。」

張學士不由得暗自咬牙，他是看過原稿，但是重新裝訂的那一份，他只草草看了前面兩冊，後面兩冊就不再仔細看了。原以為沒什麼大事，結果剛剛宮裡來人，宣他們入宮，還提醒他皇上如今的心情似乎很不妙，張學士這才匆匆趕過來質問。

謝翎也道：「大人，我們當初修改過的國史是絕沒有問題的。」

聞言，張學士的表情才漸漸褪去陰沈。「別多說了，先入宮面聖吧！」

「是。」

謝翎與朱編修齊聲應答。朱編修表情忐忑，惶惶不安；謝翎則是從容淡定，一派泰然之色。

第二十八章

大殿裡，巨大的白雲銅爐點著炭火，溫暖如春。殿內寂靜無比，宣和帝坐在上首的御案後看摺子，元閣老則是坐在一旁的繡墩上，眉目低垂，十分安靜。

值班太監先是磕了一個頭，才細聲稟告道：「啟稟皇上，翰林院的幾位大人已經來了。」

「嗯。」宣和帝繼續翻看手中的摺子，眼皮都沒有抬一下，沈沈道：「讓他們進來。」

「是。」值班太監退下了，到了殿門處，向在門外等候的三人道：「幾位大人，皇上召見，請。」

張學士點點頭，深吸一口氣，率先跨入了大殿裡，領著謝翎兩人叩頭行禮。「參見皇上，吾皇萬歲，萬歲，萬萬歲。」

宣和帝抬起頭來，將手中的奏摺扔在御案上，望了三人一眼。「平身吧！」

「謝皇上。」三人站起身來。

宣和帝道：「知道朕叫你們來是為了什麼事嗎？」

張學士下意識地看了坐在一旁的元閣老一眼，卻見他眼觀鼻、鼻觀心，如同一尊雕塑似的，只得硬著頭皮答道：「回皇上的話，容臣猜測一、二，可是因為宣和二十年至二十六年的國史之事？」

「你還記得這樁差事！」宣和帝冷哼一聲，語氣裡帶著幾分怒意。「既然知道，為何不誠心做事？」

張學士額上立即出了汗，跪回地上，哆嗦著聲音道：「臣不敢。」

「敢不敢，你都已經做了！」宣和帝半靠著龍椅，緊緊盯著他，聲音不豫。「朕交給你們的事情，你們翰林院就是這麼辦的？」他的語調微微上揚，顯而易見是生氣了。

這下就連元霍也不能安坐一側了，他站起身來，向皇上道：「此事乃是臣之失職，請皇上責罰。」

「好！好！」宣和帝站起身來，踱了兩步，沈著臉色掃過張學士等人，道：「既然你們認罰，那朕也不攔著！來人，張元師等人辦事不力，陽奉陰違，欺君罔上，官降一品，罰俸三年，以儆效尤！元霍——」

就在此時，有一個聲音響起。「啟稟皇上，臣有惑。」

宣和帝的聲音戛然而止，霎時間整個大殿安靜下來，他的目光準確無比地落在了跪在張學士身後的謝翎身上，微微瞇了一下眼，沈聲道：「你對朕的話有異議？」

「臣不敢。」謝翎恭敬地道：「臣只是有疑惑。」

誰也想不到一個小小的六品侍讀竟然敢在這時候出言，宣和帝原本瞇著眼，打量他一番後，道：「朕記得你，有什麼話？」

一旁的張學士冷汗涔涔，似乎想叫住謝翎。

但是謝翎並沒有看他，只是朝宣和帝道：「啟稟皇上，修國史本是臣等的差事，若是因為臣等才疏學淺，未能將事情辦得讓皇上稱心，是臣之罪過，臣等甘願受罰，絕無二話。但是臣想知道，究竟是何處辦得不夠好？還請皇上明示，若有下次，也免得再重蹈覆轍，令皇上不悅。」

這顯然是向宣和帝要說法了！聽了這番大膽至極的話，張學士和朱編修都在心裡為他暗暗捏了一把冷汗，實在沒想到平常悶不吭聲的謝翎會在御前說出如此驚人之語。

空氣寂靜無比，站在上面的宣和帝面上竟未見怒意。

倒是元霍開口輕斥道：「謝翎，這是御前，不可放肆！」

謝翎立即叩頭。「恕臣無狀。」

宣和帝掃了他們兩人一眼，道：「好，既然如此，朕就讓你們自己看。來人！將國史拿來，叫他們看個明白！」

幾個宮人立即去了，宣和帝又回到了御案後面坐著，大殿裡一丁點聲音都聽不見。

張學士跪在地上，忍不住拿眼角去瞥謝翎，卻見對方表情沈靜，毫無異常，彷彿方才那一番話不是出自他口中似的，端的從容鎮靜，引人側目。

宮人去而復返，很快就搬來了四本厚重的冊子，正是謝翎等人修改的國史。他彎腰將那幾本國史放在謝翎面前，輕聲細語地道：「謝大人請。」

謝翎頷首，立即翻起國史，入眼是標準的館閣字體，墨香濃郁，他迅速地翻看著，第一本沒有問題，第二本也沒有。

等翻到第三本的時候，謝翎的手倏然停住了，他仔細地默讀著紙頁上的字，眉心皺起。一旁的朱編修和張學士兩人也跟著提起心，額上又開始淌汗。朱編修幾次想問，但是礙於宣和帝在上面坐著，不敢出聲。

謝翎的表情平靜無比，繼續翻看著，冊子很厚，他並不敢花費很長的時間，大略看過之後，宣和帝出聲了。

「如何？」

謝翎合上書冊，心中略略有了底，抬頭道：「啟稟皇上，這後面兩冊，並非出自臣等之手，這兩冊國史，絕不是臣等修改的。」

這一下子，所有人都愣住了。

張學士驚訝地轉頭，謝翎順勢將那兩本國史推給他，他也不推辭，立即翻看起來。上面的宣和帝顯然也沒想到謝翎會說出這種話，怔了一下，站了起來。「此話怎講？這幾本國史難道不是你們翰林院呈上來的嗎？」

張學士也草草看完了，聽了宣和帝發問，立即叩頭道：「啟稟皇上，這兩本確實不是翰林院修改的，當初臣看過原稿，與這兩本國史大相徑庭，請皇上明察！」

宣和帝也不說話，只是叫來一名宮人，問道：「這幾本國史，是誰送來的？」

那宮人立即跪下，答道：「回皇上，是張大人親手交給奴才，轉呈給皇上的。」

宣和帝轉過頭來。「這麼說來，是朕將這幾本國史給換了？」

下面的張學士張口結舌，額上的汗越發多了，他萬萬沒想到這中間會出問題，一時間竟無法自辯。

正在氣氛幾近凝滯的時候，謝翎忽然開口道：「皇上，或許是當初送去裝訂成冊的時候出了紕漏。」

宣和帝的臉色喜怒難辨，只是道：「那依你之見，此事該如何解決？還要再給你們翰林院多少時間，才能將正確的國史交給朕？」

他聲音不大，語氣卻重，顯然是有些惱怒了，張學士和朱編修兩人皆是大氣都不敢喘一聲。

謝翎不疾不徐地道：「臣現在就可以將修好的國史呈奏給皇上。」

張學士驀然轉過頭來，伏著身子，拚命朝他使眼色。

朱編修忍不住抹了一把額上的冷汗，心裡兵荒馬亂。別說原稿他們沒帶來，之前他在翰林院就看過了，原稿已經不見，謝翎現在要拿什麼交給皇上？

「好！」宣和帝在御案後坐下來，道：「既然如此，你就呈上來！」

謝翎恭敬道：「恕臣冒昧，求皇上賜下筆墨一套。」

宣和帝眉頭微動，看了他一眼，衝一旁侍立的太監吩咐道：「去。」

那太監領命去了，很快捧著一套文房四寶回來，放在謝翎面前，還貼心地搬了一張案桌來。

謝翎頷首道謝，也不多說，提起毛筆，蘸墨就開始書寫起來，他寫得很快，字體甚是端正。

朱編修在一旁看著，面上露出驚異，越看越是震驚，眼珠子都瞪圓了，忍不住低聲道：「慎之，你……」

便是張學士看見，也驚了一下。「你都背下來了？」

謝翎沒作聲，大殿裡寂靜無聲，針落可聞，他運筆如行雲流水，絲毫沒有阻礙，似乎連想都不必想，很快便寫好整整三頁，這才擱下筆，道：「請皇上過目。」

宣和帝仔細看過之後，良久不語，過了片刻才問謝翎。「這幾部國史，你都記得住？」

謝翎恭聲道：「只要是臣看過的，都在腦子裡，懇請皇上給臣兩日時間，臣必能將完整的國史盡數呈給皇上。」

宣和帝將手中的紙放下來，臉色似乎好看了點。「好，那就再給你兩日時間。」

這一關算是過了，謝翎終於鬆了一口氣，連同張學士幾個一起叩頭謝恩。

等離開皇宮，幾人走在宮道上，外面天色陰沈，又開始下起小雪。

張學士的臉色也很陰沈，對謝翎兩人道：「怎麼回事？為何訂成冊的時候會出如此大的紕漏？」

朱編修吶吶不敢言，實在是他也不知道為什麼。

倒是元閣老聽了，開口問道：「呈給皇上之前的成冊，你沒有看過嗎？」

張學士面上閃過幾分心虛還有羞慚，道：「下官、下官那日正好有要緊事，只想著原稿是仔細檢查過的，想不到……」

元閣老道：「你既然沒有看出來成冊有問題，那他們兩人又如何會知道？是他們訂成冊的嗎？」

張學士心裡一驚，道：「不、不是。」

元閣老的腳步倏然停下，盯著他，面上表情仍舊是淡淡的。「那你就真的該好好想一想，究竟是哪裡出了問題。」老人雖然鬚髮皆白，面上皺紋遍布，只是那雙睿智的眼彷彿看穿了一切。

張學士下意識地垂下頭，不敢與他對視。

元閣老意味深長地道：「以眇眇之身，任天下之重，預養其所有為。」

張學士彷彿瑟縮了一下，元閣老唸的這一句話，乃是掛在翰林院牆上的一幅字，原句是：敦本務實，以眇眇之身，任天下之重，預養其所有為。

此時由翰林院掌院說來，就如當頭棒喝一般，張學士頓時怔住，久久不敢言語。

謝翎與朱編修回到國史館，因為宣和帝只給了兩日時間，便是謝翎直接抄，也是很緊迫。

朱編修自然也要幫忙，他雖然記得不如謝翎清晰，但是仔細想想，好歹也能寫出來一點，不至於把擔子全壓在謝翎身上。他一邊研墨，一邊與謝翎說話，語氣遲疑。「慎之，你說，究竟是誰拿走了原稿？」

謝翎下筆如神，目不斜視。「你不是心中已經有定論了嗎？」

朱編修吶吶道：「我這也只是猜測罷了，若真是顧編修所為，他為何要這樣做？難道就不怕皇上問罪嗎？」

聞言，謝翎輕笑一聲。「這話該去問顧編修才對，你我又不是他，如何知道他心中所想？」一行寫罷，謝翎又另起一行。

朱編修嘆了一口氣，道：「說得也是，顧編修這兩日又恰好告假，實在是不得不叫人多想。慎之，你說張學士會如何處理此事？」辦砸了差事，還差點丟官降職，以張學士的脾性，絕不可能輕易干休。

謝翎的筆下不停，口中道：「頂多問責幾句，不會如何。」

朱編修驚了。「問責幾句？這樣大的事情，就輕輕揭過了？」

謝翎終於抬起頭來看向他，問：「當初顧編修是誰薦進來的？」

朱編修想也不想。「是張學士向掌院大人舉薦的。」他恍然大悟。「原來如此！」

正因為顧梅坡是張學士舉薦進來的，出了事情，張學士才更加不好處理，畢竟面子上他要過得去，否則豈不是自打嘴巴？胳膊折了，也只有往袖子裡藏了。

想到這裡，朱編修不禁搖頭，只覺得索然無味，嘆了一口氣，道：「慎之，今日幸好有你，否則，我們還不知要怎麼被發落了。」他的聲音裡難得帶了幾分自嘲的意味。

謝翎蘸了蘸墨，又抬頭看了他一眼。「那卻未必，只是今日掌院大人還未開口而已，有掌院大人在，你我未必會被問罪。」

朱編修笑了。「不管怎麼說，還是多虧了你。」

謝翎也是一笑，搖了搖頭，隨他去了。

第二日，顧梅坡回來翰林院，與謝翎兩人打了招呼，一如往常，若無其事。

朱編修盯著他仔細看了幾眼，不見他面有異色，心中不免犯起嘀咕。

顧梅坡看著對面正奮筆疾書的謝翎，沈默了好一會兒，才有人過來，在門口對他道——

「顧編修，張學士請你過去一趟。」

顧梅坡走後，朱編修對謝翎忿然道：「他竟半分愧色也無！」

謝翎笑了。「他什麼也不知道，如何會有愧色？」

朱編修愣了一下。

謝翎輕輕敲了敲案桌，提醒道：「顧編修一共告假三日，今天才來應卯，如何會知道昨天發生的事情？」

顧梅坡到了張學士跟前，拱手施禮。「見過學士大人。」

張學士看見他，氣就不打一處來，陰沈著臉色道：「你做了什麼好事？」

面對張學士的質問，顧梅坡明顯一愣，連忙恭敬道：「下官這幾日告假，不知出了什麼事情，還請大人示下。」

張學士怒上心頭，拍案而起，怒道：「你不知道？當初那國史是不是你親自去裝訂成冊的？」

顧梅坡立即應答。「正是下官，是國史出了問題？」

「你還來問我？」張學士瞪視著他，聲音沈沈。「國史後面兩冊，根本就沒有修改，還呈到皇上面前去了！」

聞言，顧梅坡面上浮現出惶恐之色來，連連道：「下官該死，連累了大人！」

張學士一口氣憋在心口，上不去、下不來，憤怒地看著他，又是一拍桌子。「你說！此事是否是你故意為之？」

顧梅坡驚聲叫屈道：「大人冤枉，絕非如此！此事乃是皇上明令下來的差事，下官豈敢如此作為？若真是這樣做了，下官又能得到什麼好處？當初還是大人提拔，下官才能有幸為國修史，下官與大人本為一體，怎敢肆意妄為，連累大人？」他說著，跪了下來，叩頭道：

「當初裝訂成冊，確實是下官失察，辦事不細，下官甘願受罰，請大人息怒！」

顧梅坡一番話說得情真意摯，張學士面上雖然依舊不好看，但是也未表現得如之前那般明顯了，他盯著顧梅坡，過了許久才道：「起來吧！」

顧梅坡這才站起身來。

張學士道：「從今日起，你不要在國史館了，到時候自有人安排你的去處。」

顧梅坡愣住，好一會兒才慢慢地道：「是，下官明白了。」

張學士懶得再看他，擺了擺手。「去吧！」

於是十二月二十七這日，顧梅坡被調離了國史館，他原本就人緣不錯，不少同僚聽說了，唏噓不已，試圖來裡間找他說話，朱編修嫌他們吵鬧，索性把門給關上了。

顧梅坡迅速收拾好自己的東西，正欲離開時，忽然道：「謝侍讀。」

謝翎的筆終於停下，抬起頭來，表情淡淡的。「顧編修有何指教？」

顧梅坡雖然被調離了國史館，但是果然如謝翎之前所說，並未受到什麼責罰，既沒丟官，也沒降職，頂多就是離開了國史館而已，大概是張學士對他眼不見為淨吧！

顧梅坡笑了。「未曾想到謝侍讀還有過目不忘的天分。」

他語氣平靜，像是在說一件很平常的事情，聽得朱編修這種老好人性格都有些動怒了。

倒是謝翎沒什麼表情，道：「我也未曾想到顧編修還有這一手。」

顧梅坡盯著他看了一眼，笑道：「後會有期。」

謝翎略一頷首，繼續抄寫國史，不再搭理他了。

顧梅坡討了個沒趣，拉開門離開了。

很快地，門外傳來嘈雜人聲，像是在與他辭別。翰林院不大，進出都能碰個面，他們表現得彷彿顧梅坡這一去就不復返了似的，情真意摯，令人膩味。

兩日匆匆過去，謝翎兩人緊趕慢趕，終於如期完成了差使。重新修訂的國史交上去之後，旨意便降了下來，擢翰林院國史館謝翎、朱明成官升一品，謝翎由正六品侍讀升為從五品侍讀學士，朱編修也由正七品編修升為從六品修撰，還獎賞了絲帛、錢財等，天子賞賜，倒將之前的陰影沖淡了許多。

如今確實是風光，可是又有誰知道，當時他們一行人差點直接丟了烏紗帽呢？當然，這些事情不足為外人道。

年關一過，轉眼就到了宣和三十一年春。年初八，朝議結束後，宣和帝召見了全體內閣閣員、六部尚書等大臣，一場足以引起朝局動盪的議事開始了。

此時的謝翎對此事一無所知，他仍舊在翰林院，升為侍讀學士之後，就不必留在國史館了，侍讀學士職在刊誤經籍，為皇帝及太子講讀經史，備顧問學。

到了傍晚時候，他才離開翰林院。路上的積雪已經被宮人打掃得乾乾淨淨，遠處的宮殿屋簷上卻仍舊是白雪皚皚，因為白日裡有太陽的緣故，積雪融化了不少，使得它們一列一列地排著，整整齊齊，像是工匠精心刻雕出來的一般。

屋簷下水珠滴答落下，到處都濕漉漉的，空氣清寒，遠處的天邊已經點綴了三、兩顆星子，天黑了。謝翎加快腳步，往前走去，沒走多遠，便看見一個僕從打著燈籠在路邊等候，他放慢了腳步。

那僕從看見他立即迎上前，恭敬地喚了一聲。「謝大人。」

謝翎自然認得他，是他的座師竇明軒府上的僕役。「可是老師有事？」

那僕從忙道：「是，請謝大人上車。」

「走吧！」

謝翎乘坐著派來的馬車，一路去了竇府。此時天已經黑透了，竇府門前掛著兩個大紅燈籠，散發出昏暗的光芒，影影綽綽的。

那僕從道：「老爺在花廳等您。」

謝翎來竇府許多次，早已熟悉，他快步走向花廳，竇明軒果然已經等著了。

竇明軒年逾四十，蓄著長鬚，他很喜歡把玩棋子，此時面前就擺著殘局，手裡拿著青玉製的棋子，看見謝翎來，笑著指了指對面，道：「來了？坐。」

謝翎也不推辭，坐了下來，隨手拿起旁邊的黑子。「老師先走？」

「黑子先行。」

謝翎點點頭，將手中的黑子落在棋盤中。

竇明軒一邊落子，一邊道：「你何時去景雲門值班？」

謝翎簡短地答道：「後日。」

竇明軒沈吟片刻。「想個辦法，改到明日。」

謝翎落黑子的動作微微一頓，抬頭看向他。

竇明軒撚著手中的白子，慢慢地道：「昨日有急報，戎敵犯我朝邊境，損兵一萬五，破了一城，今日朝議時，兵部惹怒了皇上，兵部尚書已被問罪了。」

謝翎靜靜地聽著，沒有說話。

竇明軒落下一子，接著道：「我與王爺都覺得，這是個機會。」他說著，抬起頭來看謝翎，問道：「你覺得呢？」

謝翎終於有了反應，回視他，道：「老師與王爺自有高見。」兵部尚書如果真的被罷職，兵部內的體系必然受到不小的動盪，若恭王想在其中安插人，這確實是個機會。謝翎落下一子，黑子在寂靜的室內發出輕微聲響，伴隨著他的聲音。「該老師了。」

竇明軒手執白子，望著棋盤，似乎在沈思，過了片刻才道：「今日恭王殿下已向陛下舉薦你為兵部職方司員外郎，陛下並未當場答應，但是也未立即否決。」他說著，望向謝翎。「你想個辦法，明日去景雲門輪值，陛下每日午後會宣翰林侍講經史，這是你的機會。」竇明軒拋下棋子，站起身來，負手走了幾步。「如今盯著兵部的不只我們，還有吏部和太子，若想不經由吏部任命，目前便只有這一個辦法，迄今為止，唯有兵部不是鐵桶一座。」竇明軒沈聲對謝翎道：「兵部是握在皇上手中的。」

謝翎的手指微微捏緊了棋子，而後鬆開，很快應道：「學生知道了。」

次日，謝翎去景雲門輪值，照之前的安排，今日午後宣和帝會召他侍講經義，果不其然，午時剛過，便有宦官來宣他。

謝翎收拾好書冊，跟著那宦官一路走出大門，往謹身殿而去。大殿門口站著兩名當值太監，看見他來，連忙上前輕手輕腳地將殿門推開，那殿門雖然厚重，但是竟然沒有發出一絲聲音，大殿裡的暖意霎時間迎面撲來，謝翎腳步從容地走進殿內。

宣和帝正坐在御案後翻看奏摺，直到謝翎行禮參見之後，才道：「起身吧！」

「多謝皇上。」謝翎站起身來。

宣和帝仍舊在看奏摺，眉頭微微皺起，大殿裡一片寂靜，一絲聲響也無，過了許久，不知宣和帝看到了什麼，冷哼一聲，將手中的摺子合上往御案上一扔，表情看起來十分生氣。

「廢物！」他狠狠罵了一句，將目光投向大殿的門口，殿門已經合上了，宣和帝的視線沒有落在實處，彷彿在思索著什麼，片刻之後才回過神來，看著謝翎道：「朕今日不想聽那些經義了，你給朕講講《啟書》。」

這有些出乎謝翎的意料，本來今日依循舊例，他是要給宣和帝講《六韜・明傳篇》的，為此他也做了詳細的準備，沒想到宣和帝臨時改變主意；雖然有些猝不及防，但這時候謝翎自然不能拒絕，他的腦子迅速思索著，口中從容應答。「臣遵旨。」

《啟書》乃是前大啟朝編纂的一部史書，謝翎很快便在心裡整理好言辭，開始替宣和帝講解起來。「念舊而棄新功者凶，用人不得正者殆，強用人者不畜，為人擇官者亂，失其所強者弱，決策於不仁者險。其意思是只念及他人的舊惡，卻忘記其所立的新功，日後必會遭來大凶；任用邪惡之徒，日後必然會有危險，勉強用人，一定無法將其留住。」

當謝翎講到這一段的時候，宣和帝頻頻頷首，忽然道：「大啟既有此書，何以後來會為魏取而代之？」他問完，一邊抬起頭來看謝翎。宣和帝已是知天命之年，又因近來政事操勞，面容上浮現出了疲憊的皺紋，但是那雙眼睛卻依舊炯炯有神，甚至是銳利的，僅僅是這麼看過去，便帶著獨屬於上位者的氣勢，令人倍感壓迫。

謝翎答道：「回皇上，臣以為書是寫給願意看的人而看，大啟有此書，他們卻未必願意看，看了未必願意懂，懂了也未必願意去照做，上行下效，有書便如無書。」

聽了這番話，宣和帝琢磨了一會兒後，笑了，似有些興致地問道：「話到這裡，那你索性給朕說說，自大啟末年以後，短短數十年時間，天下稱帝王者不下十姓，戰亂不止，民不聊生，這又是為何？」

謝翎語氣平靜地答道：「以臣愚見，這是因為大啟藩鎮過強，而王室太弱的緣故。」

宣和帝的目光盯著他，追問道：「你覺得該如何解決？」

謝翎想了想。「應適當逐漸削弱藩鎮的兵權，限制軍餉，將其麾下精兵收回朝廷，天下自然就平定下來了。」

宣和帝一手撐在龍椅上，過了一會兒，徐徐笑了，站起身來，稱讚道：「說得好。」他負手走了幾步。「想不到你年紀不大，卻能想得這麼多，讓你在翰林院做一個區區侍講實在是屈才了。」他說著，頓了頓，又道：「昨日恭王向朕薦你去兵部當值，朕本覺得你年紀小，恐怕不大合適，如今看來，倒是朕太過拘泥了。」他說著又笑起來。

謝翎立即垂首道：「皇上過譽了，臣見識尚淺，還須勤勉學習。」

宣和帝擺了擺手，笑道：「不必自謙了，朕雖然老了，但是看人還是很準。自明日起，你就去兵部吧，侍講學士一職仍兼著，回頭還進宮來給朕講解經義。」

話說到這裡，謝翎便知今日這一關算是過了，他立即跪下來叩謝皇恩。自此，他便算正式進入兵部，任職方司員外郎，從五品官員。

恭王府。

恭王正與竇明軒說著話，外面忽然有侍衛求見，恭王允他進來，侍衛低聲在他耳邊輕語幾句，恭王的表情漸漸轉為凝重。

竇明軒看見，問道：「王爺，怎麼了？」

恭王抬手，示意侍衛下去，爾後沈聲道：「我之前交代人去查太子府的消息。」他的臉色有些陰沈，慢慢地道：「太子聯合了不少大臣，準備等上元節過後，上本呈奏皇上，讓我歸藩。」

「歸藩？」

施嫿放下手中的醫案，疑惑地道：「是恭王那邊給的消息？」

謝翊點點頭。

施嫿想了想，道：「我記得確實有過這件事情，但是太子的計謀未曾得逞，反而還受到皇上的責備。」她說著忽然笑了，對謝翊道：「你大可以猜一猜，恭王若是不想歸藩，會如何應對。」

謝翊果然沈吟了一會兒，試探著道：「恭王重病了？」

施嫿笑著頷首。「恭王重病不起，又有不少朝臣奏請皇上讓他歸藩，皇上當即責難了太子，此計未成。」她說著，頓了頓，又道：「不過這不是眼下最重要的事情，再過幾個月，戎敵會再破兩城，婁海關失守，平遠將軍戰死，兵將退至玉連關。」

謝翊一驚，悚然看向她。「玉連關乃是中原最為重要的關口，若是失守，相當於將我大乾的大門向戎敵敞開了。」

施嫿點點頭。「戎敵兵至玉連關，會向我朝投書求貢，到時候朝臣會分為兩派，一主戰，一主和。」她說到這裡，望著謝翊。「但是兵部上下一力主和，再加上戎敵以邊疆四個城池的百姓性命要脅，皇上同意了。」

謝翎聽了，微微搖頭，皺著眉道：「此事不妥，戎敵性情貪婪，必然不會輕易退兵。」

「所以後來增開了馬市。七月，兵部尚書下獄棄市，兵部左、右侍郎皆被流放邊關，除此之外，還有許多主和的官員，都或多或少受了牽連，丟官罷職都算好事了。」

她語氣平靜，聲音不大，但是說出來的話卻讓人無比心驚，謝翎看著燭光在施嫿明澈的眼中跳躍，彷彿透過那雙眼，能看到當年的那一番腥風血雨。

他在腦中迅速地思索著，道：「可是以皇上的脾性，不可能輕易同意談和。」

然而最後為什麼還是妥協了？謝翎百思不得其解，倏然，腦中靈光一現——不是不想戰，而是不能戰！

他驀然想起了去年岑州官員貪墨的案子，如果國庫虧空，暫時撥不出軍餉，無力支持這一場長久之戰呢？今年年初，朝廷來了個大清算，據說是因為去歲開支的事情，皇上一連發落了不少官員，這樣一來，就完全說得通了。大乾國庫虧空，甚至無法支撐軍餉、糧草，只能同意戎敵的求貢。自太高祖皇帝始，戎敵屢屢侵襲大乾邊境，數百年來，大乾朝還沒有向戎敵談和的先例，宣和帝歷來自視明君聖主，這件事情在他看來，簡直就是污點一般的存在；宣和帝自己是不會有錯的，所以錯的都是那些極力主張求和的朝臣。

謝翎轉瞬間便想通了其中的關竅，慢慢地吸了一口氣。短短幾念之間，他幾乎可以預見未來一年的朝廷局勢會是何等的險峻，而他那時恰好就在漩渦中心，兵部。

燃燒的燭火突然爆出了一個火花，在寂靜的室內十分突兀，謝翎眉心一跳，抬起頭來，對上施嫿略有些擔憂的目光。

他笑了一下，朝她伸出手去，語氣帶著幾分安撫之意。「阿九。」施嫿將手遞給他，謝翎微微用力，便將她拉入懷中，緊緊抱著，發出一聲滿足的喟嘆，輕輕蹭了蹭她烏黑的頭頂。「阿九，妳在擔心什麼？」

施嫿搖搖頭。「不，我沒有擔心，我只是在想……」她聲音倏然止住。

謝翎疑惑地低頭。「嗯？想什麼？」

施嫿忽地笑了一下，道：「我在想，上輩子的小謝探花郎是如何應對這一次朝廷局勢的。」她說著，素白的手指撫上了謝翎的劍眉，雙眼晶亮。「不知你那時是何等風姿？真是可惜，無緣得見，實在是一件憾事。」

謝翎聽罷，眼中湧起無限溫柔，他湊到施嫿唇邊輕輕吻了一下，眼中帶笑。「這有什麼好遺憾的，我如今不在妳的面前嗎？妳想看多久，就看多久，看到阿九厭倦為止。」

施嫿笑了，仔細地描摹著謝翎的眉眼，小聲地道：「怎麼會厭倦？君心似妾心，不負相思意。」

過了幾日，施嫿忽聞有下人來報，說是恭王妃來了。她立即起身，到了花廳，恭王妃已經在那裡等著了。施嫿笑道：「妳今日怎麼來了？」

「嫿兒。」恭王妃站起身，道：「我有事情想請教妳。」她說著，語帶遲疑。

施嫿霎時明瞭，讓下人都退下去，才在她旁邊坐下來，輕聲問：「怎麼了？」

恭王妃面上帶著幾分不易察覺的憂色，低低地道：「我想問問妳，有沒有什麼辦法能讓一個人重病不起，連大夫都無法看出來。」

施嫿一愣，立即反應過來。「妳說的，可是王爺？」

恭王妃點點頭，眉目中泛起幾分愁色。「嫿兒妳這樣聰明，大概能猜到一些，不必我贅述了。」

施嫿若有所思地道：「若是王爺有如此打算，必然要騙得過宮裡的太醫才行。」

「這是自然的，所以我才想到妳，妳行醫多年，不知道有沒有什麼辦法，能讓王爺立時染上重病。」

施嫿想了想。

恭王妃猶豫片刻，又補充道：「最好不是真的病了，只須瞞過太醫便可。」

聞言，施嫿思索許久，才道：「倒是有方法，不過我需要一點時間仔細想想。」

恭王妃大喜過望。「多謝嫿兒，我就知道妳有辦法。」她說著，又嘆了一口氣。「我也不知他為何要將這種事情交給我來做，若不是妳，我真的不知該如何是好。」

施嫿聽了，只是笑而不語。她倒是能猜到些許緣由，但是不好說給恭王妃聽。

傍晚時候，謝翎回來，施嫿將今日恭王妃來的事情說給他聽。

謝翎想了想，道：「王爺做事向來縝密周到，他必然是猜到了王妃會向妳求助，這才故意把此事交給王妃，這樣一來，知道內情的人會更少，免得到時候走漏了風聲，反倒不好。」

施嫿點點頭，之前恭王妃說起這事時，她便立刻猜到了，遂道：「要想瞞過宮裡的太醫，確實不是簡單的事情，我記得之前陳老他們給我的醫案裡似乎有過這種情況，等我再仔細琢磨琢磨。」

謝翎沈吟片刻，道：「若是實在覺得為難就算了，讓王爺真的染病也行。」

施嫿失笑。「王爺乃千金之體，怎能真的輕易染上病？」

謝翎不以為意地道：「有所得，便有所失。王爺想以此計躲過歸藩之事，勢必要付出些代價，世上豈會有輕而易舉的好處？」

一日後，施嫿去了恭王府，找到恭王妃時，她正站在廊下發呆，枝頭的梅花都落盡了，嶙峋的樹枝間冒出嫩色的小芽，看上去分外喜人。

看見施嫿來，恭王妃回過神，屏退了左右，只留綠姝在前面看著，這才拉著施嫿小聲道：「嫿兒，成了嗎？」

施嫿從袖袋中拿出一個一指高的瓷瓶，遞給她，道：「每日清晨服用一滴，此藥有輕微毒性，能使人全身乏力，頭暈目眩，似染沈痾，切記，不可多服。」

恭王妃有些緊張，接過瓷瓶，道：「有毒？」

施嫿微微頷首。「不過毒性很輕，只是症狀看起來嚴重罷了，人會吃些苦頭，等到夜裡時，以蜂蜜泡溫水喝下便可解毒。次日清晨起來再服一次藥，如此重複便可。」

恭王妃捏緊了瓷瓶，問道：「不會被太醫看出來吧？」

施嫿一笑。「毒性太過輕微，便是不喝蜂蜜水解毒，第二天這些症狀也都會消失，所以太醫是不會發現的。」

恭王妃終於放下心。

施嫿猶豫了片刻，又道：「對了，連續服藥到第三天的時候，王爺可能會有出痘的症狀，乃屬正常，不必緊張，過幾日便會消了，到時候太醫可能會給王爺開方子，妳只須讓王爺把藥悄悄倒了便是。」

恭王妃點點頭。「我知道了，謝謝妳，嫿兒。」

施嫿不由得笑了。「妳我之間，何必言謝？」

她告辭之後，恭王妃便將那瓷瓶放入袖袋中，想起前幾日恭王交代她的話，深吸一口氣，揣著這小瓶子去了書房。

沒幾日，恭王病重的消息便傳到了宮裡，自然而然為宣和帝得知，派了太醫過去為恭王診治，哪知病情不僅沒好轉，反而還有越來越重的趨勢。恰在這日，有幾個朝臣上奏，說如今儲君已定，恭王留在京中多有不便，當應早日歸藩云云。

宣和帝當場就把奏摺給扔出去了，把那幾個大臣罵了個狗血淋頭，朝臣們灰溜溜地撤了，宣和帝氣還沒出完，見太子站在一側，又把太子給罵了一通，話裡話外指責他不顧情義，雖然沒有直說，但其中的意思已經很明顯了。

太子跪在地上，被罵得一臉鐵青，也不敢反駁，回府後發了好一通脾氣，摔打砸扔，把一方上好的九龍戲珠洮硯給摔碎了。

若是一般的硯臺也就罷了，可這一方洮硯卻是今年年初時宣和帝特意賜下的，太子這一摔，把自己都給嚇了一跳，立刻杖斃了所有在場的宮人，試圖將事情瞞住。

豈料即便如此，摔碎硯臺一事仍舊傳到了宣和帝耳中。

宣和帝怒不可遏，直斥太子，太子滿心不解，他完全不知道這事情是從何處傳出去的，他分明把看見的宮人全部處死了，為何宣和帝會知道？

太子百思不得其解，想來想去，只覺得自己府裡肯定出了奸細，等回太子府之後，他非要把那個告密的奸細揪出來千刀萬剮不可！

兵部值房，天色將晚，最靠近裡間牆下的位置，案桌前站起一個人來，他慢慢地收拾好桌上的文書什物。

有人招呼道：「謝大人，回去了？」

謝翎含笑點頭。

那人又道：「謝大人等等，我與你一道走。」他是兵部的一名主事，名叫杜永安。

兩人出了兵部，往禁門方向走，就在此時，後面傳來了腳步聲，有些沈重。一般來說，在宮中行走的官員大多都是步履輕微，就連武官都不會走出這麼大的動靜，這豈止是走路，分明是在發洩怒氣。

杜永安好奇地回頭一看，立即拉了謝翎一把，兩人退至一旁，深深躬身，以示禮節。

那杏黃色的袍子在眼前停了下來，太子李靖涵的聲音沈沈道：「謝翎？」

謝翎不卑不亢地應答。「微臣參見太子殿下。」

杜永安也連忙拱手作揖。「臣杜永安見過太子殿下。」

太子沒搭理他，只是上下打量了謝翎一遍，語氣冷冷地譏嘲道：「看起來你在兵部過得很不錯。」

謝翎沈穩地答道：「皆因皇上賞識，臣才得以有機會進入兵部，報效朝廷。」

太子嗤笑一聲。「你不過是比旁人多讀了幾本書罷了，一個小小的兵部員外郎，談什麼報效朝廷？」

謝翎雙眼微垂，聲音懇切。「臣位雖微賤，不敢忘國，願竭股肱之力，以報天恩。」

太子被他這一番話堵得無話可說，瞪著眼，見旁邊還有杜永安在，他方才被宣和帝好生訓斥了一頓，現在還在宮中，不敢再惹事情，遂冷哼一聲。「那孤就拭目以待了！」他說完，拂袖而去。

倒是他身後的一行隨從中，有人回頭看了謝翎一眼。謝翎似有所覺，抬頭望去，卻見那一行人已逐漸消失在宮門處。

杜永安擦了一把額上的汗，對謝翎道：「謝大人，您可與太子殿下有過節？」

謝翎勾起唇角，露出一絲笑，只是那笑有些冷，他矢口否認道：「怎麼會？我之前不過是翰林院一介小小侍讀罷了，連太子的面都沒見過幾回，如何會與他有過節？」

「那倒也是。」杜永安向來不愛想那些複雜的事情，謝翎這麼說，他便信了，又想起方才的場面來，不禁敬佩道：「謝大人到底厲害，換作是下官被太子那麼問，早就腿軟了，大人還能對答如流，下官佩服。」

謝翎笑了笑，不置可否，兩人一道繼續往宮門處走去。

謹身殿，一名宮人正垂頭跪在地上，宣和帝坐在御案之後，慢慢地唸道：「位雖微賤，不敢忘國。這是謝翎說的？」

那宮人謹慎答道：「是，奴才親耳聽見了，他正是如此回答太子殿下的。」

宣和帝點點頭，面上浮現一絲笑意。「年紀雖然不大，倒是有幾分志向，不愧是朕欽點的狀元郎。」

宮人立即附和道：「皆因皇上慧眼識人，才能有謝大人這般的國之棟梁。」

此話明顯是諛詞，但宣和帝仍舊被說得高興，想了想，道：「等有機會，將他的官職提一提，朕記得他去年修的那幾部國史也很是不錯，是個人才。」

宮人又附和了幾句。

宣和帝忽然問道：「太子與謝翎有什麼過節？」

那宮人一下子就猶豫起來，道：「奴才之前聽說過些傳言，不過並不是什麼大事，不敢擾皇上視聽。」

宣和帝微微瞇起眼，道：「關乎一國儲君，沒有什麼是小事，越是細微之處，越是能看清楚一個人的品性德行，你說給朕聽聽，是什麼事情？」

那宮人立即應答。「是。」

宣和帝坐在御案後，聽底下的宮人說起謝翎大婚之日，太子前去賀禮，待聽到太子送了三名貌美侍女時，眉頭便皺了起來，那宮人將太子當日的話學了過來，連語氣都十分相似，簡直活靈活現，彷彿他當時親自在場看見了一般。

宣和帝眉頭皺得死緊，用力一拍案桌，怒道：「荒唐至極！」

宮人連忙伏身叩頭，不敢再說話。

宣和帝壓抑著怒氣，道：「你繼續說！」

宮人這回不敢再學了，只把當日的情形仔仔細細地道來。

宣和帝表情不豫，站起身來，負手道：「竟然如此失禮，豈有一國儲君的體統。」他的面上浮現出怒意，回想著近來太子的作為，眼底滿是深深的失望。宣和帝閉了一下眼睛，深吸了一口氣後，衝那宮人擺手。「下去吧！」

宮人看得出宣和帝此時的心情不佳，生怕受到遷怒，聽到這話，正求之不得，連忙叩頭，小心翼翼地退出大殿，輕手輕腳地把殿門合上了。

大殿之內寂靜無聲，良久，宣和帝嘆了一口氣，喃喃道：「婉兒啊，朕實在是……」未竟之語，壓在了心頭，如同一顆沈甸甸的石頭，揮之不去。

眨眼間，一月過完了，二月春風送來了些許暖意，將京師的樹都催出了嫩芽。

朝廷上沒有什麼新鮮事，若非說有，便是兵部的職方司員外郎謝翎又官升一級，提為正五品郎中，兼翰林學士。所有人都覺得他這升遷簡直是莫名其妙，就像是天上掉下了餡餅，直直地砸到了謝翎頭上。

謝大人領旨謝恩，走馬上任，先是去給他的幾位頂頭上司見禮，但是左、右侍郎都不在，只見到了兵部尚書一人。兵部尚書名叫宋一然，他與左、右侍郎都是今年年初新上任的，體型略胖，面上總是帶著笑，年近五十，看起來脾氣很好，對謝翎說了許多勉勵的話，無外乎盡忠職守、為君分憂云云。

謝翎都一一應下，他望著面前的兵部尚書，心裡想的卻是施嫿曾經說過的話。三月底，戎敵入侵，連破兩城，兵至玉連關；四月向大乾朝發出求貢書；四月中，宣和帝同意求貢，增開馬市；七月，兵部尚書下獄棄市，兵部左、右侍郎皆被革職流放。

短短半年多時間，兵部的主要官員就換了兩輪，如同韭菜一般，割了兩次。

謝翎拱手，向他微微笑道：「多謝大人提點，下官銘記於心。」

宋一然笑起來，道：「好、好！左、右侍郎今日都不在，晚點再參見也不遲，你先去做事吧！」

「是，下官告退。」

二月中旬，戎敵再次進犯邊境，乾朝大敗，退守羅城；三月初，羅城城破，知府殉城而死，損兵四萬八千，大軍再退至婁海關。八百里急報如一枝利箭，隨著報信官的馬蹄一路疾馳，刺入大乾朝的心臟，京師。

馬蹄踏過官道，塵土飛揚，引來行人躲避，一路暢行至宮門前，能看見那宮牆簷角飛翹，琉璃瓦在初春的陽光下閃閃發亮，報信官嘶啞的嗓音遙遙傳來，撕裂了京師這一派繁榮景象。

「報──邊關八百里加急！」

嘶喊聲從空氣中劃過，隱約傳入金鑾殿內，正在進行的朝議戛然而止，所有人都似有所覺，回身去看。

宣和帝從龍椅上站起來，望向大殿外，明媚的陽光刺眼無比，他沈聲吩咐道：「來人，去把他帶過來。」

從這一刻起，大乾朝整個朝廷，都因為這一份邊關急報而震動起來。

宣和帝立即下令調動州府的軍隊前去婁海關增援，一邊立即輸送糧草，抵抗戎敵，然而急報卻如雪片一般從前線傳來，皆是噩耗。

三月八日，戎敵開始攻城，短短十日，婁海關失守，大軍再退；三月二十五日，軍隊退至玉連關。玉連關若是被破，整個中原就會朝戎敵敞開，大乾朝就彷彿一個卸掉鎧甲的兵士，任由戎敵屠戮。

三月二十七日，平遠將軍戰死，與此同時，戎敵求貢的文書送往京城，引來宣和帝震怒。

天氣陰沈，一如所有大乾子民的心情，烏雲密布。下午時候，便下起濛濛的雨來，京師位置偏北，便是一場小雨也十分粗獷，很快就有連綿成一片的趨勢。

施嫿站在宅子門口，看著對面的平遠將軍府，往日的高門大宅此時已掛上了白色的布，在風中飄飄蕩蕩，像是一個沒了方向的旅人。

哭聲隱約傳來，襯得這天色越發陰沈，氣氛悲戚，裊裊的香燭煙霧在濛濛細雨中升起，逐漸消失不見。

雨漸漸大了起來，朱珠小聲道：「夫人，風大了，咱們回去吧，當心著涼。」她才說完，遠處便駛來一輛馬車，車輪轔轔滾過青石路面，在宅子門口停了下來，朱珠眼睛一亮，道：「是大人回來了！」

謝翎從馬車上下來，見施嫿正站在宅門口，立即加快腳步，朝她走去，握住她的手，果然有些涼，語氣裡不禁帶著輕微的責備。「怎麼在這裡站著？」

施嫿示意他看對面，道：「我就是出來看看。」

謝翎轉過頭去，將軍府前的白幡輕輕飄動，雨聲中還能聽到那些哀慟的哭聲。他深吸一口氣，道：「平遠將軍戰死，大軍如同卸了一隻臂膀，情狀越發雪上加霜了。」他擁著施嫿往門裡走，那些哭聲隱約消失不見了。

施嫿問道：「今日朝議如何？」

謝翎低聲道：「正如妳與我說的那般，求貢書送到之後，朝局便分為了三派，以劉閣老等人為首主和，勸皇上休養生息，韜光養晦，養精蓄銳之後再作打算；王爺等人則主戰，先守住玉連關，戎敵生性狡詐貪婪，必不會因為我朝妥協就立即退兵，反而會乘機提出更多的要求，一步退，步步退；另外還有幾個大臣仍在觀望，暫未表態。」

施嫿想了想，道：「太子呢？」

謝翎答道：「劉閣老本就是太子一派，太子也是主張求和的。」

「是。」施嫿輕聲道：「確實如此。」主和就好，一切都像上輩子那樣循序漸進。她心裡默默地道，又抬起頭來，認真望著謝翎叮囑。「之後你萬要小心。」

謝翎知道她的意思，點點頭。「我會的，阿九妳放心便是。」
細密的雨絲落在油紙傘面上，發出綿軟的聲音，好像春蠶啃咬桑葉一般，窸窸窣窣。
風從遠方吹來，將雨絲揚起，不知為何，施嫿總覺得有陰雲壓在心頭，無法釋懷。

第二十九章

太子府，送走了一干官員，水榭內酒盞傾倒，杯盤盡空。太子搖搖晃晃地站起身來，一名姬妾立即上前扶住他，輕聲道：「殿下，您要去休息嗎？」

太子擺了擺手，一身酒氣，道：「孤要去走走，孤悶得慌。」他說著，腳步踉蹌地出了水榭，外面天色已黑，不知何時下起雨來，太子也不管那雨，逕自踏上了曲橋，大步往前走去。

那姬妾驚呼一聲，連忙追上去道：「殿下，下著雨呢！」她見勸不住太子，便立即嬌聲呼喝道：「來人！來人！拿傘來！」

立即有宮人送了傘過來，但太子已走出老遠了，身形幾乎消失在夜色中。那姬妾急了，撐著傘便追上去，哪知太子喝醉了酒，不願意撐傘，將她用力一推。

太子醉醺醺地道：「別擋著孤的路，孤要去、去聽雪軒。」

姬妾驚詫莫名，又勸道：「殿下，咱們府裡沒有什麼聽雪軒啊！殿下！您慢點兒！」眼看著太子走路不穩，一個勁兒地往右偏，這曲橋之上，橫欄並不高，左右都是湖水，湖裡還種著許多他派人從太湖挖回來的紅蓮，若是掉下去可不得了！那姬妾嚇出了一身冷汗，急忙道：「來人，快去扶著殿下！」

幾名宮人連忙迎上去，豈料太子嫌她們煩，用力一甩手，整個身子搖搖晃晃地往後倒去，所有人都驚聲大叫，渾身寒毛倒豎，只聽嘩啦一聲，太子從曲橋上一頭栽進了湖裡！

姬妾驚恐地瞪大了眼睛，過了一會兒才找回自己的聲音，尖叫起來。「來人！太子落水了！快來人啊——」

淒厲的聲音像一把利刃，劃破了平靜的夜空，一時間，整座太子府都被驚動了。

深夜時分，太子府仍舊燈火通明，分明已到了入睡的時候，卻沒有一人敢去睡覺，走路時都輕手輕腳，大氣不敢出一聲。

太子的院前跪了一地宮人，還有那個紅衣姬妾，她正瑟瑟發抖地跪伏在地上，眼中的淚珠串串滑落，梨花帶雨，我見猶憐。

可現在沒誰有心思去心疼她，被燭火照得亮堂的屋內，太子妃正端坐在椅子上，慢慢地喝茶，寂靜的空氣中只能聽見茶盞碰撞時發出的輕微聲響。

屋外擠滿了人，卻沒有一絲聲音，針落可聞。

太子妃走到榻邊看了一眼後，正欲離開，卻聽到太子忽然開口叫了一個名字，她自言自語地重複一遍。「嫿兒。」太子妃唸完之後，又看了看太子，輕聲叫來宮人，吩咐道：「去，把殿下的這位嫿兒請過來，今兒就讓她服侍殿下吧！」她說完便走了。

一室宮人們面面相覷，好半天，才有一個聲音小心翼翼地打破這靜寂。

「咱們府裡，有哪個娘娘是叫嫿兒的嗎？」

近來這段時間，施嫿總覺得有些心神不寧，但到底是為什麼，她卻又說不上來。一直到了四月下旬，朝廷主戰、主和派的爭執平息，宣和帝答應了戎敵求貢一事，果然如上輩子一樣，又在邊關增開了馬市。

時間一晃眼又過了數日，這一日，施嫿帶著朱珠去街上，人潮擁擠，摩肩接踵，朱珠跟在施嫿身旁，主僕兩人穿過人群，走向街角，就在此時，經過的巷口處突然伸出一隻手來，將施嫿大力一拽，往裡拖去，施嫿一時間猝不及防，竟然毫無反抗之力。

朱珠驚叫一聲，連忙扔下手中的東西去拉她，豈料那邊力道大得驚人，兩人被一同拖入了巷子裡。巷子背陰，光線有些暗，乍然進入，竟讓人有一種瞬間盲了的感覺。

被拖入巷子之後，那隻手便鬆開了施嫿，待施嫿看清楚打頭那人的面孔，猛地退了一步，眼中閃過幾分驚惶。

那人微微笑了一下，輕聲喚她的名字。「嫿兒。」

嫿兒。

這短短兩個字，不知道的人還以為在叫自己心愛的人，輕柔無比，但是在施嫿耳中聽來，不啻於惡鬼的聲音！明明上一次，太子還不是這麼叫的。

施嫿強自鎮靜下來，她抬頭對上太子的眼睛，看了看左右，皆是帶刀的太子府侍衛，不解道：「殿下這是何意？」

太子輕笑一聲，走上前來，伸手去觸碰她的鬢髮。

施嫿立即側頭避開，低聲道：「殿下請自重。」

聞言，太子像是聽到了什麼好笑的事情，竟然哈哈大笑起來。「嫿兒，孤竟然真的再見到妳了。」

他越是笑，施嫿心裡越是心驚，驚疑就像是在湖面泛起的漣漪，一圈圈擴散開來，令她倍感不安，她甚至不想去揣測這一刻對方話裡的意思了，什麼叫竟然真的再見到。

「想不到妳竟然嫁給了謝翎，嫿兒。」太子終於止住了笑，以眼神打量著她，慢慢地道：「妳真是叫孤驚訝。」

施嫿心底的漣漪已經擴散到了極致，最後反而平靜下來，她回以不解的目光，提醒他。「殿下，我與謝翎兩情相悅，成親已有半年之久了。」

「孤知道。」太子不以為意地笑道：「區區一個謝翎而已，這一次他絕不會是孤的對手，孤很快就會再次得到妳。嫿兒，妳跟孤回府去，如何？」

施嫿蹙起眉頭，又退後一步，搖首道：「殿下，這恐怕不合禮法，我已是人婦，與太子府毫無瓜葛。」

太子收起笑，眼神有些冷，直直地盯著她，陰鷙地道：「妳果真不肯？」

施嫿堅定地搖頭。

太子冷冷道：「好！那就休怪孤心狠了！」他說著，手一抬。「動手！」

劍出鞘時，發出刺耳的聲音，施嫿一驚，一把抓住朱珠往巷口奔去。方才她們被拖進來時，並沒有走多遠，只需要轉身，就能跑出去了！只需要快一點。

「啊——」

少女淒厲的慘嚎自耳邊響起，隨即，施嫿感覺到手臂一沈，拖拽得她身形一個趔趄，差點跌倒在地。施嫿一個哆嗦，回頭看去，只見鋒利的劍尖從少女心口處刺出，劍刃上沾著新鮮殷紅的血跡，刺眼不已。朱珠的嘴巴張合了一下，她艱難地吐出一個字，沒有聲音，施嫿卻聽見了，她說，疼。

「朱珠！」施嫿驚慌地睜大眼睛，將她不斷往下滑落的身體抱起扶住。

豈料朱珠用力推了她一把，急促地催道：「走……夫人！」

施嫿臉色蒼白，就在那持劍之人試圖將劍抽出去時，她下意識伸手，竟然徒手將那劍刃牢牢抓住了。

那侍衛想不到施嫿會做出如此驚人之舉，不由得驚了一跳。

鋒利的劍刃將女子纖細柔嫩的掌心割裂了，鮮紅的血液一滴滴落下，刺骨的劇痛傳來，施嫿卻完全感覺不到，她紅著一雙眼睛，一手抱住朱珠，憤怒地瞪向始作俑者，眼底帶著無限的恨意。

太子的面上閃過幾分訝色，道：「嫿兒，別這樣看著孤，孤也是被妳逼的啊！」

施嫿緊緊咬住下唇，殷紅的血色透出，像是要將嘴唇咬破一般，她甚至恨不得自己咬的是面前這人的喉管！

朱珠的身體往下沈去，帶得施嫿差點重心不穩，她卻不敢鬆手，生怕那劍刃給朱珠的傷口雪上加霜。刺鼻的血腥味在這個小巷子裡瀰漫開來，令施嫿的頭腦有些暈眩，一股嘔吐感不斷地在胸口翻湧著，她緊緊地抱住朱珠的身體，滿手都是黏膩的鮮血，目光所及之處，皆是刺眼的猩紅。她看見那個卑鄙無恥的人負著手，俯下身來，低頭看了一會，才看似好心地提醒道——

「妳這侍女若是再不救治，怕是就要不行了。怎麼樣？嫿兒，孤的太子府中有良醫，妳要不要送她過去？」

施嫿紅著眼睛死死瞪著他，過了許久，才顫抖著鬆開了握住劍刃的手，殷紅的血色在素白的手心，露出一道深可見骨的傷口。

太子府。

施嫿站在榻邊，看著昏迷不醒的朱珠，她胸前的傷口已經被仔細包紮過了，但還是隱約有殷紅的血跡透出來。那一劍若是再往下些許，就能要了她的命。朱珠還只是一個剛剛年過十六的少女，她還有大好的年華，施嫿低頭望著她。

就在此時，門外有一名侍女走進來，垂頭向她道：「施姑娘，殿下吩咐了，請您隨奴婢來。」

施嫿不動，表情沈靜道：「去回稟你們殿下，我哪兒也不去。」

那侍女面上露出難色。

施嫿又道：「另外，我如今已是人婦，我夫君是兵部郎中謝翎，請妳稱呼我為謝夫人。」

那侍女見勸她不動，只能惶惶離開。

施嫿走到門邊，外面站著幾名侍衛，聽見動靜紛紛轉頭來看，豈料施嫿只是看了他們一眼，緊接著便把門給合上了。

門一關上，護衛們如同監視一般的視線都被阻隔在外面，施嫿回頭看了一眼，確信沒有人，這才伸手搭在朱珠的脈上，仔細感受片刻，鬆了一口氣，好在只是失血過多，將養幾日便好了。

她今天只帶了朱珠出門，本是圖省事，這下卻麻煩了，也不知謝翎回來之後會怎麼做。

施嫿正思索間，忽然聽見門外傳來動靜，是侍衛們在行禮，口稱「殿下」。

太子來了！施嫿心中一凜，立即收回替朱珠把脈的手，站起身來。下一刻，門就被推開了，打頭的人果然是太子李靖涵。

他大步走進屋子，掃了榻上的朱珠一眼，笑盈盈地問道：「怎麼樣？大夫來過了吧？」

施嫿表情冷冷地看著他。「太子殿下將我逼到府中，待要如何？」

她的語氣很是警惕，太子也不惱，仍舊是笑著道：「孤帶妳去一個地方。」

施嫿微微抿起唇。

不等她開口，太子的眼睛輕飄飄地掃過昏睡的朱珠，看似漫不經心地道：「嫿兒乖，別忤逆孤。」

他的用詞分外寵溺，聽在施嫿耳中，卻覺得脊背上都泛起一陣涼意，她垂了一下眼。

太子知道她這是妥協了，滿意地勾起唇角，上前拉起她的手，聲音輕柔地道：「隨孤來吧！」

施嫿只覺得握住自己的那隻手冰冷無比，卻極其用力，多年以來的噩夢倏然化作現實，她心裡的恐懼慢慢地累積，害怕到要顫抖起來。

然而仔細看看，施嫿卻發現這是錯覺，她並沒有發顫，驚惶已經淡去，此時她的腦子十分清醒，甚至冷靜，就彷彿多年的預感成真，當它終於來臨的那一刻，施嫿反而能從容面對了，畢竟，她已準備了這麼多年。

一路上，不少宮人都朝施嫿投來好奇的目光，然而一對上她身旁太子的視線，便紛紛垂下了頭，伏地行禮，再不敢多看一眼。

施嫿對於太子府的布局十分熟悉，太子領著她走的這一條路，她更是熟悉至極，偏偏走到半路，太子狀似無意地問了一句。

「嫿兒，妳覺得這裡怎麼樣？眼熟嗎？」

聞言，施嫿莫名地看了他一眼。「殿下說笑了，我從未來過，如何會覺得眼熟？」

太子收起眼中的探究之色，表情一哂，道：「無妨，多住些日子，總會熟悉起來的。」

施嫿停下腳步，乘機用力抽回自己被握著的手，冷冷道：「殿下這話是何意？」

太子笑了一聲，伸手欲去撫摸施嫿的臉頰，被她側頭躲過了，只蹭到了些許。女子的肌膚吹彈可破，賽雪欺霜，一雙桃花眼本應含情脈脈，此時卻冷著臉色，如同遭遇了春寒霜凍的桃花一般，顏色更勝往日，讓人見了忍不住心頭癢癢的。

被施嫿躲開了，太子竟難得地沒有發怒，他的耐心很是充足，方才的觸感溫軟嬌嫩，令他留戀地摩了一下指尖，才笑盈盈地放下手。「日後妳便知道了。」

等走到一座雅閣前，太子才停下腳步，將緊閉的大門推開。

施嫿站在門口，透過門的縫隙，看見院子裡熟悉的景色，如同一卷古舊的畫，一點點展現在她的面前。

太子笑了起來。「這是聽雪軒。」他說著，別有意味地盯著施嫿。「怎麼樣？喜歡嗎？」

施嫿表情冷漠。「我喜不喜歡，並不重要，太子有話不妨直說。」

太子挑了挑眉，若有所思地道：「嫿兒，妳的性子倒是變了許多，以前妳從不會對孤這樣說話，不過，妳這樣的性格，孤也喜歡得很。」

聞言，施嫿只是報以費解的眼神，提醒道：「殿下，你我只見過一面，我自認從未做過讓殿下誤解的事情。」

太子呵呵笑了。「孤不介意。」他抬步進了院子，走了幾步，回頭看向施嫿。「怎麼？妳不進來？」

施嫿冷眼看著他，最終還是跟著他進了院子。

太子十分滿意，路過荷池時，旁邊有一座精緻的小亭，他饒有興致地道：「日後妳就在那裡，為孤撫琴。」

施嫿淡淡地道：「我不會撫琴，也不會為殿下撫琴。」

太子不以為意，彷彿根本未將她的話放在心上。「無妨，請個琴師來教一教，孤覺得妳甚有天賦，想必不出多久，必然能有所成。」

聽雪軒的迴廊曲折漫長，兩側都是荷池，迴廊上掛著水藍色的紗幔，太子信步走著。施嫿沈默不語，自從進來聽雪軒之後，無論太子對她說什麼話，她都不作回應，就彷彿聾啞了一般。

太子停下腳步，轉身看著她，道：「孤知道妳心裡不高興，孤也是一樣。」他說完，伸手捏住施嫿尖尖的下頜，俯身逼視著，低聲問：「為何妳沒有入太子府，反而是嫁給了謝翎？他有什麼好？」

施嫿終於有了反應，她抬頭回視對方，聲音輕卻堅定無比。「這是命中注定的，殿下。我與我夫君兩情相悅，今生今世，什麼也不會將我們兩人分開，無論生死。」

太子眼中倏然爆發出厲色，手指用力地捏住施嫿下頷的，令她不自覺地蹙起眉頭，他冷笑一聲，道：「好，那孤到時候就將謝翎的人頭砍下來，送到妳的面前！」

施嫿冷冷地看著他，並不答話。

太子見她這般模樣，一直表現出來的從容消失了，取而代之的是惱怒與忿然，他低頭狠狠吻住了施嫿的唇，拇指用力制住她的下頷，令她不得不張開口，然後開始大肆掠奪。

施嫿驚怒地睜大眼睛，爾後毫不猶豫地用力一咬，血腥味立即在口舌間瀰漫開來，太子痛哼一聲，下意識地用力推了一把，施嫿往後踉蹌幾步，離開他一臂的範圍。

太子臉色陰沈得彷彿要滴出水來，他輕輕抹了一把唇角，只見手指上果不其然沾染了血跡，他震怒地看著施嫿，森然警告道：「給孤記住了，妳生是孤的人，死是孤的鬼，便是死了又活，也還是孤的！」

施嫿心裡一沈，望著太子的背影消失在迴廊盡頭，她站了一會兒，胃裡驟然翻騰起來，她猛地趴在廊柱，開始劇烈地嘔吐，直到酸水都吐盡了，那種噁心的感覺卻仍未消散，像是有什麼東西堵在了喉頭，令施嫿備受折磨。她吐得頭腦昏沈，暈暈乎乎，幾乎站立不穩，只得將滾燙的額頭緊緊貼在朱漆的廊柱上，觸感冰冷，令她清醒不少。

她絕不能留在太子府，施嫿想，她得想辦法離開。

施嫿順著迴廊往來時的方向走，她對聽雪軒無比熟悉，很快便到了門口，沒承想，有腳步聲自後面傳來。

一眾侍女從廊下走了出來，打頭那個侍女笑盈盈地道：「施姑娘這是要去哪兒？」

施嫿抿著唇，冷眼望著她。

那侍女並不尷尬，反而道：「殿下吩咐過了，施姑娘暫時要在聽雪軒住上一陣子，不能隨意離開，奴婢們得罪了。」她說著，衝身後的幾個侍女使了眼色，立即有人上前，將施嫿的去路攔住了，她垂首恭聲道：「請姑娘回去吧！」

施嫿神色冷漠無比，看著她們，過了許久，才轉身往庭院內走去。

聽雪軒裡一共有二十名侍女，把不大的院子塞得滿滿的，施嫿被她們盯著，連一絲逃跑的機會都找不到。她坐在小廳中，並不說話，那些侍女們彷彿泥塑木雕一般，悶不吭聲，整個聽雪軒寂靜無聲，明明有人，卻沒有一絲活氣。

到了傍晚，金色的夕陽斜斜照入廳中，施嫿才終於開口道：「讓妳們管事的人來，我有事與她說。」

一名侍女聽了，立即退下，不多時再回來，身後跟著一個人，正是之前阻攔施嫿離開的那名侍女，名叫雪畫。

她神色自若地對施嫿笑了笑，道：「聽聞施姑娘找奴婢有事？」

「請妳轉告太子殿下，我願意留在太子府，但是有一點，他必須將我的侍女放了。」

聞言，雪畫面有難色，遲疑道：「這恐怕不行。」

施嫿抬頭看她，忽而厲聲道：「我是在與妳商量嗎?!」

雪畫的表情頓時凝滯，她的嘴角不由自主地抽動了一下，然後對身旁的侍女道：「去，將施姑娘的請求告訴殿下，請他定奪。」

那侍女連忙領命去了，過了許久，她才回來，向施嫿道：「殿下同意放施姑娘的侍女出府。」

施嫿深吸了一口氣。「我要看著她離開。」

「這……」侍女猶豫道：「奴婢作不了主。」

「那就去問能作主的人。」施嫿冷冷地道。

侍女與雪畫對視一眼。

在得到肯定的回答之後，便對施嫿道：「請施姑娘隨奴婢來。」

施嫿離開聽雪軒的時候，身後跟了六名侍女，寸步不離，但凡她稍有異動，估計就會被抓回去。一路來到了太子府前院，施嫿看到了朱珠，她正被扶著往外走。

見到施嫿，朱珠的臉上浮現出驚喜，她試圖掙開扶她的人，遠遠喊道：「夫人！」

施嫿往她的方向走了幾步，卻被雪畫不動聲色地攔住了。

雪畫告誡道：「姑娘，不可再往前了。」

與此同時，朱珠也被再次攙扶住了。

施嫿抿著唇，向她道：「妳回去好好養傷，告訴謝翎，我留在太子府了。」

朱珠驚訝地睜大了眼睛，難以置信地看著她。「夫人。」

施嫿移開視線，目光望向她身旁站著的侍衛，片刻後，轉過身，往聽雪軒的方向去了。朱珠掙扎了一下，大聲喊道：「夫人！夫人！」然而施嫿的身影漸漸消失在門後，再看不見了。朱珠站了許久，才聽見身旁的侍衛道。

「姑娘，請吧！」

朱珠憤恨地瞪了他一眼，緊咬著下唇，慢慢地往太子府門口走去。她身上帶著傷，走得很慢，那侍衛也不催促，倒是十足的耐心。等到了門外拐角處，那裡停著一輛馬車，車伕正在等候，那侍衛向他道：「把人送走吧！」

車伕殷勤問道：「小爺，這人要送去哪兒？」

侍衛看了朱珠一眼，道：「她要去哪兒，你就給送去哪兒。」說完，拿出一點碎銀子，丟給他，叮囑道：「務必安全送到。」

車伕歡天喜地地接下銀子，坐上了車轅，向車裡問道：「姑娘，您要往哪裡去？」過了片刻，車裡才傳來少女壓低的聲音。「去宣仁門，宮門口，我有急事，越快越好！」

到了入夜時分，外面一片漆黑，唯有廊柱下的宮燈散發出瑩瑩的光。施嫿坐在窗邊，侍女輕手輕腳地進來，見桌上的飯食未曾動過，小聲道：「姑娘，飯食涼了，奴婢讓人拿去熱一熱吧？」

施嫿淡淡地掃了一眼。「都拿下去吧，我不餓。」

那侍女面有難色，勸道：「姑娘您幾乎一整日未曾進食了。」

施嫿看向她，道：「麻煩妳稱呼我為謝夫人。」

侍女吶吶，不敢接話。

就在此時，門外傳來腳步聲，還有宮人行禮的聲音。

一個男人推門而入，進來便望見站在窗前的施嫿，笑盈盈地喚道：「嫿兒。」

收拾碗筷的侍女立即伏身拜下，太子自然而然便看見了桌上未動的飯食，他的目光掠過，以一種質問的語氣道：「怎麼嫿兒還未吃，妳就收拾起來了？」

那侍女戰戰兢兢，倒是施嫿解救了她，答道：「我不想吃。」

太子表情一沈，很快又恢復如常，輕聲問道：「嫿兒可是覺得這些菜飯不合胃口？孤再讓後廚重新做。」

施嫿淡淡地道：「沒有，只是我還不餓，不勞殿下費心了。」

太子微微瞇起眼，走近幾步，望著施嫿。「妳要孤放人，人也放了，妳自己說，日後會安安分分地待在太子府的。」

施嫿抬起頭來，毫不畏懼地回視。「我如今不是在太子府中嗎？」

太子一頓，竟然笑了，他在一旁坐了下來，道：「讓孤來猜一猜，妳那侍女是不是一出府之後，便找謝翎去了。」

聞言，施嫿聲色不動，移開視線，目光落在虛空中的一點，彷彿壓根兒沒聽見似的。

太子也不以為意。「可是妳別忘了，嫿兒，孤上次鬥不過謝翎，那是孤疏忽大意，小看了他，但如今的謝翎有什麼？一個小小的兵部郎中，五品芝麻官，他能拿孤怎麼辦？衝到孤的太子府裡嗎？」他的語氣裡充滿了譏嘲，一雙鷹眼緊緊地盯著施嫿，不肯放過她的任何一個表情，沒奈何施嫿垂著眼，如同神遊太虛，什麼反應也沒有，太子不由得便生出了幾分惱怒。他伸手緊緊捏住施嫿纖細的手腕，狠狠地盯著她。「嫿兒，妳本就該是孤的人！謝翎算什麼東西？他不過是一隻蠹蟲罷了，如何能與孤相提並論？」

手腕像是被鉗子箝住了一般，生痛無比，施嫿不禁蹙起眉頭，終於轉頭看他，聲音泛著涼意。「殿下說得是，殿下乃萬金之體，何必非要執著於臣妻？傳出去豈不是成了天下人的笑柄？」「臣妻」這兩個字似乎刺痛了他，太子猛地一甩手，施嫿一個踉蹌，扶住窗櫺才勉強站穩了，緊接著，一隻手伸過來，大力地掐住她的粉頸，像捏住了一把柔軟的花瓣，微微收緊就能將它摧毀。

太子低聲道：「妳在試圖激怒孤，嫿兒，妳以為孤不敢殺妳？」

施嫿被他掐得幾乎窒息，卻仍舊死死盯著他的眼睛，淡粉色的唇微微張合，艱難地吐字，道：「那……太好了，殿下……你……今日辱殺……臣妻，來日，必為天下……人詬病，難登大寶！」

這四個字就彷彿重錘，當頭一棒，讓太子倏然清醒過來，他滿心的怒意瞬間消散，隨之鬆開了緊掐住施嫿頸項的手。施嫿說得沒錯，近來宣和帝確實對他頗有不滿，又因為戎敵求貢一事，他支持了主和，相比之下，皇上對恭王卻寵信很多，這時候若再傳出什麼不好的事情，恐怕於他是毀滅性的災難。太子的臉色頓時陰沈無比，一時狠戾，一時又變得陰沈。

施嫿退了一步，只覺得脖子生疼，剛剛太子掐她時力道很大，像是真的要置她於死地般。施嫿低低地咳嗽，感覺到一隻手伸過來，將她的下頜抬起，以一種不容反抗的力道。

太子的表情有些詭異，他笑著道：「妳說得不錯，嫿兒，孤會讓妳看到的。」他的眼睛亮得驚人，一字一句地說：「孤會讓所有人都知道，孤，才是真正的天命之子，沒有誰敢忤逆孤！嫿兒，妳等著！」

施嫿一下就愣住了。

太子說完，鬆開了捏著她下頷的手，笑了一聲，轉身離開了屋子。

太子府花廳，氣氛劍拔弩張。這是謝翎第二次來到太子府，他的神色再不如往日那般溫和，表情冰冷，甚至給人幾分銳利的感覺。

「參見殿下。」

廳後傳來宮人行禮的動靜，謝翎轉過身去，只見一道身影從後面走出來，正是太子李靖涵。謝翎的眼底閃過冷色，但還是依照禮節，向對方行禮。「臣參見太子殿下。」

太子笑了一聲。「謝郎中光顧太子府，不知有何要事？」

謝翎冷冷道：「臣是來接臣妻回去的。」

「哦。」太子恍然大悟似地敲了敲額角。「原來如此！瞧瞧孤這記性，差點就忘了！」他說著，又笑著看向謝翎。「孤今日請了令夫人來府中做客，謝郎中不會生氣了吧？」

謝翎冷冷地看著他，緊抿著唇，並不答話，可是袖中的手卻緊緊捏起成拳，指甲幾乎要將掌心刺破。

太子悠然自得地端詳著他的表情，彷彿十分滿意。「來人，去將謝夫人請出來。」似乎沒想到他這麼快就放人，謝翎愣怔之後，眼神倏然沈下。

太子面上笑盈盈的，眼底卻帶著毫不掩飾的惡意，故意壓低聲音，慢慢地道：「令夫人的滋味，還是很不錯的，怪道謝郎中如此焦心。」他眼裡閃爍著得逞的光芒。

謝翎猛地抬起頭，眉頭劇烈地皺起，咬著牙，幾乎是從齒縫中一字一字地道：「殿、下！」

往日的溫和斯文全都不見了，此時的謝翎彷彿一頭狼，眼底滿是凶光，他似是再也忍不住，想要一拳打上面前這無恥之人的臉，將他千刀萬剮。

謝翎的手臂宛如抽搐似的，猛地動彈了一下，心中的凶獸幾欲破開胸膛，嘶吼著衝出來，就在此時，他腦中忽然想起了施嫿的聲音：一旦衝動行事，必然失去理智，總有一日，會做出後悔莫及的事情來。

不能衝動，不能衝動，他還要帶阿九回去，阿九在這裡會多害怕啊！他不能衝動，他要好好帶著阿九回家！謝翎拚命地在心裡對自己說，慢慢地將那一頭猛獸安撫下來，他垂下眼，斂去了滿目的凶光。

太子沒有等來想像中的暴怒，有點失望和遺憾，還是忍不住譏嘲地道：「謝大人不愧是狀元出身，果然是真君子。」

寬大的袖子下，緊緊握成拳的手背上青筋暴起，指甲刺破了掌心，流出濡濕的鮮血，謝翎緊緊咬著牙關，一字一字地道：「請殿下將臣妻放了。」

太子似乎聽出了他語氣中的怒意，上下打量他一眼，笑道：「這事簡單，你給孤跪下，磕幾個頭，孤滿意了，自然就放了她。」

聞言，謝翎二話不說，立即跪倒在地，開始一個一個磕起頭來，聲音在寂靜的廳中響起，使得氣氛悶到令人覺得窒息。

青年的背原本挺得很直，像一枝堅韌的青竹，當他磕頭時，伏跪下去，那挺直的背便彎折下去，這情景令太子心中莫名生出快意。他在一旁坐下，立即有宮人奉茶上來，太子一邊喝茶，一邊不無解恨地想著：呵，謝翎算什麼東西？如今不還是跪在孤的面前，磕頭求孤？

那磕頭聲還在繼續，一下一下，太子冷眼看著，漸漸覺得心裡不好受了，那脊背雖然一時彎折下去，然而下一刻又再次直起來，彷彿被沈重的積雪壓彎的竹子，當積雪融化之後，又再次挺直了，這個認知令太子心底漸漸浮起莫名的怒意。這個謝翎，自己從前那般籠絡、看重他，他卻不識好歹，轉頭就投到恭王麾下，反過來重重咬了自己一口，真是一頭白眼狼！一旦想起前事，太子的臉色越來越難看，滿腔怒火湧上了心頭，他一把將手中的茶盞朝謝翎砸了過去！

謝翎仍在磕頭，毫無所覺。

被引著來到花廳的施嫿，正好看見了這一幕，她驚懼地睜大了眼，下意識高呼一聲。

「謝翎！」

「啪嚓」一聲，茶盞摔了個粉碎，滾燙的茶水潑在了謝翎的脊背上，他卻像是完全沒有發覺似的，猛地轉頭看向施嫿，眼眶中竟然泛起一絲紅。「阿九。」

廳中的氣氛一瞬間凝滯了，太子端坐在椅子上，臉色鐵青地看著下面相擁的兩人，過了一會兒，才扯著唇角，要笑不笑地道：「兩位真是鶼鰈情深，叫孤好生羨慕啊！」他說著，轉向謝翎。「孤向來言而有信，既然你都跪下來求了，孤也實在不忍心，你把令夫人帶走吧！令夫人嬌嫩得很，謝郎中日後可要好好對她啊！」

太子的最後一句話意味深長，施嫿不明就裡，得知太子願意放他們離開，心裡鬆了一口氣，雖然隱約覺得太子這麼容易就干休有些奇怪，但還是只能強行按下心頭的疑惑。

她垂著眼道：「多謝殿下。」話音一落，便感覺謝翎握著自己的手腕一緊，施嫿安撫地輕輕拍了拍他的脊背，扶起謝翎，兩人一道離開了太子府。

太子仍舊端坐在椅子上，望著兩人消失在夜色中的背影，摸了摸下頷，露出一絲惡意的笑容。他就不信謝翎能忍得了那等奇恥大辱，除非他不是一個男人，至於嫿兒，遲早會是他的人！

「區區一個謝翎，孤有的是辦法治你，哈！」

街道的路邊，一輛馬車正在等候，施嫿準備扶著謝翎過去，卻不防謝翎一下子抱住了她，雙臂緊緊地箍住了她的肩膀，將臉埋在了她的頸間。

施嫿愣住了，過了一會兒，才慢慢地將手放在他的肩背上，輕輕拍了拍，細聲安撫道：「沒事了，你別擔心。」豈料她越是安慰，謝翎便抱得越緊，像是要將她融入自己的身體似的。施嫿被他勒得肩膀有些痛了，卻什麼也沒說，只是溫柔地回抱他。片刻後，她感覺到頸旁有溫熱的東西，一下子滴落在皮膚上，像是滾燙的水，令她倏然心驚。

謝翎，他哭了?!施嫿心裡驟然湧起無限的慌亂，她已許多年不曾見過謝翎哭了，可見他現在的情緒有多難過，她有些束手無策地道：「謝翎，怎麼了？阿翎？」直到施嫿心中越來越驚慌，她才聽見耳邊傳來沙啞的聲音。

「阿九，我真沒用。」

「不會。」施嫿慌忙抱住他，一顆心緊縮成一團，疼得她眉心都蹙緊了，她輕輕撫摸著謝翎的頭髮，安撫著道：「怎麼會？你今日不是將我救出來了嗎？」

謝翎搖了搖頭，卻什麼都沒有說，他抬起頭，在施嫿的臉頰輕輕落下一個吻，溫熱的呼吸如同一片暖融融的羽毛，帶著無數的憐愛與痛惜，聲音裡卻是截然不同的狠戾語氣。「阿九，我一定會讓他死無葬身之地！」

此時說話的謝翎彷彿一頭凶狠的孤狼，他終於脫去了往日披在身上的那一層斯文溫和、看似無害的外衣，露出了桀驁狠戾的一面。

施嫿愣怔間，感覺自己的身體一輕，卻是謝翎將她打橫抱起，腳步穩健，同時又十分快速地往馬車的方向走去。

時間很快便到了七月，戎敵雖然退了，朝局形勢卻越來越嚴峻，無他，宣和帝前陣子被氣病了，如今身體漸漸好轉，又想起那糟心的求貢一事，越想越鬧心，開始遷怒大臣。

兵部尚書被問罪，下獄棄市，兵部的左、右侍郎皆被流放邊關，年初才整頓過的兵部，如今又遭逢大變；除此之外，其他大臣也或多或少受到了責難，發落的發落，罷黜的罷黜，就連主和派的太子都受到了斥責。

一時間，朝廷之中人心惶惶，這陣子，就連說話都不敢放大了聲音，生怕一個行差踏錯，皇上的那一把怒火就會燒到自己身上。而其中最大的一件事，便是內閣首輔劉閣老致仕了，雖說是致仕，但是明眼人都能看出來，這是引咎辭職。

宣和帝顧念老臣往日之功，什麼也沒說，睜一隻眼、閉一隻眼。劉閣老致仕之後，首輔之位便空了出來，內閣一向按資歷任職，由原先的次輔林閣老任首輔一職，元霍接任次輔。

這事或多或少對朝廷的局勢造成了衝擊，尤其是太子。劉閣老原本是穩穩的太子一派，如今劉閣老致仕，他便猶如失去了一隻臂膀，而新任首輔林峰兆，又是一個滑不嘰溜的老東西，這叫太子惱火極了。

每到午後時分，宣和帝仍舊叫翰林侍講來謹身殿講解經義。

「聞之曰，舉事無患者，堯不得也，而世未嘗無事也，君人者不輕爵祿，不易富貴。」青年的聲音溫和，吐字清晰，不疾不徐，令人聽在耳中覺得十分舒心。

宣和帝這些日子耗費了不少心力，之前的病還未全好，近來政事煩心之餘，頗顯老態，那雙一向精明睿智的眼睛，也蒙上了疲憊的光。他聽著案前人講解經史，忽然開口問道：「謝翎，你覺得介子推此人如何？」

謝翎短暫地思索了一下，才恭敬答道：「回皇上的話，臣以為介子推是一名有仁有義的忠臣。」

「哦？」宣和帝抬頭望著他。「說來聽聽。」

「是。」謝翎道：「介子推沒有爵祿，一介白身追隨晉文公出亡，只憑著一個義字；後來途中饑餓難忍，又割肉給晉文公，憑的是一個仁字。所以臣以為，介子推是一名既有仁、又有義的忠臣。」

宣和帝卻直視著他，質疑道：「你不覺得介子推此人太過迂腐虛偽嗎？」

謝翎回以不解的目光。

宣和帝移開視線，慢慢地道：「若他追隨的不是晉文公，他還會義無反顧地追隨對方逃亡，甚至不惜割肉侍君嗎？」

謝翎頓了頓，才道：「恕臣並不認同皇上的話。」

宣和帝猛地再次看向他，眼中原本的疲憊一掃而盡，取而代之的是銳利的精光。「你說。」

謝翎從容答道：「史書上記載的都是曾經發生過的獨一無二的事實，從無假設，介子推助晉文公，後辭官不言祿，抱樹而死，足以說明此人有忠君赴義之節，這等義士，即便真如皇上所說，當初追隨的並非晉文公，而是他人，也仍舊會做出後來的舉動。介子推忠的並非君，而是國。」他垂下頭。「此乃臣淺薄之愚見，若有冒失之處，望皇上恕罪。」

聽完這番話，宣和帝直直地看著他，並不言語，過了許久，他才站起身來。「你說得很對，是朕想錯了。」他說完，竟然親自上前扶起謝翎，笑道：「不知為何，每每聽你講書，朕便有豁然開朗之感。」

謝翎謙恭地低著頭。「皇上謬讚了，臣慚愧。」

宣和帝笑了。「何來慚愧？朕聽過一句話，位雖微賤，不敢忘國，願竭股肱之力，以報天恩。這話可是你說的？」

謝翎愣了一下，才道：「是臣所言，原是輕狂之語，不想竟傳入聖上耳中，實在惶恐。」

宣和帝和藹地拍了拍他的肩，道：「你有此志向，朕心深感慰藉，恐怕朝中的那些一、二品大臣也比不上你，既然如此，那朕就給你一個報效朝廷的機會。」

謝翎抬起頭來，望著天子那雙睿智精明的眼睛，深深吸了口氣。「臣叩謝皇上恩典。」

就在所有人惶惶不安，生怕自己被降官罷職的時候，一道聖旨傳了下來，在這個節骨眼上，竟然還有人升官了！真是叫所有人都驚掉了一地的眼珠子。

年初時候，謝翎還是個從五品的兵部員外郎，二月就升到了正五品兵部郎中，如今才七月，又升到了正三品兵部左侍郎！滿朝的大臣都想不明白，這個謝翎究竟是哪裡得了皇上的青眼，竟一升再升，一年之內，連升三次，這等殊榮，在整個大乾朝的歷史上，都是屈指可數的。

一眾官員們在朝廷裡面熬了這麼久，都說一個蘿蔔一個坑，這次朝局震盪，發落了不少官員，也空出了不少職位，許多人都眼巴巴地盯著呢，又是殷勤地走門路，又是百般疏通，不想卻從天而降一個大蘿蔔，把坑給占了，簡直叫人懵了。

這若是在平常時候，早就有大臣輪番上奏阻止了，但是這回不同，七月事件的餘波還未過去呢，誰也不知道天子此時心中是如何想的，若是膽敢上奏忤逆了他，又會惹來何等滅頂之災？

都說出頭的椽子先爛，所有人都在等著，吏部等著御史上奏，御史等著內閣發話，內閣又看了看吏部的意思，大夥都不約而同地沈默。這一沈默就沈默到了謝翎正式上任那一日，看著朝議上最年輕的新任兵部左侍郎，所有的官員們都在心裡嘆了一口氣，各自互相埋怨起來，上奏不趁早，如今再有異議，也已經晚了，此事只能就此作罷。

謝翎身為正三品兵部侍郎，自然也有朝議的資格，在他看來，每次朝議就彷彿在吵架，尤其是在太子和恭王的派別越來越明顯之後，每每吵起架來，都是夾槍帶棒，火藥味甚濃，有時候激烈時，謝翎甚至覺得他們恨不得拔刀相向。

倒是領頭的兩位主子，太子與恭王，兩人說話看起來一團和氣，實際上綿裡藏針，虛與委蛇。

所有人都覺得，太子改變許多，也比從前沈得住氣了；若是放在以前，他與恭王說不到三句話就會露了底，如今還端得住架子，也不知是不是突然頓悟了。

唯有謝翎知道其中的緣由，他的目光平視前方，聽著太子和恭王你一句、我一句，好一番兄友弟恭的模樣，耳邊又傳來了施嫿的那句話。

他想起來了。

想起來了又如何？謝翎漠然地想：我既然能讓他死一次，便能讓他再死第二次，徹徹底底地挫骨揚灰。

「不知謝大人以為如何？」

就在此時，太子忽然點了謝翎的名字，含著笑問道。

他們剛剛討論的事情，謝翎聽在耳中，說的是戎敵如今雖然已經退兵了，但是他們性情狡詐，貪得無厭，很有可能再次出兵，若是他們真的出兵了，又該如何應敵？事情討論到一半，太子突然把矛頭指向了謝翎，兵部尚書就在一旁他不問，偏偏去問一個兵部左侍郎，其用意可想而知。

所有人都是一愣，宣和帝和恭王同時看了過來，不同的是，恭王眼裡帶著幾分憂慮，而宣和帝卻饒有興致地道：「謝翎，你說說吧！」

「是。」謝翎恭聲道：「啟稟皇上，以臣之見，兩軍交戰，糧草先行，若是戎敵真的欲再次犯我邊境，須先預備足夠的糧草，才不至於倉促應戰。」

太子笑道：「謝大人言之有理，可這糧草籌備需要時間，運送也需要時間，車馬裝載、兵卒運送，至少也要一個月才能送達，你如何能夠保證糧草及時送達前線呢？」

所有人都聽出了太子話裡的刁難，這根本沒辦法保證，若平常時間還好，能夠正常運送，但是一旦碰上了下雨、下雪、山洪崩發、道路毀壞的天災情況，一個月說不定要拖到兩、三個月才行，誰敢保證一定能將糧草及時送到前線？

豈料謝翎在短短思索之後，便從容答道：「太子殿下說得是，既然車馬裝載、兵卒運送不能及時送到前線，那麼換成水路，以船隻運送呢？」

這倒是個辦法，走水路確實要快很多，而且碰上雨雪天氣也不怕。朝臣們都是心頭一動，看著謝翎的目光變了，不少人心裡莫名生出幾分心虛和慚愧，看來這新任的兵部侍郎還真有點東西，卻是他們之前小瞧了對方。

宣和帝眼中閃過一分亮光，卻聽太子又犀利地道：「可是我大乾邊關一線，並無任何可以直接通達的河道，你走水路，要把糧草送到哪裡去？送給戎敵嗎？」

謝翎仍舊是不疾不徐，表情淡然道：「殿下說笑了，我大乾的糧草怎麼會拱手送給戎敵？大乾邊境確實有一條河，在玉連關往東兩百里的地方，名叫金沙河，再過來便是婁江，只需要將金沙河與婁江打通，婁江往下便直通京師的嘉僥灣，嘉僥灣下接溱潼河，此後，一旦需要運送糧草，便可直接從江南調用，以船隻裝載，送往邊境，從出發到目的地，粗略估計，只需要短短十日便可送達。」

「好！」宣和帝猛地一拍御案，竟然站起身來，笑著讚嘆道：「此計甚好，深得朕心！謝翎果然是國之棟梁，怎麼從前無一人提出這個辦法？」

朝臣們都面面相覷，不敢吱聲。

宣和帝又道：「這件事情內閣再仔細商討一下，看看要怎麼安排，交給哪些人去辦，越快越好，不容拖延！」

聞言，林閣老與元閣老都恭聲應下來。

宣和帝想了想，又道：「行了，還有別的本要奏嗎？」

朝議散了之後，謝翎便隨著眾大臣一同離開了太極殿，一路上不少人對他笑臉相對，客氣地與他打招呼，一掃之前的冷淡，謝翎都笑著一一回應了。

就在此時，身後傳來一個聲音。

「謝侍郎。」是太子。

幾個官員都識趣地退開了。

謝翎站在原處，看著太子走了過來，明媚的陽光落在他杏黃色的朝服上，令謝翎忍不住瞇了一下眼睛，掩去了眼底的神色，恭敬地拱手道：「殿下叫住臣，不知有什麼事情？」

太子看著他，表情喜怒難辨，過了會兒，忽然笑了聲。「想不到謝侍郎還有些本事。」

謝翎低下頭，道：「殿下謬讚了，小聰明爾，不值一提。」

太子冷笑著看他。「謝侍郎何必自謙？今日皇上都當眾稱讚你了，你這若是小聰明，那我大乾的官員就都是酒囊飯袋的蠢貨了。」

謝翎不語。

太子忽而又移開話題，道：「謝侍郎，孤今日叫住你，實是有其他的事情。」

謝翎抬頭，神色和順。「請殿下直言。」

太子走近一步，微微側身，湊到他耳邊，低聲問道：「不知尊夫人近來可好？孤甚是想她。」

謝翎的眼神倏然轉為銳利，彷彿一把開了刃的刀子一般，但是瞬間之後，那銳利之色又消散了，快得彷彿是別人的錯覺。

太子清清楚楚地看見了謝翎的失態，他呵地一聲笑了，退開一步，慢條斯理地道：「尊夫人色若春花，實在是人間少有，謝侍郎真是有福氣了，可惜……」他故作遺憾地搖頭，哈哈笑著走開了。

謝翎在原地站了許久，才慢慢隨著其他官員離開。

不遠處的兩人目睹了全程，望著青年挺拔如青竹的身影消失在人群中，竇明軒皺起眉來，低聲道：「王爺，謝翎他……」他的表情欲言又止。

恭王知道他的意思，搖了搖頭，意味不明地道：「你多慮了，誰都有可能投靠太子，唯有謝翎不會。」

竇明軒聽了，儘管感到疑惑，但還是點了點頭。「臣明白了。」

謝翎出了宮門，馬車已在門外等著。

劉伯笑呵呵地道：「大人下朝了，是要直接回府嗎？」

馬車裡的人沈默了一瞬，道：「不，先不回去，去聽雨茶樓。」

劉伯笑著應了一聲，趕著馬車往聽雨茶樓的方向駛去。

謝翎進了茶樓，夥計立馬迎上來，躬身笑道：「這位客人請。」

謝翎逕自往樓上走去，口中道：「不必招呼。」

那夥計是個有眼色的，看他的氣度和穿著，便知不是一般人，立即退開了。

謝翎上了二樓，目光掃過雅間的門，找到右邊最盡頭的雅間走進去。

裡面已有兩個人等著了，謝翎拱手衝窗邊的人道：「見過王爺。」

恭王點點頭，笑道：「來，坐吧！」

謝翎又恭敬地喚了竇明軒一聲。「老師。」見竇明軒頷首，他才入座。

恭王輕輕敲了一下桌沿，慢慢道：「近來那邊忽然沒什麼動靜了，你們怎麼看？」

那邊是指哪裡，在座的兩人都清楚，竇明軒想了想，道：「或許是因為前陣子的事情，這會兒朝局人人自危，太子說不定只是想避個風頭。」

沒想到謝翎卻開口道：「不盡然。」

「哦？」

恭王和竇明軒同時看向他。

恭王道：「怎麼說？」

謝翎抬起頭來。「若王爺與太子之間是一場博奕，時間拖得越長，誰越容易落敗？」

兩人頓時沈默，竇明軒坐在一旁不說話。

片刻之後，恭王才沈聲道：「是我。」他畢竟只是一個藩王，總歸要歸藩的，即便不是現在，也會是在不久的將來，他不可能永遠留在京師，一旦他離開了京師，皇位會落在誰身上，幾乎是不用想的事情。

「恕臣直言，太子現在有絕對的優勢，他只需要安安分分，什麼也不必做，熬到今上百年之後，一切都會成定局，相比之下，王爺的局勢就不太妙了。」謝翎看著神色不定的恭王。「這場戰役拖得越久，對您越是不利，若是哪一日皇上意動，讓您歸藩的話……」

恭王面色凝重，微微頷首。「確實是你說的這麼回事，那依你之見，太子按兵不動，我們應當如何？」

「逼他。」

竇明軒表情驚疑。「逼？怎麼逼？」

謝翎笑了笑，沒說話，只是伸手在杯中蘸了些茶水，在桌面上寫了一個字。

恭王和竇明軒下意識看去，只見那是一個「逼」字，卻赫然是個反的，兩人皆是一震。

遲疑片刻，竇明軒開口道：「可如今情勢緊張，若是我們出手，恐怕會讓皇上注意到。」

聞言，謝翎一笑，隨手抹去那個字，搖搖頭道：「當然不能讓王爺出手，太冒險了。」

恭王忍不住道：「你的意思是……」

「讓皇上出手。」謝翎說著，繼續道：「皇上越是看重王爺，就會越挑剔太子，太子好大喜功，性情又急躁，不甘落於人後，一旦逼得他自亂陣腳，一切就會不攻自破。」

恭王深深吸了口氣，看著面前的謝翎，眼睛發亮。「慎之，我當初果然沒有看錯你。」

謝翎立即垂首。「能為王爺效力，此乃臣的榮幸。」

不久後，朝臣們忽然發現一件事，恭王和太子兩人之間的關係似乎緩和許多，朝議說話的時候也不再針鋒相對了，一個比一個和氣，說話帶笑，哪裡還有半分過去的劍拔弩張？

看在眾人眼中，明白的自然明白，不明白的就老老實實當局外人。

總之最欣慰的，莫過於宣和帝了。

上回謝翎提議的挖通金沙河與婁江一事，恭王主動請纓上奏，說願意為宣和帝分憂云云。這事確實是件苦差事，但事關邊關應戰，十分重要，輕易不敢馬虎，朝臣們沒幾個想去的，畢竟這事撈不到什麼功績不說，若是一個不好，丟官罷職都是小事，搞不好人頭都要落地。沒人想去的事，恭王卻主動攬下來了，宣和帝聽了十分欣慰，大手一揮，准了。

恭王立即收拾行裝，前往邊關。他這一走，京中的事情總要交給人去做，思來想去，還是決定讓謝翎和竇明軒兩人商量，若是重要的事情，就以信件通知他。

恭王前腳一走，後腳太子就被人參了一本，參他的人是都察院右簽都御史晏隋榮，說太子收受賄賂，私下授官，無視國家法度。

宣和帝聞之大怒，立即讓都察院徹查此事，很快事情就查出來了，證據確鑿，牽連官員之廣，足有近一百人之多，令人瞠目。

這事情又在朝廷中掀起了軒然大波，宣和帝直接被氣得病倒了，又把太子罵了個狗血淋頭，同時罷了他在吏部的差事，讓他滾回去閉門思過。

太子想破了頭也想不到，都察院是怎麼查到的？他心裡簡直要嘔出血來，這些都是從前做下的事情，前不久他才恢復了上輩子的記憶，決定行事低調些，韜光養晦，等熬死了宣和帝，皇位自然而然就是他的了。但是他上輩子的記憶恢復得太晚了，從前許多事情都已經做下了，太子行事向來無忌，那些樁樁件件，每一樣拿出來都像是在自己通往皇位的路上挖坑，一不小心就會跌進去，死無葬身之地。

太子這邊懊悔之餘，派人去查那個參他的御史，都察院右簽都御史晏隋榮，到底是誰指使他這麼做的。然而查來查去，什麼消息都沒有，就像是晏隋榮一拍腦門就上奏了一樣，前前後後，他根本沒有接觸別的朝臣。

太子打死也沒想到，自己竟然被人給陰了一把，一時間氣血不順，目光落在了另一個人身上——恭王妃。

恭王妃是陳國公的女兒，陳國公的夫人與晏隋榮的正妻是親姊妹，這麼說來，這晏隋榮和陳國公都是恭王一派的！太子一下子就想通了其中的關竅，頓時氣不打一處來，看來恭王本人雖然離開京師了，但是恭王黨卻還沒有消停。

於是從那時起，太子開始瞄準了陳國公，拚命給他使絆子。

陳國公是丈二金剛摸不著頭腦，被整治得苦不堪言，這是別話。

第三十章

謝宅。

「慎之，你上回讓我交給我爹的信……」晏商枝的語氣裡帶著幾分猶疑，他像是明白了什麼，卻不敢肯定，只是望著對面的謝翎。

謝翎頓了一下，才回視他的目光。「就是你想的那樣。」

晏商枝深吸了一口氣，他皺著眉，開口道：「為什麼？」

謝翎放下手中的茶盞。「你我師出同門，往日情分非同尋常，我就不瞞你了。這次參太子的事情，確實是我提議的，你爹是都察院右僉都御史，由他來做，最合適不過。」

晏商枝的聲音有些冷。「這種事情你何必將我爹牽扯進來，蹚這渾水？」

他的態度可以說是責難了，謝翎卻不迴避，反而站起身道：「事情的利害我一開始便在信中寫得十分清楚，若是伯父不願意，他大可以把信件燒了，我絕不會因此而怪責他。」他說到這裡，語氣放緩了，道：「再說，這次的事情萬無一失，伯父若是做好了，官升一級不是難事。」

晏商枝也跟著起身，盯著他。「你又知道這事萬無一失？你哪裡來的把握？」

謝翎抿了一下唇，避開他的目光。「事情已成定局，伯父也並未被牽累，政績上反而添了一筆，若是不出意外，年底便升遷有望，你何必再執著計較此事？」
晏商枝搖了搖頭，皺著眉。「你……」他說著，又像是不知道該說什麼，最後才道：「慎之，須知常在河邊走，哪有不濕鞋的道理，你好自為之吧！」晏商枝說完，便告辭離開了，深藍色的衣袍很快便消失在門口，再也看不見了。
謝翎的神色閃過一瞬間的恍惚，彷彿在思索著什麼。
「謝翎？」
施嫿的聲音傳來，謝翎立即回過神來，他望著施嫿柔美的面龐，原本恍惚的表情很快又再次堅定起來，低聲喃喃道：「不，我絕不會輸的。」他的背後是阿九，他不能退，也不能輸，唯有舉劍應敵。
「怎麼了？」施嫿沒聽清楚他的話，走近了幾步，便被謝翎伸手抱住了。
他長長地吁了一口氣，道：「阿九，妳再等等我。」
施嫿伸手環住他的腰身，緩慢地點點頭，聲音堅定。「沒事的。」
她聽見了謝翎的聲音，他把近日朝廷的局勢都一一分析說給她聽，然後冷靜地道。
「就算太子現在想起了什麼，也已經晚了，他做過的那些事，把柄太多了，只需要慢慢挖掘，一樣一樣地拿出來攤開，擺在明面上，他一定會狗急跳牆的。阿九，妳等著看他的下場。」謝翎的語氣冰冷而無情。「我會讓他知道，什麼叫做窮途末路，求生無門。」

轉眼就到了年底，京師早早就下起了鵝毛大雪。從入冬起，宣和帝的身體就不大好了，太子還在閉門思過，再加上今年戎敵求貢的事情，又擔心戎敵明年舉兵再犯，這個年過得有些沈重，便是那聲聲爆竹聽在耳中，也沒了從前那般熱鬧的氣氛了。

這種低迷氣氛一直持續到年關過後，才漸漸好轉。

太子終於解禁，得以再次參議朝事，只不過吏部的差事沒他的分了，每天上朝站在那裡，跟木樁子似的，所有人都看出來了，宣和帝這是還沒消氣。

太子也不敢造次，老實了不少。從去年被參之後，直到如今，他府裡連朝臣都不敢宴請，戰戰兢兢，十足地小心，生怕又被宣和帝責難。

所幸他低調了這一陣子，沒人給他使絆子，朝局也沒什麼大事，太子一咬牙，去找宣和帝請罪，說自己閉門思過了這麼久，已經知道悔改了云云。畢竟是自己的兒子，宣和帝忍不住還是心軟了，態度也轉好許多，漸漸地，朝議的時候會問太子一些意見了，下朝後也會叫他去謹身殿議事。這些轉變，朝臣們都看得清清楚楚，心思一下子就活絡開了。

竇明軒是看在眼裡，急在心裡，他立馬寫了一封信，準備送給正在邊關的恭王，但是被謝翎給攔下來了。

謝翎說道：「如今寫信給王爺，也無濟於事了，王爺總不能現在從邊關趕回來。」

竇明軒對這個學生倒是有些服氣，但同時又隱約伴隨著幾分忌憚，他對謝翎道：「如今皇上似乎又對太子的態度好了起來，若是再不想辦法，恐怕等王爺回來的時候就成定局了。」

「老師心急了。」謝翎笑了一下。「皇上如今仍舊健在，何來定局之說？未到最後時候，鹿死誰手，還未可知，切不可自亂陣腳。」他按住竇明軒手下的那封信，道：「學生之前大概估算了一下，王爺那邊的事情至少要在中秋過後才能完成，如今正是關鍵時候，不可分了他的心。」

謝翎說得不無道理，竇明軒便問道：「那依你之見，又當如何？」

謝翎答道：「有了期望之後，再次失望，豈不是更讓人憤怒？」

「你的意思是……」竇明軒有些遲疑，又道：「上次是有都察院御史參太子，這次豈能還有這樣的運氣？」

謝翎卻意味深長地道：「既然沒有，那就找個機會讓他有。」

竇明軒並不是蠢笨之人，立即明白了謝翎話裡的意思，頓時沈思起來，片刻後，才道：「你說得有理。」

恭王一派按兵不動，眼睜睜地看著太子與宣和帝的關係漸漸好轉。

四月的時候，河東省發了洪災，洪水淹沒了大量的良田，太子對此事十分上心，朝議的時候一連提了不少建議，讓朝廷安撫民心，一邊立即撥糧賑災，同時派出州軍，謹防民亂。

原本大臣們還覺得太子有些小題大做，但是豈料第三日，河東省竟果然爆發了民亂，幸好有州軍在，立即鎮壓了下去。這事辦得很是及時，並沒有釀成更大的亂子，宣和帝心裡很是滿意，甚至賞了不少東西給太子。

太子辭而不受，反而跪下道「這些都是兒臣分內之事，豈敢邀功受賞」，聽了這話的宣和帝於是更高興了，看來去年閉門思過的那段日子裡，太子確實有所長進。

接下來幾個月，太子一連辦了不少事情，每一樁都辦得非常好，宣和帝漸漸放下不少事情，交給太子去辦，甚至開始讓太子閱看奏摺。

一時間，朝廷上下所有的官員都知道，宣和帝看重太子，甚至有了讓恭王歸藩的念頭。此時恭王並不在京師，太子得了寵信，聲勢如日中天，與之相對的，則是恭王一黨，氣氛低迷慘澹，彷彿他們的主子不日就要滾去屬地了。

而竇明軒和謝翎發生了一次小小的爭執，竇明軒手中有一些太子的把柄，他認為是時候該放出去打壓一下太子的氣焰了，免得宣和帝真的把恭王扔回屬地。

而謝翎卻覺得還沒到時候，打蛇要打七寸，務必要一擊即中，讓太子沒有翻身的餘地。

兩人爭過一場，不歡而散。

第二日，謝翎和竇明軒又去了聽雨茶樓，開始商議對策，無他，因為宣和帝又病了。

「太醫院昨夜連夜出診，折騰了一晚上。」竇明軒皺著眉道：「據說是咳了血。」

謝翎的面上並沒有什麼表情，只是道：「王爺什麼時候能回來？」

竇明軒嘆了一口氣，道：「還要半個月。」

謝翎輕輕敲了一下桌沿，目光幽深。「那就再等等。」
竇明軒忍不住嘆道：「我怕沒時間等了。」
謝翎抬頭，眼睛清亮，毫不閃躲地看著他。「老師只管放心，我們有的是時間。」

他的聲音裡有一種堅定的、令人信服的力量，於是竇明軒妥協了，他心想，半個月就半個月吧，情況總不會比現在更差了。

半個月的時間一晃而過，太子又被參了，這次參的是他結黨營私，私下結交大臣。若說這種理由，太子已被參過許多次了，御史就喜歡風聞奏事，不是參這個，就是參那個，彷彿一日不參誰個一本、兩本，他們就白過了似的。

太子如今很是得寵，根本不在意這幾個言官，他現在要做的是老實安分地待著，多辦幾件不錯的差事，讓宣和帝刮目相看，早日把恭王趕回藩地去。

他看完那幾本奏摺，就隨手壓到了一旁，那一堆都是不太重要的奏摺，可以緩幾日處理。這一緩，那參他的御史見宣和帝沒動靜，又一連上了三本奏摺，言辭越來越激烈犀利，太子看滿篇都是罵自己的話，不由得煩躁無比，隨手把三本奏摺又給壓下來。

第三日，那個御史沒動靜了。

朝議快結束的時候，宣和帝望著下方的官員們，隨口問道：「卿等可還有其他的事情要奏？」

一個人出列，跪倒在地。「臣有本要奏。」

看見那個人，太子的眼皮頓時跳了一下，不知為何，忽然生出了不妙的感覺，因為那人不是別人，正是之前被他一連壓了四本奏摺的御史！

一看是御史要上奏，這下不只太子，就連宣和帝和群臣的眼皮都跳了一下，唯有謝翎垂下了眼。

片刻後，宣和帝略帶蒼老的聲音響起。「准奏。」

那御史大聲道：「臣要上奏的事，都在這奏本中，請皇上過目。」

立即有太監過來，將那奏本捧起，恭敬呈給了宣和帝。幾乎所有人的目光都緊緊盯著那奏摺，觀察著宣和帝的表情。

於是，他們清清楚楚地看見了，宣和帝的眼睛猝然睜大一下，面上的表情閃過震驚、不信、怒意，最後化為了平靜，如果忽略那緊緊捏著奏摺的手指的話。

「太子。」宣和帝的聲音出奇地溫和，道：「你也來看看這本奏疏，是專門說你的。」

聞言，太子的眼皮突然狂跳起來，他覺得喉嚨有些發乾，腦子裡開始迅速地思索，前幾日看到的那四本奏摺裡面有沒有什麼重要的東西被他忽略過去了？沒有，絕對沒有，那些都是罵他的話，字字如針，說他私下結交朝臣，意圖結黨，全是空話，這種奏摺他不知道看過多少了。參政這麼多年，他早就知道，這些御史們渾身上下就只有一張嘴，有空、沒空就瞎叫嚷，實際上真的能拿出證據的不多；但越是這樣，方才宣和帝的那番表情就越是詭異。

太子心裡七上八下，忐忑無比地接過那奏摺，入眼便是——

宣和二十八年春二月，岑州加收茶稅，當年共計獲稅銀八十萬七千兩。宣和二十九年夏五月，太子宴工部尚書彭子建、戶部右侍郎于一博、都督僉事翟義亮。宣和二十九年中秋，太子宴右督察御史朱暉、都督僉事翟義亮、東城兵馬指揮使韋璋。宣和二十九年冬十一月，宴吏部尚書兼內閣閣員虞錦榮、前內閣首輔劉禹行。

這本奏摺記錄得太詳細了，太子越看越是心驚，額上有了汗意，臉色也越是蒼白。他這才知道，從前行事有多愚蠢、多肆無忌憚，留下了多少把柄！他這些年到底在做什麼？

「意圖朋黨，其心可誅」八個字不大，卻如同一把錐子似的，倏然刺入了太子的眼底，他捏著奏摺的手指都哆嗦起來。

那御史還在高聲地對宣和帝說，他的前四本奏摺皆石沈大海，不得已今日才當庭上奏，請皇上恕罪云云。

「還有四本奏摺？」宣和帝森然道：「朕為何一本都沒有看見？太子。」

忽然被點名，太子抬起頭來，對上了宣和帝那雙鋒利的眼，他額上的冷汗驟然滑落，張口道：「兒、兒臣在。」

宣和帝冷冷地看著他，問：「近日朕身體不適，讓你整理奏摺，你把陳御史的奏摺整理到哪裡去了？」

太子支支吾吾地道：「兒臣、兒臣……」

宣和帝的眼裡閃過深深的失望，他站起身來。「退朝。」

那一瞬間，太子的臉色一寸寸地變灰，他想，完了，這段時間的努力全部白費了，前功盡棄。他深知他的父皇是一個什麼樣的人，正如宣和帝瞭解他一樣。

八月十五，恭王回京這日恰是中秋節，宮裡辦了中秋宴，君臣同樂。

忽然一個小太監從外面進來，伏地跪下，高聲道：「啟稟皇上，恭王在殿外求見！」

坐在上首的宣和帝一雙眼睛倏然一亮，放下手中的杯盞，道：「好，快讓他進來！」

「是。」

一旁的太子臉色慢慢沈了下去，一仰頭，喝下了滿滿一杯酒。他才受了訓斥，前陣子的春風得意消失殆盡，唯剩下森森的冷和衰頹。宣和帝並不是一個容易討好的主，一旦為他所厭棄，想要翻身是千難萬難，太子太明白這一點了。

就在此時，大殿門口出現了一道身影，肩背筆直，挺拔如青松，所有的朝臣都不約而同地放下酒杯，站起身來。

謝翎站在案桌後，看著恭王一步步走向宣和帝。

恭王俯身跪下來，叩首道：「兒臣叩見父皇，父皇萬歲萬歲萬萬歲。」

宣和帝大笑起來，竟然親自從座上起身，下來扶起恭王。「好、好！回來就好！」

恭王受寵若驚，因連日趕路，他身上的風塵尚未完全洗去，面容看起來有些疲憊，但是一雙眼睛很亮，他恭敬地道：「兒臣回來得匆忙，只備了薄禮，謹賀父皇中秋。」他說著，從懷中拿出一卷紙，那紙看上去有些陳舊，像是被人反覆翻看過一般，恭王的表情看上去卻十分慎重，他舉著那一卷紙，躬身呈給宣和帝。

這一下引起了在場所有朝臣的注意，他們都對那張紙表現出十足的好奇，也不知恭王從邊關那種不毛之地趕回來，能給皇上送什麼中秋禮？

宣和帝接過那卷紙，慢慢打開來，表情先是一怔，緊接著是驚訝，看了恭王一眼。「這是輿圖？」

恭王恭謹答道：「回稟父皇，此物正是輿圖。兒臣在挖掘河道時，派了一隊兵士，小心潛入戎敵草原深處，將地形繪製下來，才有了這一份輿圖，等來日我朝兵馬壯大，揮軍北上，定然能踏平戎敵的王庭，一雪往日之仇！」他的聲音鏗鏘有力，無比堅定。

宣和帝聽得眼睛發亮，高聲道：「好！好！」他的神色既驚又喜，嘴裡連連道好，彷彿真的看見來日大乾的兵馬一路踏破戎敵的王庭，成就大乾的盛世霸業！宣和帝一邊誇獎，一邊用力拍著恭王的肩。

而在一旁沒人看見的地方，太子的臉色冷得像是結了一層厚厚的寒霜，他用陰冷的眼神掃過恭王與宣和帝，然後慢慢垂下眼，盯著自己面前空盪盪的杯盞，像是走神兒。

那邊，恭王坐在宣和帝下首，將在邊關的事情一一道來，父子間氣氛其樂融融，與旁邊被冷落的太子一對比，簡直令人忍不住心生憐憫了。

竇明軒看著這一幕，忍不住去看謝翎，他端正地坐著，與旁邊的官員低聲交談，察覺到這邊的目光，敏銳地抬起頭來，那一瞬間，他的眼神讓竇明軒不由自主地想到了孤狼，犀利而冷靜，令人心驚；但是很快地，謝翎又恢復了往日裡的溫和斯文，他禮貌地衝竇明軒笑，竇明軒也微微頷首，心裡對自己這個學生，不是不服氣的。

這一切都是謝翎計劃好的，讓太子先得意一陣子，宣和帝對他的期許越大，後面的落差就會越明顯，而到了今晚這一刻，這種落差就被放大到了極致。

太子盯著恭王與宣和帝，慢慢地飲盡了杯中的酒，眼裡閃過一絲陰鷙，很快又消失無蹤了。

聽雨茶樓生意最好的時候，當要數每年的臘月了。一到年底時候，大乾朝十三個省分進京述職的官員都會來這裡坐坐，因為從二樓望過去，能夠一眼看見宣仁門門口，還有皇城內的宮殿屋頂。

這一日，門外紛紛揚揚地下著鵝毛大雪，天氣不好，茶客卻不見少，大堂裡面燒著旺旺的炭火，溫暖如春。

一個身披著大氅，罩著斗篷的人從外面進來，看不清楚他的容貌，但是從身高來看，是一個青年模樣的人。

小二立即迎了上去，他像是認得這一位似的，低聲道：「這兒滿座了，您樓上請。」

那人點點頭，逕自上了樓梯，熟門熟路地走到了右邊最盡頭的雅間，輕輕敲了兩下。

裡面傳來一個聲音。「請進。」

青年這才走了進去，只見窗邊已坐了兩個人，他將斗篷和大氅解了下來，行禮道：「王爺、老師。」

恭王笑道：「慎之來了，快坐下來，喝杯茶暖暖身子。」

竇明軒伸手替他倒茶，口中道：「這幾日雪不見停，下得狠了。」

謝翎看著清澈的水在杯中攪出了一個漩渦，茶葉沈浮不定，茶湯慢慢泛起了碧色，他回應道：「瑞雪兆豐年，想必明年必然是一個好年。」

「希望吧！」恭王飲著茶，屋子裡茶香裊裊，空氣靜謐無比。

就在此時，樓下傳來馬蹄匆匆踏過的聲音，伴隨著呼喝聲。

恭王神色一動，問：「怎麼了？」

謝翎坐在窗邊，推開窗扇，只露出一絲縫隙，往下看去，只見一隊兵士正騎著馬走過。他低聲道：「是東城兵馬司的人。」

竇明軒忽然道：「我記得東城兵馬指揮使韋璋最近與那位走得很近？」他看向恭王。

恭王頷首。「前幾日他們還在玉宇樓議事。」

樓下的人馬已經走遠了，街道再次恢復了寂靜，只留下幾行凌亂的馬蹄印。

謝翎慢慢地將窗扇合上，忽然道：「時候差不多了。」

恭王倏然抬頭。「你確定？」

謝翎道：「他的耐心也就這麼多了，我猜時間差不多就在上元節前後。」

自入冬以來，明眼人都能看出來，宣和帝的身體一直不大好，太醫隨時在太醫院等候，等待宮裡的傳喚。

「皇上的身體不大好，在上元節的那一夜吐血昏迷了。」施嫿小心翼翼地修剪著梅花枝幹，一邊慢慢地道：「我記得很清楚，那一次，太子連夜進宮，一直守了兩天才回府，後來皇上的病雖然漸漸好了，但到底傷了底子。」

謝翎腦中閃過施嫿的話，他的目光柔和了一瞬，很快又恢復了清亮，將原因一一說給恭王與竇明軒聽，只除去宣和帝會昏迷的事情。「太子若是近期想舉事，上元節那一日是最好的日子，因為過節，宮門看守有些鬆懈，很容易被控制住。等到那一日，我們早做準備，若是太子不舉事，當然也好。」他說著頓了頓，道：「不過，我不認為他會放過這個絕佳的機會。」

恭王若有所思，緩慢地點著頭。「既然如此，我們也要商量一下，早做安排。」

竇明軒附和道：「確實如此。」

三人便就此事商議起來。

直到天黑時候，三人才分頭離開，外面的大雪不知何時已經變小許多。

謝翎上了馬車，對劉伯道：「回去吧！」

「是。」

謝宅的門口，燈籠高掛，昏黃的燭火投映在雪地上，映射出晶亮的光芒。

謝翎一路走進院子，他腳步輕快，心情甚好，等看見窗邊的施嫿，心情更好了，嘴角微微揚起。

施嫿見他一身寒氣，立即過來替他解開大氅。「怎麼去了這麼久？」

謝翎垂頭看著她長長的睫毛，輕聲道：「與王爺他們商量事情，一下子沒注意時間。」

施嫿碰了碰他的手。「好涼。」轉身拿了一個湯婆子塞給他暖手。「商議得如何了？」

謝翎把計劃慢慢地道給她聽，眼睛亮亮地望著她。「阿九，妳覺得會成功嗎？」

施嫿想了想，不太確定地道：「我不太懂這些，但是聽起來，你們安排得很是周到，若無意外，應該沒有什麼問題。」

謝翎湊到她的臉頰旁輕輕蹭了蹭，舒適地嘆口氣，瞇起了眼。「阿九，太好了。」

施嫿被他蹭得癢癢的，有些想笑，躲了躲，問：「什麼太好了？」

謝翎睜開眼，望著她。「妳在這裡，太好了。」感謝上天，讓我這輩子遇見了妳。

一轉眼，年關就過去了。

宣和帝的身子總不見好，於是文武百官們這個年都不敢過得熱鬧。

前幾日倒還好，宣和帝勉強能上朝，只是那一臉病容無法遮掩，到了年初十，太醫已經常駐皇上寢殿了，隨時在旁等候。

年十一，太子與恭王入宮侍疾，寢殿門窗緊閉，濃重的藥味揮之不去，宣和帝躺在龍床上，雙眼微微閉著，面容蒼白，恭王跪在一旁，看著太醫給宣和帝把脈。

太子垂著眼看著地面，不知在想些什麼，彷彿走神兒。

等太醫放下宣和帝的手，恭王立即關切地問道：「怎麼樣？太醫，父皇他的病可有好轉？」

太醫答道：「皇上是風寒入體，加上之前身體弱，近來心思憂慮，這病不能下猛藥，怕傷了根基，得慢慢養。」

恭王皺著眉，擔憂道：「怎麼個養法？」

太醫回道：「臣之前開過的方子，有一個皇上吃著還不錯，臣這次再仔細改改，讓藥性再溫和些，先吃半個月。」

「那你快去開方子來。」

太醫連忙開方子去了。

恭王從地上起身，替宣和帝掖了掖被角。

太子從方才就一直沈默，此時站起身來，看了他一眼，然後面無表情地離開了寢殿。

恭王掖被角的手微微一頓，眼睛微微抬起，忽然對上了一道目光，他心裡猛地一跳，立即跪了下去。「父皇！」宣和帝是什麼時候醒的？

宣和帝看了看他，又將視線投向殿門的方向，門沒有完全合上，一絲寒風悄悄沿著縫隙吹了進來，已不見太子的背影。

宣和帝的聲音疲憊，帶了幾分蒼老，彷彿一聲嘆息。「又下雪了啊？」

恭王不敢抬頭，謹慎地答道：「是，從早上就開始下了。」

也就是說，宣和帝從早上睡到了現在。他的表情有些愣怔，對恭王道：「去，貞兒，把殿門打開些，朕悶得很。」

恭王聽了，立即應了一聲，起身去把殿門打開。

外面下著鵝毛大雪，紛紛揚揚，宣和帝盯著那潔白的雪看了一陣，忽然道：「朕這是時間到了？」

這一聲猶如驚雷，讓人聽著便覺得十分不祥，恭王驚得立即伏身跪下來，叩首道：「父皇切不可如此想！太醫說了，只是風寒入體罷了，等過陣子就養好了。父皇是真龍天子，正值春秋鼎盛，時間還長著呢！」他說著，聲音裡竟帶著幾分哽咽。

宣和帝笑了一下，神色似乎有些觸動。他望著自己的這個兒子，一向精明睿智的眼睛此時竟有幾分渾濁，似乎真的要不久於人世了。他盯著恭王，慢慢地道：「貞兒，看著你的哥哥。」

恭王聽了這話，有點懵懵，不明白宣和帝這話裡的意思。看著太子？要他看太子做什麼？他張了張口，到底是沒有問出來，只是恭敬地答應道：「是，父皇。」
宣和帝疲累地閉上了眼，彷彿又陷入了昏睡之中。

皇上這一纏綿病榻，就是幾日之久，朝政的事情都交給了太子去處理。
恭王也不上朝了，一心一意在寢殿侍疾，一有機會就抓著太醫過來診病。
各種湯藥灌下去，宣和帝仍舊沒能好起來，這下幾乎所有人都在心裡想，宣和帝這一關恐怕是過不了了。

只有兩個人除外，一個是謝翎，還有一個，就是太子。
上元節，宮裡提前點了燈，但是沒有一絲喜慶的氛圍。到了夜裡，那一排紅色的宮燈高高懸掛在屋簷下面，彷彿浮在漆黑的空中，看上去頗有些淒清的感覺。
皇帝寢殿，恭王正端著藥碗給宣和帝餵藥，黑色的湯藥一點點喝完了，他又拿絲絹為皇帝擦拭，輕聲道：「父皇休息吧，兒臣在這裡守著。」
宣和帝只是輕輕「嗯」了一聲，閉上了眼，大殿裡靜悄悄的。
宣和帝閉著眼睛，問恭王道：「太子呢？」
恭王猶豫了一下，回道：「太子在謹身殿處理奏摺，這幾日國事繁忙，他恐怕分身乏術，還請父皇恕罪。」
太子這幾日沒怎麼來，朝政的事情都交給了他，忙碌得很，除了今天早上來看過一會兒以外，就再也不見人影了。

宣和帝冷笑一聲，聲音飄在清冷的大殿裡，莫名有些陰森。他過了一會兒，才意味不明地道：「朕怎麼生了一個這樣的兒子？」

恭王不敢接話了，宣和帝可以罵太子，他卻不能跟著指責兄長的不是，遂只是垂著頭，將手中的絲絹放在一旁，示意宮人們拿走。片刻後，恭王才輕聲安撫道：「父皇好好休息，等過幾日，病就好起來了。」

宣和帝微微閉上眼，聲音沈重地道：「貞兒，這幾日辛苦你了。」

恭王忙道：「父皇身體有恙，兒臣本當如此，何來辛苦之說？只盼父皇能夠早日康復才好。」

「外面是不是又下雪了？」

聞言，恭王走到門邊看了一眼，回道：「是，又下起來了。」說完不聞宣和帝的聲音，恭王愣了一下，連忙走過去，俯身喚道：「父皇？父皇？」看樣子是又睡著了。恭王還未起身，便聽見寂靜的大殿裡傳來一陣聲響，有些奇怪，他不知道那聲音是從哪裡傳來的，遂四下觀察，低頭的瞬間，倏然看見宣和帝的口中溢出了鮮血！「父皇！」恭王的眼睛瞬間睜大，驚恐地高聲喊道：「太醫！來人，太醫呢？」

殿外傳來一陣急促的腳步聲，下一刻，大殿的門被猛然推開，身著一襲杏黃色衣袍的太子站在門口，望著龍床上吐血的宣和帝，又望向恭王，怒道：「你竟敢謀害父皇！」

恭王震住了，難以置信地抬頭看著他。

太子大步上前，吩咐道：「來人，把恭王制住！」

他身後的幾個侍衛立即如狼似虎地衝上前，一把按住了恭王。

恭王來不及辯解，只是高聲喊道：「太醫呢？快宣太醫來，父皇吐血了！太子！」

太子冷笑一聲，道：「太醫孤自然會宣召，你還是先擔心自己吧，父皇不必你操心了。」

「你——」

太子大步走向龍床，他居高臨下地盯著昏睡的宣和帝，鮮紅的血液將被子都浸濕了，他這麼低頭俯視著，忽然發現床上的這個人，並沒有他想像中那麼令人畏懼。

因為得了病，宣和帝消瘦許多，看上去虛弱無比，甚至奄奄一息，枯槁而蒼老。

太子意味不明地笑了一下，叫了一聲。「父皇。」

宣和帝兀自昏睡，根本無法回答他。

太子直起身來，看向一旁的恭王，一抬手，道：「謀害皇上，乃是死罪，把恭王帶下去，聽候審問！」

「李靖涵！」恭王憤怒地盯著他，咬牙道：「我絕沒有謀害父皇，你休要誣陷於我！」

「是不是，審了才見真章。」太子冷冷道：「帶下去！」

「是！」

恭王被不客氣地帶離了大殿。

太子轉過身，目光落在了御案上，桌上擺放著什麼，他緩緩走上前去，打開一看，是一張空白的聖旨。

宮道上的積雪才被鏟過，此時又積了薄薄的一層。

一隊人大步往宮門口的方向走去，卻被守衛攔住了，喝道：「什麼人？」

「是本官。」一個清朗的嗓音自夜色中傳來。

那守衛定睛一看。「原來是謝大人！謝大人這麼晚還入宮？」

「本官奉了密旨，進宮有要事。」

守衛道：「恕卑職冒昧，可有通行金牌？」

謝翎頓了頓。「沒有。」

那守衛面色為難。「這……大人，沒有金牌，不許出入宮門。」

謝翎側了側頭，他聽見後方傳來的腳步聲，很是整齊，忽而問道：「聽見了嗎？」

那守衛頓時迷糊了。「什麼？」

正說著，一隊人舉著火把快步跑了過來，打頭的那人高聲道：「開宮門！」

謝翎轉頭一看，正是東城兵馬指揮使韋璋。

韋璋見謝翎也在，眼睛猛然一瞇，假笑著走過來，拱手道：「謝大人怎麼在此？」

謝翎也拱手回禮。「我也想問，指揮使大人這時候不在東城兵馬司，來皇宮有何貴幹？」

韋璋打了個哈哈，道：「剛剛接到急報，說宮裡有亂賊，我等欲進宮相助。」

謝翎犀利地道：「誰發的批文？兵部有調兵我為何不知道？」

韋璋一怔，隨即倨傲道：「我是接了密令的，有批文也不必給謝大人看。」他說著，轉頭看向那發呆的守衛，道：「聽見沒有？開門！本指揮使要進宮平亂！」

謝翎喝道：「誰敢開！」

韋璋驚怒地瞪著他。「謝大人！」

謝翎冷冷地回望他。「本官是兵部左侍郎，有權過問此事！現在問你，是誰給你下了密令？調兵又是誰給的批文？」

「你——」

就在此時，只聽砰然一聲，一朵煙花在皇宮上空猛然炸開，光芒之盛，照亮了半個皇宮，引得所有人都抬頭張望，不知究竟發生了什麼事情。

緊接著，後面再次傳來了腳步和動靜，匆匆而來。所有人都轉頭回望，只見又是一列官兵，打頭的那個，赫然是兵部尚書馮建賢，旁邊還有幾個內閣的閣老。

馮建賢如今年事已高，走起路來氣喘吁吁，他銳利的目光掃過堵在宮門口的眾人，落在了韋璋身上，不客氣地道：「韋指揮使，你不在東城兵馬司，帶著人來皇宮做什麼？造反嗎？」

熊熊的火把和燈籠把宮門口照得燈火通明，比外面的燈市還要亮！

韋璋的臉頓時繃緊，下頷動了動。若無兵部文書，他這次確實是私自調兵，卻沒想到出行不利，在要入宮的時候碰到了謝翎這個煞星，耽擱到現在。

謝翎再不遲疑，對馮建賢與幾個閣老道：「大人，宮裡出事了！」

幾人頓時一陣緊張，方才看見那煙花便覺得不對，此時還有一個兵馬指揮使堵在這兒，明顯是有異常。

馮建賢不再搭理韋璋，拿出懷裡的金牌一晃，對那守衛沈聲道：「開門！有人逼宮篡位，我與幾位閣老要進宮護駕！」

那守衛乍一聽有人逼宮，頓時惶惶，再不敢阻攔，讓開了路。

謝翎立即帶著一整隊官兵往宮裡走。

馮建賢走了幾步，又回頭盯著蠢蠢欲動的韋璋，喝道：「韋指揮使，你私自調兵，已是大忌，最好不要輕舉妄動！」

韋璋臉一白，又聽謝翎高聲道：「來人，將所有的宮門守住，不許任何人出入！」

「是！」

寢殿內，宣和帝躺在床上，人事不知，而太子則是坐在御案後，手裡舉著一張聖旨，目光在那紅色的大印上落定。

他看了好一會兒，才露出滿意的笑，將聖旨收起，放在御案上，站起身來。

掌印太監跪在地上，瑟瑟發抖。

太子睨了他一眼，隨即走到龍床前，低聲叫道：「父皇？父皇？」見宣和帝沒有反應，太子隨手拿起一旁的絲絹，放到盆中浸水，然後按在了宣和帝的口鼻上！

他低頭看著那個虛弱枯槁的老人，面上露出了一絲殘忍的笑意。很快地，他就會贏了。

就在此時，外面忽然傳來了一陣騷亂，太子心裡一動，側耳細聽，人聲模糊，聽不太真切，他對一個侍衛道：「去看看，是怎麼回事？」

那侍衛領命而去，旋即回轉，驚慌道：「殿下，是幾個閣老！他們帶著人過來了！」

太子表情一冷，立即看向宣和帝，他想了想，又縮回了手，將絲絹扔到了龍床下，直起身來，整了整自己的衣袍。

他知道，宣和帝一共會昏迷三日，這三日之內，他隨時想動手都可以，但若是現在動手，未免太引人懷疑了些，若是讓內閣的人也看到那張聖旨的話……太子的眼睛微動，閃過幾分激動，很快又強行壓制下來，衝一個侍衛使了一個眼色，掌印太監立即被悄悄拖了下去，大殿內只剩下幾個老老實實伏跪於地的宮人，如泥塑木雕一般。

腳步聲已經在殿外了，緊接著，大殿的門被猛地推開來，一行人魚貫而入。

太子的目光落在了人群中的謝翊身上，他微微瞇了一下眼，然後開口道：「幾位大人來得正好，恭王他意圖謀害——」

「你們來得正好，把這孽子給朕拿下！」

一道沈而蒼老的聲音自身後傳來，太子的聲音戛然而止，他瞪大眼睛，彷彿看見鬼，猛地轉過身去，卻見原本該昏迷的宣和帝此時坐了起來，一雙眼睛冰冷地望著他。

太子一下子驚呆了！

謝翎率先反應過來，立即跪下行禮。「臣參見皇上！救駕來遲，還請皇上恕罪。」內閣的幾個閣老也回過神來，跟著跪下。「臣等參見皇上！」

太子已經不會說話了，他死死地瞪著宣和帝，眼睛變得猩紅，咬牙切齒道：「你沒有病？」

宣和帝面無表情地望著他，露出古怪的笑。「朕當然病了，可朕還沒病到要死的地步，朕就是想看看，朕的兒子們，到底是什麼德行。」

太子表情驚懼，一邊搖著頭，像是不敢相信事實，快速而低聲地喃喃道：「不、不對，上次不是這樣的，你要昏迷三天，三天之後才會醒過來，難道……」他猛地抬起頭來，難以置信地說：「難道那次也是假裝的？」

誰也聽不懂他在說什麼，在場所有人中，只有謝翎明白他此時的意思。

顯然，上輩子的宣和帝，也是裝病來試探太子和恭王，但是那次太子還沒有謀權篡位的心思，所以躲過了一劫；而這一次，太子如同一隻愚蠢的獵物，一頭撞入了宣和帝布下的陷阱裡面，再無翻身之地。

這時候太子想通了其中的關節，大勢已去，他面上的震驚之色漸漸褪去，眼裡閃過幾分癲狂，指著宣和帝大聲笑道：「你也活不了多久了！哈哈哈哈哈！你以為李靖貞是什麼好東西？」

所有人都被他這舉動給震住了，愣在原地，卻見太子轉身衝向御案，將桌上的東西拿起來，抖開高聲唸道——

「朕即位三十有二年矣，海內河清，天下太平，民有所安，萬邦咸服，吏治清明，君臣善睦，德可比先聖，功更盼後人。皇嫡長子靖涵，人品貴重，深肖朕躬，必能克承大統，著繼朕登基，即皇帝位，即遵輿制，持服二十七日，釋服布告中外，咸使聞知！」

眾人聽得一愣一愣的，那竟是一份遺詔！他們紛紛看向宣和帝。

宣和帝臉色陰沈，氣都不順了，低聲罵道：「孽障！」

這下所有人都明白了，這遺詔是太子偽造的！

太子還在那邊哈哈大笑，狀若癲狂。「哈哈哈哈哈哈，孤登基了！哈哈哈哈哈！孤登基為皇了！」他突然像是想起了什麼，瞬間收起笑容，大聲道：「來人！把恭王和謝翎拉出去斬了！現在就斬了！把人頭給朕拿來！」

大殿裡一片詭異的寂靜，所有人又將目光放到了謝翎身上，不知他怎麼惹到了太子。

謝翎的表情卻十分平靜，抬頭望向宣和帝，問道：「皇上，太子殿下這情形，要請太醫來看看嗎？」

宣和帝冷冷地道：「把他送回太子府監禁起來，無令不得探視！」

「是。」

一場逼宮篡位的鬧劇，最後以太子瘋了的結局就此收場。

第二日，宣和帝撐著病體上朝了，下旨廢去太子之位，囚禁於東苑，同時立恭王李靖貞為儲君。一時間，整個朝廷為之震動，太子一黨算是徹底玩完了。

朝議散去，有人心中惶惶，有人心中高興。

謝翎隨著眾官員離開太極殿時，忽然被叫住。

「謝大人。」

謝翎轉過身去，是謹身殿的太監。他走上前道：「公公有事？」

那太監壓低聲音道：「皇上想讓謝大人去看看那位的情況。」

那位，自然是指被囚禁在東苑裡的廢太子了。

謝翎忽而一笑，道：「臣領旨。」

那太監看見他這笑容，不知為何，竟然覺得脊背上的寒毛都要豎起來了，但是定睛一看，又覺得是自己看錯了。謝大人是出了名的溫文儒雅，待人十分有禮，即便是宮裡的宦官，他也從不輕看，與其他的官員絕不相同。

雖然已經被廢去了太子之位，但畢竟是自己的親生骨血，多年父子，宣和帝會記掛是再正常不過的事情。

謝翎去了東苑，這裡很是冷清，外面把守森嚴，非令不得入。謝翎是奉聖諭來的，自然有令，他順利進入東苑，才走了一段路，便聽見太子的叫罵聲，聲音嘶啞，在空盪盪的庭院迴盪。謝翎停下腳步，問引路的宮人道：「他一直是這樣？」

那宮人低聲答道：「回大人的話，自送來之後就如此了。」

謝翎點點頭。「帶路吧！」

他終於見到了廢太子李靖涵，對方正端坐在花廳的椅子上。

李靖涵看見人進來，立即怒喝道：「大膽！看見朕為何不跪？」

謝翎對引路的宮人擺了擺手。「我與殿下單獨說幾句話。」

「是。」那宮人猶豫了一下，道：「殿下今日已經打傷了幾個人，還請大人小心。」

謝翎點點頭，等那宮人走了，才望著李靖涵，也不說話，就這麼打量他，像是在看一條落水狗。李靖涵兩眼無神，喃喃地念叨著什麼，謝翎側耳細聽，是些罵人的話，也不說在罵誰。謝翎忽然笑了一下，道：「殿下。」

李靖涵這回有反應了，轉過頭瞪他，中氣十足地喝道：「大膽！朕是皇帝！」

謝翎走近了些，低聲道：「你又輸給我了。」

倏然，李靖涵難以置信地看著他，眼神清明，哪有半點瘋癲的模樣，謝翎心裡冷笑，不出他所料，李靖涵果然在裝瘋賣傻。

李靖涵死死地盯著謝翎，那模樣像極了一條毒蛇，恨不得一口咬上謝翎的脖子，他咬牙切齒地低聲道：「果然是你！」他說著，衝上前就要掐謝翎的脖子。

謝翎自然不會讓他得逞，猛然一腳踹過去，李靖涵膝蓋一彎，跪在了地上，差點爬不起來。謝翎毫不留情地揪住他的頭髮，彎下腰，在他耳邊低聲道：「過不了兩年，皇上就會駕崩，到那時，現太子繼位，我又有從龍之功，定然會入主內閣。李靖涵，有我在一日，你就永遠別想離開東苑，這回你輸得一敗塗地，連藩地也不會有，在東苑待到死吧！」

謝翎走後，李靖涵才慢慢地從地上爬起來，他渾渾噩噩地往前走，滿腦子都是：又輸了。

又輸給那個該死的謝翎和恭王，他完了。

恭王繼位之後，一定不會放過他的，他真的要在這東苑過一輩子嗎？

李靖涵覺得喉嚨有些乾渴，他回過神來，拿起桌上的茶壺倒水喝，等渴意消失，他下意識地將目光落在茶杯上，上面竟然還有陳舊的缺口！他憤然地將杯子扔出去，又把茶壺給扔了，唏哩嘩啦摔了個粉碎。這些狗眼看人低的東西！

李靖涵大力地喘氣，氣得眼睛都紅了，意識有些模糊起來，只是他完全沒有意識到，絕望之際，他發出了困獸一般的嘶吼，在這清冷的庭院裡，顯得令人心驚。

是夜，看守東苑的守衛們打了個呵欠，準備換人輪值時，忽然見到遠處升起一團緋色，照亮了夜空，那是……

一個守衛驚叫道：「走水了！東苑走水了！」

「來人！快救火！」

大火燒了起來，勢不可擋，熊熊的烈火之中傳來癲狂的笑聲。

「哈哈哈哈，讓我再來一次！下次我一定會成功的！哈哈哈哈，我才是真正的真龍天子！李靖貞算什麼？哈哈哈哈，上天會讓我再活一次的！李靖貞、謝翎！我一定要殺了你們！一定！」

被燒得鬆動的房梁轟然砸落，將那笑聲遮蓋住了。

外面所有端盆的宮人皆面如土色，聽了那些話，簡直像是看見了鬼。

什麼叫做再活一次？看來廢太子果真是瘋了吧？

宣和三十六年，宣和帝駕崩，太子李靖貞繼位，改年號為景元。

次年，謝翎升為兵部尚書，官居正二品，兼翰林院大學士，年底又入了內閣。他是大乾朝最為年輕的內閣閣員，年僅二十五歲，一時間成為了京師最炙手可熱的人物。

不知多少官員試圖與這位年輕的內閣大臣搭上關係，拜帖如雪花一般遞入謝府，每日都有一大疊，但是謝大人從來沒有回應過。

景元二年冬，天上下起了大雪，一輛青篷馬車在謝府門口停下，穿著朱色官服的青年從車上下來，大步往府裡走去。

才進院子，謝翎便聽見屋裡傳來孩童的笑聲，清脆地問著。

「爹回來了嗎？」

侍女答道：「老爺還沒下朝呢！小少爺，您問第六遍了。」

「我想爹了，他怎麼還不回來？」

「噓，小少爺，夫人在休息，您輕聲些，別吵到她了。」

男童的聲音果然放低了許多，又問道：「娘肚子裡是有小妹妹了嗎？」

侍女笑道：「是呢，不過也有可能是小弟弟，小少爺是喜歡妹妹還是弟弟？」

「我都喜歡！」男童想了想，又道：「若是也像柔柔那樣乖就最好了。」

「柔柔公主是女孩子。」

「好吧！」男童裝模作樣地嘆了一口氣，道：「那就讓娘親生一個柔柔那樣的妹妹吧！我能帶著她去玩嗎？」

「當然可以。」

「那太好了！」

謝翎在外面聽得忍俊不禁，伸手推開了門。

侍女立即躬身行禮。「老爺回來了。」

「爹！」

一個穿得圓滾滾的小團子從榻上滾下來，衝到他懷裡，高興得不行。

謝翎笑著，將他抱起，問道：「你娘呢？」

小團子乖乖地環著他的脖子，答道：「娘和妹妹在睡覺。」

「咱們看看去。」

內間燒著炭，溫暖如春，施嫿躺在床上，睡得很熟，小團子伸胳膊蹬腿的，非要下去，被謝翎按住了，低聲道：「乖，別吵你娘親。」

小團子鼓起腮幫子，不服氣地道：「為什麼？」

謝翎悄聲答道：「因為你娘親在睡覺，她睏。」

小團子也悄聲道：「可是你上次怎麼可以吵她？」

「上次？」謝翎疑惑了。「哪次？」

小團子哼了一聲，道：「就是大前天的早上啊！我看見娘在睡覺，你悄悄親她了！」

謝翎立即想起來了，那會兒他要上朝，因為阿九懷了身孕，他已很久未同她親熱了，那一日早上確實沒忍住，悄悄親了她幾下，沒想到竟然被兒子看見了。

他在心裡默默罵了一句，笑容卻十分自然，一本正經地道：「那是你娘臉上癢癢，我幫她親親，就不癢了。」

小團子恍然大悟。「哦。」他愧疚地看著自己的爹，立即道歉。「對不起，爹，我錯怪你了！」

謝翎表現得非常大度。「沒事，我可以原諒你。」

小團子用肉乎乎的手捧住他的臉，噘起嘴在他鼻子上親了一口。「爹真好！」

謝翎十分滿足。

等到了晚上，小團子靠在施嫿懷裡，聽謝翎給他唸詩，忽然抬頭問道：「娘，妳的臉現在癢癢嗎？」

施嫿一臉的莫名其妙，看著自己兒子那張玉雪可愛的小臉，道：「不癢。怎麼了？」

謝翎眼皮倏然一跳，停止唸詩，果然聽見他兒子對他的夫人一本正經地道：「我想親親妳。」

親親跟臉癢有什麼關係？施嫿一頭霧水。

小團子苦惱地皺起短短的眉頭，繼續道：「可是妳的臉現在不癢癢，怎麼辦？」

施嫿慢慢地摸著自家兒子的小腦袋，輕聲問道：「誰告訴你臉癢癢就可以親親的？」

小團子連思考都不必，一手指著謝翎，爽快地把他爹給賣了。「爹說的，臉癢癢就能親親！我明天還要問柔柔，我也想親親她！」

「……」謝翎懵了。

施嫿頓時哭笑不得。柔柔是皇后的女兒，只比小團子小一歲，這是最令施嫿欣慰的事情，皇后終於改變主意，她不再吃施嫿給的藥後，誕下了一名公主。

皇后很滿意，施嫿仍舊記得自己進宮去看望她的時候，她眼裡的那些光彩。

皇后牽著施嫿的手，說了很多話，能說的、不能說的，她都說了，她從不瞞著施嫿。

今上對大皇子很滿意，如果她再生一個皇子，日後勢必要起爭端。她躺在床上，望著施嫿，道：「嫿兒，我是一個沒什麼野心的人，這樣就很好了。」

施嫿摸了摸她的頭髮，也笑了。「妳覺得好，就好了。」

景元帝如今有兩位皇子，一位公主，且似乎不再有充納後宮的打算，大乾朝的臣子們也從不愛管帝王的後宮之事，是以，整個後宮，就只有皇后一人，堪稱獨寵了。

臨別時，施嫿忽然問她道：「妳喜歡他嗎？」

皇后有些局促地擺弄著自己的手指，過了好一會兒，才慢慢地、幾不可見地點了一下頭。

施嫿笑了。

這樣已是很好的結局了，施嫿想著。

——全書完

番外一　初見

謝翎接到了太子的邀請，太子府設宴，他不太想去。前陣子太子也送過一些字畫、孤本等貴重的禮物，他都給退回去了，這次又不去，恐怕會得罪了太子。

他並不怕真的得罪對方，但是他的師兄晏商枝知道後，便來勸他，說「只是走個過場罷了，太子若真的說了什麼，你也正好可以藉機表明自己的態度，想必他就會放棄你了」。謝翎想了想，確實是這個理，晏商枝也收到了請帖，兩人便一道來赴宴了。

宴席很是無趣，一群人喝酒的喝酒、奉承的奉承，還有既奉承又喝酒的，謝翎看著他們觥籌交錯，傳杯換盞，覺得有點像是在看猴戲。

謝翎心裡發悶，他離開了宴席。太子府很大，轉了一圈回去，說不定宴席就散了。然而他沒想到的是，在他轉了這麼一小圈時，看見了一朵花。

泠泠琴聲從外面傳來，他站在假山後，仔細地聽著。他不懂琴，卻覺得這琴聲很是動聽，就像每一根弦都撥在了他的心上。

謝翎很想看看，彈琴的是什麼人。琴聲這時候停了，他轉過假山，抬頭望去，只看見了一道淺藍色的身影，款款消失在花木深處，裙襬被風吹起時，好似一朵盛開的花。

他有些遺憾，思來想去，在附近找到了一名侍女，問她道：「方才在這邊彈琴的一個女子，是誰？」
那侍女聽罷，笑著道：「大人說的，應是嫿娘娘吧！她每日都會來這裡彈琴。」
謝翎顧不得冒昧，又問道：「她叫什麼名字？」
侍女想了想，道：「娘娘名叫施嫿。」
施嫿，詩畫，果然是一個好聽的名字。謝翎將這兩個字牢牢地記了下來。

「順王點火自焚了！」一名官兵頭領走近，聲音緊張地問：「謝大人，這如何是好？」
「慌什麼？」謝翎輕描淡寫地道：「帶我去看看。」
「是！」
遠遠望去，太子府火光沖天，照亮了夜空，濃煙滾滾，伴隨著呼聲，十分熱鬧。火勢越來越大，官兵們提水的速度也變慢了。
官兵頭領道：「大人，水車一時半刻還開不進來。」
「那就等等吧！」謝翎漫不經心地道，又隨口問：「裡面除了順王以外，還有什麼人？」
那官兵頭領想了想。「似乎還有順王的一名寵妃。」
謝翎點點頭，轉身要走，忽然腳步又停下，多問了一句。「叫什麼名字？」
官兵頭領哪裡知道順王寵妃叫什麼名字，立即扯來一名下人問道：「裡面的那個妃子叫什麼名字？」

那下人冷不丁被抓住，嚇得一哆嗦，顫巍巍地答道：「回、回大人的話，裡面是嫿娘娘！」

謝翎倏然轉過頭，望著那火光，只聽轟然一聲，燒斷的房梁砸落下來，無數的火星飄飛而起。

那官兵頭領連忙拉了他一把。「大人小心！」

謝翎說不清楚自己心中是什麼感覺，在聽到那個名字的時候，心像是被什麼東西扎了一下，竟然有幾分刺痛。他望著那熊熊大火，低聲吩咐官兵頭領道：「去把水車開進來。」

官兵頭領解釋道：「大人，外面的門太窄了，水車進不來。」

謝翎低喝道：「那就把牆推了！」

官兵頭領一噎。「是、是，下官這就去！」

謝翎再次將目光投向大火，彷彿透過那赤紅的光芒，能看見當初那一抹淺藍色的裙襬，盛開如花。

施嫿，詩畫。

「阿九！」謝翎猛地驚醒，額上冷汗涔涔。他大口大口地喘著氣，夢裡那一種心驚肉跳的感覺直到現在仍未散去。

寂靜的夜裡，他聽見了舒緩的呼吸，淺淺淡淡，就在身旁。

謝翎整個人都僵住了，他緊緊抓住被子的手一點點鬆開來，轉頭望去，只見施嫿正躺在他的臂彎中，柔順乖巧，彷彿一隻小貓。

他緩緩地、緩緩地拂開她的額髮，觸手的皮膚光潔溫熱，呼吸如蘭。謝翎這二十多年來，第一次明白喜極而泣的感覺。

一滴溫熱的淚落在了施嫿的臉頰上，她似有所覺，微微一動。

謝翎立即緊緊抱住她，親吻著她的額角，彷彿抱住了畢生的至寶。

阿九。

——全篇完

番外二　哥哥

時間一晃又過去了數年，景元七年春，謝府大門口，幾輛馬車正在等待，幾名下人忙碌著搬運行李，謝翎特意向景元帝告假，要帶一家人回鄉祭祖。

七、八歲的男童牽著一個三、四歲的女娃娃從大門裡出來，小大人似地叮囑著。「囡囡，抬腳，別絆倒了。」

女娃娃聽話地邁起小短腿，張大眼睛問：「哥哥，這麼高可以嗎？」

謝昭點點頭。「可以。」

豈料謝姝人矮腿短，門檻又高，即便是被謝昭牽著，才跨過去就摔了個跟頭，謝昭眼疾手快，一把拉住她，倒是沒摔著，但是額頭在門檻上結結實實地撞了一下。

謝姝扁了扁嘴，哇的一聲哭了起來。

她白白嫩嫩的額頭上撞出了好大一個紅印子，叫謝昭心疼不已，連忙去哄她。

就在此時，門裡傳來了女子輕柔的聲音。「怎麼了？囡囡怎麼哭了？」

謝姝聽見來人的聲音，含著兩泡眼淚，跌跌撞撞，彷彿乳燕投林一般奔了過去。「娘親，疼！」

施嫿蹲下身來，將她摟住了。

謝昭將方才的事情解釋了一遍，自責道：「都是我的錯，沒牽好囡囡。」

施嫿摸了摸他的頭，微笑道：「你做得很好了，不必難過。」說完，問謝姝。「娘親給吹吹，囡囡還疼嗎？」

謝姝雖然覺得額頭還有些疼，但聽見娘親這樣問，還是抽著鼻子答道：「不疼了。」

「阿九。」謝翎的聲音從施嫿身後傳來。「我們準備啟程了。」

施嫿笑著答應一聲，才剛將謝姝抱起來，便被謝翎接了過去。

「我來。」

行李都打點妥當之後，一行人準備上車，謝翎將謝姝抱上了馬車之後，便見一個下人走過來，恭敬道。

「老爺，有人送了東西來。」

謝翎聽了這話，心知肚明。他近些年來身居要位，這種事情不是沒碰到過，隨意看了一眼，那下人手裡捧著一個古樸的小木盒。「退回去吧，府裡不收這些。」

那下人躬著身，語氣有些猶豫地道：「小人聽那人說，這個一定要交到夫人手上。」

「怎麼了？」施嫿的聲音從馬車內傳來。

謝翎想了想，伸手接過那木盒，揮退下人，這才上了馬車。「阿九，有人送東西給妳。」

施嫿把囡囡交給了坐在一旁的謝昭，隨口道：「大概是宮裡送來的吧！皇后娘娘前陣子說得了一種罕見的香料，要送一些給我。」
謝翎看了看那古樸陳舊的小盒子。「我覺得不太像。」
「嗯？」施嫿這才轉過頭來望了一眼，神色遲疑。「這是什麼？」她說著，將那盒子拿過來，入手輕飄飄的，幾乎沒有什麼分量。
謝姝與謝昭一起伸頭過來瞧，謝姝含糊地道：「娘親，這個，是好吃的嗎？」
這天真的話將幾人都逗笑了，施嫿道：「大概不是吃的。」她說著，將盒子打開來。裡面的東西叫人出乎意料，謝昭驚訝道：「娘，是哨子！」
施嫿頓時愣住了，那是一個竹哨子，只有拇指粗細，看起來很是陳舊了，上面泛著黃褐色，還有點點斑痕。哨子雖然舊，卻很亮，像是被人反覆摩挲過一般。施嫿疑惑地將它拿起來。
謝翎看著她。「阿九，這是誰的哨子？」
施嫿表情茫然。「不知道，我——」她的聲音戛然而止，回憶不期然如水泡一般，在心中漂浮升起。
這個哨子是爹教我做的，阿九喜歡嗎？
喜歡！
哥哥教妳吹，它的聲音可好聽了！
施嫿的手猛烈地顫抖了一下，那哨子便脫手掉了下去，在馬車木板上發出一聲輕響，她連忙問謝翎道：「送東西的人呢？」

「已經走了。」謝翎將那哨子拾起來，仔細看了看。「是阿九認識的人嗎？」

施嫿愣怔片刻，輕聲道：「是故人。」她的神色悵然若失。

她曾無數次想問一問那個少年，為何要拋下她獨自逃走，但時間過去得太久了，上輩子十幾年，這輩子二十幾年，加在一起，於施嫿來說，已經太久了，久到她幾乎要想不起那個人了。她原本以為他已不在人世，如今看來，他還活著，並且認出了她，只是不願意見面。

這樣也好。施嫿想著，見了面又該說什麼呢？與其相濡以沫，不如相忘於江湖。

活著已是萬幸了。

京師偏僻的巷弄裡，一個男人正垂著頭走路，他穿過滿是雜物的巷子，繞到了一戶人家的後院門口，推開了門。

裡面正在收拾東西的年輕婦人嚇了一跳，嗔怪道：「怎麼從後院進來了？」

男人沒答話。若是施嫿在這裡，定然會覺得他面熟，他正是當年太子府的侍衛，寧晉。

年輕婦人又問：「你不是去辦事了嗎？事情都辦好了？」

「嗯，辦好了。」寧晉走進裡屋，看見屋子的桌上空空如也，立即回身問道：「我放在桌上的東西呢？」

他妻子跟進來，問道：「什麼東西？」

「那個哨子。」

「那麼舊的東西了。」婦人想了想，道：「我好像放在窗臺上了，你去找找。」

寧晉找了一圈，果然看見了那個陳舊的竹哨子。他拿了起來，仔細地擦了擦，輕輕吹了一下，沒有聲音，原來是哨子裂開了，壞了。他直直地看著那個哨子，陷入了沈默。

當年他離開梧村家裡時，背簍裡只有一竹筒水、一把炒豆子、一袋子高粱米，還有兩個哨子。那一袋子高粱米是他們的全部存糧，寧晉離家後就拿給了叔叔庚二，拜託他在逃荒的時候照顧阿九；嬸嬸劉氏潑辣，若是叫她知道了，阿九是一口都吃不上的。

那袋高粱米太少了，根本養不活兩個人，寧晉只能自己走。他千叮萬囑，叫叔叔不要告訴嬸嬸，叔叔答應之後，寧晉這才離開，最後自己能活下來，也是大出他的意料。

但即便如此，他還是拋下了妹妹阿九，拋棄就是拋棄，因此他不敢認她。如今她身分尊貴，是內閣大臣的正妻，夫君愛護，兒女成雙，生活優渥，於他來說，也是一種安慰。

身後傳來婦人的問話。

「他爹，我們什麼時候啟程去徐州？」

寧晉想了想，收起那個壞了的哨子。「明天一早吧！」

年輕婦人問道：「以後還回京師嗎？」

「不回了。」

哥哥會一直陪著阿九的！

年少時稚氣的聲音響起，信誓旦旦的。
對不起，哥哥食言了。

——全篇完

番外三 嬸嬸

謝翎一行人乘著馬車，先去蘇陽城拜訪林家人。林老爺子的身體還算健朗，見他們來，很是高興，非要拿出他的陳年佳釀來與謝翎對飲，好說歹說地叫林家父子給勸住了。

老人家還不高興，生了一陣悶氣，看見謝昭與謝姝兩兄妹才又開懷起來，指著他們笑呵呵道「一個小嬸兒，一個小謝翎，長得真好」！謝姝人雖小，嘴卻甜，一口一個「祖爺爺」，叫得林老爺子歡喜不已，恨不得直接把她留下來了。

謝翎與施嫿只逗留幾日，眼看清明將近，一行人再次啟程，趕在清明節前到了邱縣。

邱縣的知縣與縣丞早早便得到消息，又是接待、又是佈置，弄得人仰馬翻，好不熱鬧。所幸謝翎幾人輕車簡從，帶的僕人不多，等忙完才挑了一個晴朗的日子，去了梧村。

謝翎是內閣大臣，得權重任，如今衣錦還鄉，知縣恨不得貼個告示出來，好叫十里八鄉都知道這事！但是因謝翎提前特意告知了，不許驚動鄉鄰，知縣才強行按捺下來，但說什麼也非得派出幾個衙役來聽候差遣跑腿。

正因為此，梧村的人們不知道謝翎與施嫿來了，他們仍舊安穩平靜地過著日子，看見一行陌生人，不覺十分驚詫，紛紛像看稀奇似地過來瞅。

直到他們看見了縣裡的衙役，才覺得這一行人來頭很大。

村長也趕來了，拱手問道：「不知遠客從何而來？有什麼事情？」
謝翎笑笑，道：「無事，只是回鄉來祭祖罷了。」
村長一頭霧水，疑惑道：「原來如此，不知遠客是哪一族的？」
就在此時，施嫿出聲答道：「先父阮庚。」
聞言，村長仔細打量了她一番，忽然驚叫道：「妳是阿九！」
旁邊的村民聽了，立即看過來，有婦人道：「果然是阿九！我先前便覺得這位夫人面熟得很！」還有人叫道：「是庚二嫂子家的親戚？」
「什麼親戚？人家是正正經經的梧村人！她爹阮庚我認得，從前還一塊兒去山裡打獵的，就是去得早。」
「好些年沒看見，她長得與她娘一個模樣。」
「真是阿九。」
村西頭的院子，一個中年婦人正在院子裡澆水，卻聽有人喊：「庚二嫂子，你們家有親戚來啦！」
劉氏大著嗓門回道：「又是哪門子親戚？不是前陣子才來過嗎？」
那人「喲」了一聲，道：「在村口，正往這邊走呢，妳趕緊準備準備！」
「準備他娘的！又來打秋風，看老娘怎麼收拾他們！」劉氏把瓢往桶裡一扔，隨手往衣罷上一擦，回身從屋裡拿了一根趕雞的竹竿出來，瞅著一眾人往這邊過來，她二話不說，把竹竿狠狠往地上一敲，高聲罵將起來，什麼混話都往外冒，讓他們滾回劉家村去！

沒等她罵完，村長實在看不下去了，用力咳了一聲。「劉氏，妳這是做什麼？好端端地撒什麼潑？」

劉氏定睛一看，卻見前面站著的是個陌生的年輕女子，看穿著打扮就不是一般人，那都是上好的綢緞料子，頭上戴的、身上佩的，雖然不多，卻精緻無比，襯得人通身貴氣。

最重要的是，這個年輕女子看著還十分面熟。

劉氏沒見過這樣的貴人，才開口便露了三分怯。「妳是誰？」

施嫿勾起嘴角，笑了。「嬸嬸不認得我了？」

她這一笑，突然就勾起了劉氏那一點模糊的記憶，她恍然震驚道：「妳、妳是……是他伯的女兒?!」她說完，便有些慌亂。「妳怎麼、怎麼回來了？」

施嫿打量著面前這座小院，幾年前，她曾回來過一次，那時候院子破敗無比，荒草叢生，此後她與謝翎常住京師，鮮少有機會回鄉。

後來有一天，施嫿寫信託蘇陽城的林家人幫忙請了工匠來修整院子、房屋及神龕，想來這院子就是那時候修好的，但不知怎麼地，最後竟叫她叔嬸一家子住了進去。

院子裡的牆角種著一排菜苗，看上去生機勃勃，分外精神，幾隻小雞在母雞的帶領下啄食著草根，發出啾啾的叫聲，普通而溫馨的一個農家小院。

施嫿幾乎要笑出來。「嬸嬸，我家的院子怎叫您給住了？也不提前知會一聲。」

劉氏沒了方才的潑辣勁了，支吾道：「這妳、妳不是沒回來嗎？我瞧著這院子荒著怪可惜的。」

這會兒所有人都明白了，庚二一家子是趁著主人家不在，自己強占了人家的院子！村長生氣地指責道：「劉氏！妳當初不是說，你們姪子、姪女同意你們住進去的嗎？怎麼我聽這位夫人的意思，他們是不知道的？」

劉氏向來潑辣，幾時被人這樣指著鼻子說，還不能反駁的？她心一橫，又要撒潑，眼一瞟，見那幾個高壯的衙役往旁一站，她登時就噤了聲。她怎麼也想不明白，當初那個她一手就能按倒的黃毛丫頭，怎麼十幾年不見，就變成富貴人家的夫人了呢？

謝翎聽著她的聲音，仔細打量著她，驀地道：「阿九，我想起來了。」

施嫿正疑惑間，卻聽謝翎道：「來人，將這惡婦押下，送往縣衙！」

幾個當差的衙役聽了，二話不說，如狼似虎地衝上前去，將劉氏按住了。

劉氏驚慌不已，連連尖叫道：「你們做什麼？做什麼？」

院子裡奔出來兩個孩子，還有一個年輕婦人，見狀急忙上前拉扯。

「你們抓我婆婆做甚？快放開！」

謝翎表情冷然道：「這惡婦在十幾年前欲謀財害命，自當交給官府審理，誰敢來攔，一律作從犯處置！」

眾人聽了，震驚之餘，俱是竊竊私語起來，都沒想到劉氏竟然犯下這樣嚴重的罪名！衙役本就是交給謝翎調遣的，轉眼就將劉氏捆了個嚴實。

劉氏痛哭喊道：「你們有沒有王法？我老實本分，何曾害人？我要去求青天大老爺，要他給個公道！」

可想而知，青天大老爺確實給了公道。劉氏殺人未遂，要蹲上三年的牢獄，這事在邱縣引起了不小的動靜，成了人們茶餘飯後的談資。

清明節時，細雨紛紛，將遠處濃翠的山籠上了一層薄霧，墳上綠草青青，未燃盡的紙灰散發出青煙裊裊。

施嫿抱著謝姝站在山頭，朝遠處眺望。謝翎一手撐傘，一手牽著謝昭。

謝姝忽然指著下面的山坳道：「娘，那裡有好多蟲子在飛！」

謝昭認真地糾正她。「那不是蟲子，傻囡囡，那是燕子。」

謝姝稚氣地反駁道：「囡囡不傻！」

聞言，施嫿與謝翎俱是忍不住微笑起來。

遠處的燕子悠悠地飛過，發出啾啾的細鳴，清脆悅耳。

——全篇完

文創風 775

阿九 3 完

國家圖書館出版品預行編目資料

阿九／青君著. --
初版. -- 臺北市：狗屋, 2019.08
冊； 公分. --（文創風）
ISBN 978-986-509-032-6（第3冊：平裝）. --

857.7　　108010825

著作者　青君
編輯　黃淑珍
校對　沈毓萍　周貝桂
發行所　狗屋出版社有限公司
地址　台北市104中山區龍江路71巷15號1樓
電話　02-2776-5889～0
發行字號　局版台業字845號
法律顧問　蕭雄淋律師
總經銷　知遠文化事業有限公司
電話　02-2664-8800
初版　2019年8月
國際書碼　ISBN-13　978-986-509-032-6

本著作物由北京晉江原創網絡科技有限公司授權出版

定價250元
狗屋劃撥帳號：19001626
網址：love.doghouse.com.tw　E-mail：love@doghouse.com.tw